光文社文庫

アクトレス

誉《ほん》田《だ》哲也

光 文 社

アクトレス

1

人生は、自分を主人公にした物語である。

そう言ったのは高校時代の親友、片山希莉《かたやまきり》だが、果たして本当にそうだろうか。

森奈緒《もりなお》は高校卒業後、栃木県警察の採用試験を受け、見事かどうかはともかく、一応は合格した。その後は警察学校での初任教養が十ヶ月、所轄署での職場実習が三ヶ月、警察学校に戻って補修が三ヶ月、最後にまた所轄署での実践実習が五ヶ月あって、ようやく那須塩原《なすしおばら》警察署に正式配属された頃には、高校卒業からほぼ二年の歳月が過ぎていた。

最初は交番勤務だった。場所が駅前だったので、地理案内や迷子の相談、拾得物の処理など、それなりに忙しい日々だった。

一度だけ、散歩途中で逃げ出したような、ハーネスを付けた小型犬が届けられてきたことがあった。

ヨークシャー・テリアだった。

「田北《たきた》主任。もし、もしですけど、飼い主さんが現れなかった場合、この子はどうなっちやうんでしょうか」

あまり吠えない、本当に可愛いヨーキーだった。よく手入れもされているようで、臭いも全くなかった。むしろシャンプーみたいな、ちょっといい匂いがした。けっこう「いいとこ」で飼われているのだろうと察した。奈緒は本署から担当係員が到着するまで、ずっとその子を抱っこしていた。

逆にその田北英介《えいすけ》巡査部長は、犬が苦手なのか全く手を出そうとしなかった。

「まあ基本は、財布やケータイと一緒なはずだよ。一定期間、落とし主が現われるまでは本署の扱いで、それを過ぎたら本部の警務部に移送するんだろ……でも、そうは言っても生き物だからな。動物愛護法に抵触するような扱いは、こっちもできない。よって段ボールに入れてフタしとく、ってわけには……まあだから、たぶんだけど、拾った人に頼んで面倒見てもらうか、それが無理なら、オヤジ（署長）辺りが官舎で預かるんじゃないの。知らんけど」

「それでも、飼い主さんが現われなかったら」

「最終的には、殺処分だろうな」

「ひぃぃぃーっ」

幸い、その日の夕方には飼い主と連絡がつき、無事引き取られていったということだった。殺処分になんてならなくて、本当によかった。

一年ほどすると、奈緒自身は転属願など出していないのに、ましてや交番勤務で目立った手柄を立てたわけでもないのに、なぜか地域課から交通課への配置転換を命じられた。

たぶん、ただの順番だったのだと思う。

当たり前だけど、女性警察官が交番勤務をするためには、交番自体にそれなりの設備が必要になってくる。女性用の更衣室とか、トイレとか仮眠室とか。でもそんなの、いきなり管内の交番全てには設置できない。予算が付いたところから一ヶ所ずつ、順番にリフォームしていくことになる。なので、将来的には全交番が男女とも勤務可能になるのだと思うが、少なくとも奈緒が配属された時点では、女性が勤務可能な交番はまだ全体のごく一部だった。

だから、ではないだろうか。お前はもう交番勤務から上がって、そのハコは後輩女子に譲ってやれと。

「本日から、交通捜査係の配属になりました、森奈緒巡査です。よろしくお願いいたします」

ここでも、特に手柄と言えるような働きをした覚えはない。轢《ひ》き逃げ車両を一台、当て逃げ車両を二台見つけ出しはしたが、犯人逮捕はもっと先輩の男性捜査員たちがした。

そんなの手柄の横取りじゃないですか、ズルいですよ、なんてことは微塵《みじん》も思わなかった。

どうぞどうぞ、みなさんで捕まえてきてください。下手に自分みたいなチビがくっ付いて行って、乱闘に巻き込まれて怪我とかしたくないんで。ええ、よく言われます。お前、その身長でよく採用試験受かったな、って。でも、身体検査で示されてる基準は「おおむね百五十センチ以上」ですから。クリアしてるんですよ、これでも一応は——なんてことは思うだけで、一度も口に出したことはなかったが。

しかし、どういう運命の悪戯《いたずら》か、あるいは署の上層部の気紛れか。奈緒はまた一年もしないうちに、今度は刑事第一課に移ることになった。

「本日から、強行犯係の配属になりました、森奈緒巡査です。よろしくお願いいたします」

ちょうど、この直後だった。

実家の母から電話がかかってきた。

「もしもし」

『ああ、奈緒……今、大丈夫？』

「うん。勤務終わって、ちょうど寮に戻ってきたとこ。どしたの？」

メッセージのやり取りは毎日していたけども、直接かかってくるのは珍しかった。

そのわりに、母は妙に話しづらそうにしていた。

『あの、この前、なんだけどね……市の、健康診断に、行ったのね。それで、四十歳以上の人が受けられる、がんの検診も、何種類かやってもらったんだけど』

もうこの時点で、かなり嫌な予感がしていた。

「うん……」

『そうしたら、肺がんで、引っ掛かっちゃってね』

それでも「肺」というのは意外だった。

「え、だって」

『ね。タバコなんて一度も吸ったことないし、親戚にも、肺がんっていうのはいなかったし。他にも、心当たりなんてなんにもないんだけど……でも、病気なんて、そんなものなのかもね』

こういうとき、なんて声をかければいいのかなんて、全然分からなかった。

「それで……今は、どうなの。大丈夫なの？」

『うん、全然平気。苦しくもなんともない』

「とりあえず、次の休みには帰るよ」

『んー、まだそんなに、慌てて帰ってこなくていいよ。入院するのかどうかも、どういう治療をするのかも決まってないし。奈緒だって、そんなにたくさん有休あるわけじゃないでしょ。いざってときには、どうしても休んでもらわなきゃならない場合も、出てくるかもしれないから。そのときまで、お休みはとっておいてよ』

奈緒はこれでも刑事なので、つまり刑事講習を受けているので、いわゆる「法医学」に関しては、普通の人よりはかなり分かる。要は、高校時代の片山希莉が好きだった「死体の医学」だが、そこは自信がある。でも一般的な臨床医学に関しては、ほとんど何も分からない。

母の病気についても、治療が軽く済んだらいいな、という程度の考えしかなかった。

ところがこれが、なかなかに厄介だった。

比較的早期の発見だった点は、よかった。しかし、一度の外科手術では患部が除去しきれず、放射線治療と抗がん剤治療も継続して行うことになった。中でも抗がん剤治療が、やっぱり大変だった。

母が自宅療養を希望したので、術後は退院して通院治療に切り替えることになった。それでも最初のうちはよかった。公務員をしている父親は普通に元気なので、母の分まで家事を引き受け、必要があれば休みをとって、母を病院に連れて行ってもいるようだった。

だが、さして長続きはしなかった。奈緒が休みに帰るたび、実家の状況は目に見えて悪くなっていった。

洗濯物は溜まる一方。キッチンも綺麗《きれい》だったのは初めの二週間くらいで、その後は、洗い物でシンクがいっぱいなのが当たり前になっていった。リビングの片づけもできてないし、浴室も水垢《みずあか》だらけで全体に黄色っぽくなっていた。

それでも奈緒は、父を責める気にはなれなかった。そもそも父は家事が得意なタイプではなかった。それを考えたら、よく二ケ月も頑張ったと、逆に褒めてあげてもいいくらいだった。

また精神面も、奈緒は心配だった。

もともと、奈緒の両親は「仲良し夫婦」だった。玄関前の小さな花壇で一緒に土弄《いじ》りをしたり、飽きもせずに二人で同じ映画を繰り返し観たり。奈緒なんかそっちのけで、夫婦で何かするのが大好きな人たちだった。

そんな両親の一方が、だ。

吐き気や嘔吐で食事もまともに摂れない。だからといって吐き気止めの薬を服用すると、今度は便秘に悩まされる。倦怠感から家事も思うようにできず、それが元で自己嫌悪に陥り、愛想笑いも滅多にしなくなるほど塞ぎ込むようになる。

そんな母と毎日一緒にいて、父だけ以前と同じように明るくしていろというのは、土台無理な話だ。

父は決して口に出さなかったが、母の脱毛は、やはりショックだったようだ。ゴミ箱を覗いて、涙を拭《ぬぐ》っている後ろ姿を見たのは一度や二度ではない。奈緒はかける言葉すら見つけられなかった。

むろん、奈緒だってできることは全てやった。遠方にいる二人の兄たちも、今は仕事や子育て、あちらの親御さんの介護などで大変だという。こっちはこっちで自分が頑張るしかないと思った。

実家に帰るたびにキッチンの洗い物を片づけ、リビングの整頓《せいとん》をし、掃除をし、浴室を磨き上げ、終わったら母を風呂に入れ、その合間に寝具のカバーを総取っ換えし、洗濯機をフル稼働させ、レンチンするだけで食べられる消化のいい食事を何種類か作り置きし、仕事から帰ってきた父には、下手かもしれないけど餃子とか、カレイの煮付けとか、母に習って作った父の好物を出し、毎度泊まっていけばいいのにと言われるけども、

「じゃ、また来るから」

最終電車に間に合うように家を出、女子寮に戻るという生活を続けていた。

だから、いずれ自分にも限界が来るだろうことは予想していたけれども、

「……森。取調べ中に寝るのは、さすがにマズいって」

いつも優しい駒田美恵《こまだみえ》巡査部長にそう注意されたときは、いよいよ肚《はら》を括《くく》るべきときがきたのだな、と思った。

やはり自分は、どうしようもなく普通の人間だ。突出した部分なんて一つもない。物語でいったら脇役に過ぎない。

とてもではないが、主人公になんてなれる器ではない。

次に実家に帰ったとき、父に相談した。

「あの、私さ……警察辞めて、いったんウチに帰ってこようと思ってるんだけど」

一瞬、父は言葉を失っていた。

「……い、や、だって……奈緒」

「どう考えたって、このままじゃ無理だって。ちなみに、お母さんの治療費はどうなってんの？　医療保険とか貯金とかで、ちゃんと賄《まかな》える目途は立ってんの？」

当たり前だが、このとき母はダイニングにいなかった。父に切り出す前に、奈緒は母が寝室で寝ているのを確認していた。

父は、そこはしっかりと頷《うなず》いてくれた。

「お金のことは、大丈夫、心配しなくていい。奈緒の結婚費用にと思って、積み立てておいた定期貯金にも、手を付けなくて済みそうだし」

今、そこまで詳しい説明は求めてない。

「じゃあ、私が警察辞めても、経済的には大丈夫ね？」

「うん、大丈夫……けど何も、いきなり辞めなくても」

「私が病気なら休職もできるだろうけど、家族じゃね……やっぱり、そういうわけにはいかないよ」

翌日、上司には詳しく事情を説明し、来月で退職できるよう手続きのお願いをした。

刑事第一課には来たばかりだったし、そもそも警察官としてのキャリアなんてあってないようなものだから、那須塩原署的にはほぼノーダメージに等しいのだろうけど、でも、それでも奈緒の退職を惜しんでくれる人はいた。

同じ強行犯係の、駒田美恵巡査部長とか。

「森、今夜は空いてる?」

「はい、今日は、寮に帰るだけです」

「じゃ、あたしが行ってもいい?」

「え、ええ……大丈夫です」

「大丈夫って、どっちの大丈夫。遠慮の大丈夫? それともオッケーの大丈夫? どっち」

「オッケーの方の、大丈夫です」

他にも、地域課時代の先輩、栗本志保《くりもとしほ》巡査長とか。

「なに、あんた警察辞めるんだって?」

「はい。短い間でしたが、お世話に……」

「ちょっと待って。何があったのかは知らないけど、早まらないで。いっぺん落ち着いて話そう。今日、そっちの部屋行っていい?」

「あの、今夜は、駒田チョウが」

「強行犯係の? あー、だったら大丈夫。あたし、あの人と仲いいから、全然オッケー」

そんなわけで、先輩が二人も、缶チューハイとか発泡酒とか、パック寿司とかポテチとか冷凍のチャーハンとかを持って、訪ねて来てはくれたのだけど、

「……そうか。森も、案外大変だったんだね」

「うん、あたしも、全然知らなかった。あんた、ちっこいけど元気だしさ、上手《うま》いこと立ち

回って、どこの部署でもそつなくやっていくんだろうな、って思ってたから……そっか。親の世話じゃ、しょうがないよね」

二分くらい事情を説明したら、それだけで納得されてしまって。特に引き留められるでもなく、あとは送別会みたいな、ただの飲み会になってしまった。

「じゃ、森の新たな門出を祝して、乾杯」

「かんぱーい」

お酒も食べ物も、あっというまになくなった。

「……森、お酒買ってきて。もうチューハイとかじゃなくて、ウイスキーね。あと日本酒も」

「駒田チョウ。あたし、日本酒より焼酎の方がいいです」

「おっ、いいねェ、焼酎いいねェ……森、じゃあこれで買ってきて。お釣りは、餞別《せんべつ》にあげるから……あとさ、お握りとかサンドイッチとか、朝飯になるもんも買ってきてよ」

これ、朝まで続くんだ、と覚悟した瞬間だった。

実家での暮らしは、それまでのどの時代よりもゆったりと、のんびりとしたものになった。

「奈緒、ありがと……あと、お父さんのスーツ、クリーニング出すの、今日じゃなくて明日にして。木曜日、割引デーだから」

「うん、分かった」

それはそうだ。このところはフルタイム警察で働いて、休みの日に一週間分の家事をまとめて片づけて、また翌日からフルで働く生活を続けていたのだ。それと比べたら、今は一日分の家事をその日の内にこなすだけでいい。あとは母の世話をちょっとするくらいで、他には何もすることがない。昇任試験の勉強もないし、友達とどこかに遊びに行くこともない。だから、なんなら学生時代と比べても、まだまだ全然余力がある。

家事以外ですることといったら、買い物に出たついでに書店に寄ることくらいだ。

特に欲しい本があるわけではないが、棚に綺麗に並べられた本の表紙を見て歩くだけで、なんとなくストレス解消にはなる。別世界に繋《つな》がるドアを、どれでも好きに選んでいい、みたいな。そんな贅沢な気分になれる。

「何これ……『不完全犯罪ファイル』だって。なんか……希莉が好きそう」

適度にBGMが流れているからか。無意識のうちに、小さくではあるが声に出して言ってしまった。それとも、たくさんの本に囲まれたことで、片山希莉と図書館で過ごした高校時代の感覚が甦《よみがえ》り、なんとなく、彼女に話しかけたくなってしまったのか。

「希莉……今頃、何してるんだろ」

片山希莉は大学時代からプロの劇団に所属し、すでに何度も舞台に立っている。小説や脚本の執筆も、彼女のことだからきっと続けているに違いない。

物語の主人公になれるのは、結局はああいう人なのだろうと、奈緒なんかは思ってしまう。卑屈になってるとかイジケてるとか、そういうことではなく、ごく普通の感覚として、そう思う。

「お会計、六百八十円になります」

「じゃあ……これで」

自分は、二十代の女性なら誰でも読むようなファッション雑誌を買って、家に帰ったら夕飯の支度をするだけだ。この雑誌は寝る前に開いて、たぶん、目が疲れたら閉じてしまうのだろう。

　でも、それでいいのだと、心のどこかでは思ってもいる。


抗がん剤と放射線による治療が、上手いこと作用したのだと思う。

幸いなことに、手術で取りきれなかった母のがんは、検査のたびに担当医から「確実に小さくなっています」と言われ、八ヶ月も経《た》つと「現段階では、これで寛解と、考えていいでしょう」と言われるまでになった。むろん、転移・再発の可能性は残るわけだが、しかし「現段階では寛解」と言われたことは大きい。何より、抗がん剤を飲まなくてよくなるのが、家族にとっては大きかった。

「今日はお祝いしなきゃね。お母さん、何食べたい？」

「私は、奈緒が作ってくれるものなら、なんでもいいよ」

「なんでもいいって言われるのが、主婦は一番困る……というのは、誰の台詞《せりふ》でしたっけ？」

「確かに」

その日はまだ刺激の少ない消化のいい食べ物ということで、湯豆腐にしたのだったと思うが、その後は徐々に歯応えのあるもの、ある程度は味の濃いものも出すようになった。

抗がん剤をストップしたお陰で、母の体調は日ごとに好《よ》くなっていった。四ヶ月くらいすると、もう家の中ではニット帽もかぶらなくなった。

「奈緒……なんか私、髪質が変わったような気がするんだけど」

「まだ短いからでしょ。長くなれば、きっと前みたいになるよ」

「にしたって、こんなに細かったかしら」

「大丈夫だって。みんな普通に生えてくるって、元通りになるって、ネットにもそう書いてあるよ」

「……そうなの？」

元気になってくれれば、もともとは主婦なのだから、当然あれやこれや、自分でやりたくなってくる。

「今日は私が、餃子作ろうかな」

「うん。お母さんの餃子、久し振りに食べたい」

父もそれを大いに喜んだ。

「いやぁ、母さんの餃子は、やっぱり美味《うま》いなぁ。ビールが進んじゃうよ……あ、奈緒の餃子も、けっこう美味《おい》しかったけどな」

「いいよ別に、そんなとこで気ぃ遣わなくたって」

掃除や洗濯も、二人でやれば早く済む。

「奈緒、ジャラジャラ、もう一つ持ってきて」

「はいはい、ピンチハンガーね」

買い物も、一緒に行けばそれなりに楽しい。

「お母さん、キュウリとかって、どういう基準で選んでんの」

「雰囲気」

「白菜は」

「フィーリング」

「ちょっと、真面目《まじめ》に答えてよ」

「ごめんごめん、キュウリはね……」

しかも徒歩や自転車ではなく、奈緒が車を運転していくのだから、母はしごく楽ちんだ。

「よかった、奈緒が免許取ってくれて」

「けっこう大変だったけどね、私の場合。教習所通い始めたの、警察学校入ってからだったから。同期でも用意のいい人は、もう入学前に免許取っててさ……あと、武道ね。剣道か柔道の経験があったら、絶対楽だったろうな、って思った。私は合気道にしたけど」

武道といえば、あの事件で出会った八辻《やつじ》姉妹は、今どうしているのだろう。一年ちょっと前に道端でばったり、姉の八辻芭留《はる》と遭遇したことがあったが、以来彼女とも連絡はとっていない。

そうだ。実家に帰って来てからは「カフェ・ドミナン」にも顔を出していなかった。

たまには、琴音《ことね》の淹れるコーヒーを飲みに行ってみるのも、いいかもしれない。

2

人生って、言ったら自分を主人公にした物語なわけだから、自分が一番楽しまなきゃ損でしょ。

確かに、希莉はことあるごとにそう口にしてきたし、その言葉に自分自身が助けられてきたのも事実ではある。けれども、じゃあ自分が根っからそんなにポジティブな思考の持ち主かというと、それは違う。全然違う。むしろ、常に自分にそう言い聞かせていなければならないほど、ネガティブな思考に陥りがちな面がある。

そんなポジティブな性格だったら、親や友達ともっと上手くやっているだろうし、書いた小説だっていろんな人に読ませているだろう。新人賞に落選したくらいじゃめげないで、なんなら出版社に直接乗り込んで、「私の傑作を読んでください」と猛アピールしているだろう。

でも実際には、そんなふうには全然できていない。

希莉は東京の、私立では「中の上」くらいだろうか、明応《めいおう》大学に入学した。専攻は英米文学。サークルはいろいろ考えた末、明応大学では老舗《しにせ》の部類に入る演劇部に決めた。

小説を書きたいなら「ミステリー研究会」みたいな文芸サークルに入るのが妥当なのだろうが、希莉にとって小説は「一人で地道に書くもの」なので、そこで仲間と群れるのは違う、と思ってしまった。ここで試しに群れてみたら、ひょっとしたら新たな発見もあるのかも、とは思ったのだが、やっぱり駄目だった。一応見学してはみたものの、どうにもあの輪には入れそうになかった。

それだったら、いっそ演劇部の方がいい。テレビドラマや映画を観るように、日々誰かの演技を間近で見ることができたなら、それがたとえ稽古だとしても、何かしらいいインスピレーションが得られるに違いない。そんな予感がしていた。

「演技経験はありません。でも、中学の終わり頃から小説を書いているので、文章だったら、多少は書けます。よろしくお願いします」

そんな自己紹介をしたら「じゃあ文芸サークルに行けよ」みたいに言われるだろう、言われなくても思われるだろう、くらいの覚悟はしていたが、そんなことは全くなかった。

当時の部長はその集会が終わってから、わざわざ希莉に声をかけに来てくれた。

「片山さん、だよね。君、小説って、どんなの書いてるの」

大学三年の男子って、そんなにヒゲ生えるんだ、ってくらいヒゲモジャだったのを覚えている。

「主にはミステリーですけど、そうじゃない要素も、いろいろ盛り込みたい、とは思っています」

「たとえば、どんな」

「恋愛要素とか」

「ということは、ラヴ・ミステリー、みたいな？」

「とは限らなくて、猟奇的な殺人事件とかも絡《から》めたり」

「へえ……なんか、よく分かんないから、いっぺん読ませてよ」

あのとき部長に読ませたのは、確か短編が二本か三本、長編が一本だったと思うが、後日、それは買い被《かぶ》り過ぎだろ、というくらい褒められた。

「これさ、出版したら絶対売れるって」

その長編、文学新人賞の二次選考で落ちたやつですけど。

「いや、そんな……世の中、甘くないんじゃないですかね」

「脚本とか書けないの？」

早速きたな、と思った。むろん希莉の中には、脚本の執筆も選択肢の一つとしてあった。

「脚本、は……ある程度、脚本なりの執筆作法とかを勉強しないと、いきなりは難しいと思いますけど、でもストーリーと台詞を考える要領は一緒だと思うので、コツさえ摑《つか》めれば、そんなに時間はかけなくても書けるようになると思います」

「じゃあ書いてみてよ。できれば、冬の定期公演に間に合うように。片山のオリジナルを舞台化できたら、これちょっと、学生のレベルなんて軽く超えちゃうんじゃないかな」

　実際、そうなった。

　希莉が原案、脚本を手掛けた舞台は明応大演劇部OB・OGの間で話題になり、それが演劇関係者にも伝わったらしく、希莉は公演後に何件かの問い合わせをもらった。部のOB・OGには業界人が多いというのは以前から聞いていたので、これも狙い通りの展開ではあった。

　中でも熱心だったのは「演劇集団トランジスターズ」という、中くらいの規模の劇団だ。代表はテレビドラマでもよく見かける俳優、浜山田《はまやまだ》屯平《とんぺい》。彼も明応大演劇部のOBだ。

　高円寺《こうえんじ》の喫茶店に呼び出されて、二時間くらい喋《しゃべ》った。

「いいよ、いい。希莉ちゃん、いいよ。台詞も面白いし、腐りかけのゴーヤから大量破壊兵器を製造するっていう荒唐無稽を、シュレッダーと公衆電話という、ショボい舞台装置で表現してみせたのも、素晴らしかった。でも何より、君自身がいい。演者としていいよ、君は、希莉ちゃん」

「ああ……ありがとう、ございます」

　不本意、というほど嫌ではなかったけども、演者として評価されるのは想定外だったし、正直、心境は複雑だった。

その後は浜山田に呼ばれて、トランジスターズの公演に出たり、CS放送の深夜番組に、浜山田のアシスタント的な立ち位置で出演したりもした。

人脈が広がるの自体は、決して悪いことではない。

でも、こういう人とか、

「どうも。『レイクプラシッド』の、辺見《へんみ》です」

「ありがとうございます、片山希莉です……すみません、私、名刺とか」

「いいのいいの。それより今度、ご飯行こうね。ね」

他にもこういう、

「初めまして。『プロジェクト・タラス』の鴻巣《こうのす》です」

「初めまして、片山希莉です。すみません、私、名刺は……」

「片山さんは小説も書くんだって？　凄いなぁ、女聖徳太子みたいだね」

「えっ、聖徳太子って、小説書いてたんですか？」

「いや、知らないけど」

なんというか、今一つ会話が成立しづらいタイプが多かった気がする。浜山田の周りには。

それでも、浜山田にはいろいろと世話になった。

演者としてではなく、自分が脚本と演出で関わる舞台をやりたいと言うと、すぐに「いいね」と乗ってきてくれた。

「俺が金集めてやるから、希莉の好きなようにやったらいいよ。ちなみに、演者はどうする。それも自分で集めるか」

「できれば、ユニットみたいなのを立ち上げたいです。二人、ないし三人の。それを中心に、もう二人か三人呼んで……だから、芝居自体は五、六人で成立するように、それ用に本も書くつもりです」

「いいねぇ、ゾクゾクするねぇ」

そのときの公演では、希莉自身も当事者である「ドミナン事件」を下敷きにした純愛物語、『初恋坂《はつこいざか》』を上演した。宣伝関係が不慣れだったため、かなりの赤字を出してしまったが、関係者の評判は決して悪くなく、翌年に浜山田の演出でトランジスターズが上演したところ、これがそこそこのヒットを記録した。希莉が出した赤字を補塡《ほてん》して、なおみんなで焼き肉が食べられるくらいには利益が出た、らしい。

この頃には希莉も大学を卒業しており、実家の父からは「就職しないなら帰ってこい」と言われ続けていたが、でもなんとか、演劇部OGから紹介された出版関係の仕事や、たまに浜山田が回してくれる芸能関係の仕事で食い繋いでいた。

出版関係の仕事はギャラが安いので、とにかく数をこなさなければならない。多種多様なインタビュー音源の文字起こしとか、それをそのまま一人称の文章にして原稿にするとか。いわゆる「ゴーストライター」的な仕事が多かった。

だからもう、とにかく目が疲れるし、肩が凝る。

「希莉さん、ここ、カッチコチですよ」

「……でしょ……ウッ」

「指、全然入らないです」

「でも、いい……気持ちいい、ミッキーのハンドに勝るものは……イッ、そ、れは、さすがにちょ……イー、タタタイ痛いッ」

自分が食べていくだけでも大変なのに、なんで後輩まで、とも思うのだが、でも仕方がない。明応大演劇部員は、卒業後も後輩の面倒を率先して見なければならないという、なんだろう、風潮？　決まり？　もはや掟？　みたいなものが色濃くあるので、希莉も一人くらいは受け入れざるを得なかった。

「ミッキー……あと背中も」

「はい」

彼女は、高校時代から「天野美樹《あまのみき》」としてモデル事務所に所属し、「ミッキー」名義で芸能活動もしているという、なかなか有望な一年生部員だ。だが明応大に入学して早々、レッスン詐欺に遭って四十三万円を持ち逃げされ、でもそれを親にも事務所にも相談できないというので、今の部長が希莉に相談してきた。相談されてしまったら、無下に断わるわけにもいかないので、「マッサージと家事全般を請け負う」という条件を提示したところ、それでいいというので、希莉がしばらく居候《いそうろう》させてやることになった、というわけだ。

「ふう……ありがと。だいぶ、首も動くようになったわ」

「すみません、汗掻《か》いちゃったんで、先にシャワー浴びてきていいですか。出てきたら、夕飯作りますから」

「うん、いいよ。私も、もうちょい区切りのいいところまで書いちゃうから」

彼女、確かにスタイルはいいし背は高いし、顔も典型的なアジアン・ビューティーで将来性もスター性もあるとは思うんだけど、でも一点、かなり「おバカ」なところは、非常に気になる。だから詐欺なんかにも遭うのだろうが、それ以前に、このバカがどうやって明応の入学試験に合格したのか。そこが希莉は不思議でならない。

「ミッキー。今日の夕飯、なに」

「今夜はパスタです」

「今夜も、だろ。パスタ、もう三日連続だよ」

「いえ、昨夜のは、スパゲッティです」

「今夜のは」

「パスタです」

「どう違うの」

「……すみません、知りません」

バカだけど、でも素直なところは可愛いと思う。

「いただきます」

「いただきます……あ、希莉さん、お注《つ》ぎします」

ビールとかワインを注いでくれるところも、可愛い。ちなみに彼女はまだ十八歳なので、アルコールは飲めない。飲むのは希莉だけ。

「だからミッキー、もうちょい、そーっと」

「あー、すみません、あー、あらら……」

注ぐの、ものすっごい下手だけど、でもいい。可愛いから。

この娘《こ》、育ちは良い方なのだと思う。食べ方とか仕草とか言葉遣いとか、そこはかとなく、全般的に「品」があるように感じられる。一緒にいても、ほとんど不快に思うところがない。２Ｋで女子二人が共同生活をしていくのだから、そういった点は重要だ。

「……ミッキー。そろそろさ、なんか新しい料理覚えてよ。パスタとリゾット以外のやつ。あと、インスタントとかレンチンに、ちょい足しするだけじゃないやつ」

「オリジナルで考案していいですか」

「怖い怖い、事故るから絶対やめて」

食べ終わったら、もちろん洗い物だってしてくれる。風呂から出たら、髪を乾かすのも手伝ってくれる。希莉は、写真でも髪の短い自分を見たことがないというくらい、物心ついてからずっとロングで通してきたので、日々のドライヤーを誰かに手伝ってもらえるというのは、何物にも代えがたい贅沢といえる。

「誰かに頭を触ってもらうのって、なんか……すごい、気持ちいいよね」

「分かります。美容院とか、めっちゃ眠たくなりますよね」

「あー、それは美容師さんが男性か女性かで、けっこう違ってくるかなぁ」

「え、私は、どっちでも眠たくなりますけど。なんなら、男性の方がちょっと、うっとりしちゃうくらい」

「ミッキーって、けっこう惚《ほ》れっぽい性格？」

「否定は、できませんね」

当たり前だが、彼女だって勉強はしなければならないし、希莉は希莉で、急ぎの仕事があれば徹夜しなければならなくなることもある。

でもそういったことがなければ、二人で夜中までバラエティ番組や、映画なんかを適当に観て、

「希莉さん、私、もう無理……寝ます」

「うん。私もこれ、もういいや」

各々勝手に寝ることもあれば、同時に布団に入ることもある。そこら辺は二人とも、特に気を遣わず自由にやっている。

「ミッキー、歯磨いた？」

「明日の朝、磨きます……」

「ダメだよ、さっきグミだって食べてたんだから。虫歯になっちゃうよ」

「希莉さん、ママみたい……」

「ママじゃなくたって、誰だって言うよ。ほら起きて、ちゃんと磨いてから寝な」

「うー、希莉さん、磨いてぇ」

おい居候、調子に乗るなよ。

「おやすみなさい」


物語の主人公は、いくつかのタイプに分類できる。

代表的なのは、能力があって、それを武器に困難を乗り越えていく「ヒーロー」タイプだろう。アメコミの主人公、といったら分かりやすいのではないか。「スパイダーマン」とか「X－メン」とか。

逆に、能力がないからこそ頑張る主人公もいる。「ドラえもん」の「のび太」とか。いや、彼が本当に頑張ってるかどうかはかなり疑問だが、こういう主人公のところには、むしろ困難の方から勝手に近づいてくる。結果、頑張らざるを得なくなる。名付けるなら「巻き込まれ」タイプだろうか。

このどちらにも当てはまらない「傍観者」タイプというのもある。横溝正史《よこみぞせいし》作品に出てくる「金田一耕助《きんだいちこうすけ》」とかが典型例だろうか。彼らは「名探偵」だから、能力ありの「ヒーロー」タイプに分類されると思われがちだが、違う。少なくとも希莉は違うと思う。なぜなら、彼らが犯人を言い当てるのは連続殺人があらかた終わってから、だからだ。彼らは殺人を阻止するとか、そういうことはまずしない。ただ彼らには、物語を「伝える」という重要な役割がある。だとすると「狂言回し」ともいえるのか。それとはまた違うのか。

希莉はときどき考える。今の自分は、自分の物語の中で、どんなタイプの主人公になっているのだろう、と。

活動の中心はあくまでも、浜山田のバックアップで立ち上げたユニット「霧組《きりぐみ》」である。自ら脚本と演出を手掛ける、まさに「片山希莉の世界」といっていい。

「……ストップ、ストップ。そこちょっと、もういっぺん整理しとこうか。カズマサは偶然にも、国家を揺るがすような秘密を拾っちゃったわけだから。部屋に帰って、手にしたそれを具《つぶさ》に見て、初めてその重要性に気づくわけだから」

「はい」

「そんなにすぐ驚いちゃうと、秘密の規模が小さく見えちゃうわけよ。だからまず、こう、眉から入って……こういう感じで、眉から入っていって……ん？　となる」

「ああ、はい、分かりました」

「うん、そこは思いっきり溜めて……はい。あと、あなた、外交官Bね。そのスコップの持ち方が、なんか変なんだよな……」

最初は仮名というか、単に希莉が作ったユニットだから「希莉組」と呼ばれていただけなのだが、浜山田が妙なことを言い出した。

「なんか、宝塚みたいだね」

「ああ、星組、月組、でキリ組、みたいな……いろいろ、程遠いですけど」

「でもいいじゃん。ミストの『霧組』って」

「ああ、そっちの『霧』ですか。なんか、すぐ消えちゃいそうな気がしますけど」

「いや、字面もいいし、響きもいいよ。うん、『霧組』いいな」

というわけで、これが正式名称として採用されることになった。希莉自身は、自分の名前が「まんま」入っていることに気恥ずかしさは覚えつつも、短くて呼びやすいし、何より分かりやすいので、「まあいいか」と思っている。

霧組には他に、制作担当の阿部幸宏《あべゆきひろ》、団員の吉田《よしだ》ポー子の二人がいる。ポー子は明応演劇部の同期で、本籍は「劇団赤提灯《あかちょうちん》」というなかなかの出世頭なのだが、霧組のスケジュールを最優先してくれる、希莉にとっては盟友のような存在だ。すっぴんだと、それでよく前が見えるなというくらい小さな目なのに、メイクによっては「水も滴《したた》る」魔性の女にも、それこそ「赤提灯」で酔い潰れる中年男にもなれる、朝、目覚めた瞬間からでも芝居に入れるような、根っからの舞台女優だ。

ポー子が最高に輝ける、ポー子のための芝居を書きたい。そう思いはするけれど、そこに全力投球できないのが、希莉の現状のつらいところだった。

霧組を維持するためには、会ったこともない人が喋っている音源を聞いて、それを次々と文章に起こさなければならない。浜山田に呼ばれれば、歌舞伎町《かぶきちょう》だろうが錦糸町《きんしちょう》だろうが飛んでいって、飲んだくれ番組のロケに付き合わなければならない。

トランジスターズの公演にも、出ろと言われれば出なければならない。

「希莉、来年も『初恋坂』、やるぞ」

「えー、嬉しい。ありがとうございます」

「お前、次は秘書役な」

「えっ……私は、ですから、いつものメイドでいいですって」

それだけでは自分が保てなくなるので、たまの休みには小説を書き進めたりもしているのだが、たいていは、前に書いたところを読み直すだけで一日が終わってしまう。そんな日々が続いている。

今の自分は、さしずめ「巻き込まれ」タイプの主人公か。

そんな状況だから、部屋に居候がいるというのは、希莉にとっては救いでもあった。

「やだよ、もう『初恋坂』出るの……なんか、私が書いたのと全然違ってきちゃってるんだもん」

愚痴も、いつも最後までちゃんと聞いてくれるし、焼酎のお湯割りも作ってくれるし。

「ごめんなさい、ちょっと熱いかもしれないです」

「うん、さんきゅ……しかもさ、いつのまにか秘書が犯人かも、みたいなエピソードが追加されてて。お陰で出番は多くなるわ、台詞は増えるわ、それなのにギャラは同じって、そりゃないでしょ、って話よ」

「あらら……」

この娘の、同情を含んだ苦笑い。なんか、色っぽくて好き。

「その、秘書の出番追加したの、誰なんですか」

「ボス」

つまり浜山田。

「希莉さん、ほんと愛されてますよね、浜山田さんに」

「冗談でしょ。こき使われてるだけだよ」

「二人で温泉行こう、とか誘われたりしないんですか」

「ないね。あのオッサンには、胸触られたこともないよ。お尻なら、三回くらい蹴《け》飛ばされたことあるけど。本意気のムエタイキックで」

ああ、早く「ヒーロー」タイプの主人公になりたい。あるいは高校時代みたいな「傍観者」タイプでもいい。

とにかく「巻き込まれ」タイプは、もうご免だ。

3

親のありがたみを知る、という言葉がある。

琴音の場合は、結婚して子供が生まれ、子育てをしながら喫茶店経営をすることの難しさを実感したときだ。ああ、ウチの親って凄かったんだな、ありがたいな、と痛切に思った。

琴音が和志《かずし》と結婚し、「中島琴音《なかじまことね》」になったのが三年前。実父、市原静男《いちはらしずお》が経営する「カフェ・ドミナン」の支店として、この二号店をオープンしたのが二年前。長女、奏《かなで》を産んだのが去年の六月。その奏も、もう一歳になった。

両親と琴音とでは、条件というか環境というか、置かれた状況が少しずつ違う。

両親、静男と緑梨《みどり》は結婚して二人で居を構え、自宅と同じ場所に店も開いた。琴音は中島家に嫁入りしたが、とりあえず同居はせず、車で五分ほどの場所に部屋を借り、和志との新婚生活をスタートさせた。ここまでに、さしたる違いはない。

だが中島家には、コーヒー豆の卸業を営む「中島商店」という家業があり、同店は舅《しゅうと》である宗行《むねゆき》、和志、義妹の咲月《さつき》、の三人が切り盛りしている。

琴音はこれについて、結婚前に和志と相談している。場所は中島商店の、配達用軽ワゴン車の中だった。

「結婚したら、私もお店、手伝った方がいいよね」

そう訊《き》くと、和志は腕を組んで首を捻《ひね》り、「うーん」と唸《うな》り始めた。和志らしい、実に分かりやすい考え込み方だ。

「……自分としては、どうもあの仕事を、琴音さんに手伝ってもらうというのが、想像できないというか……どうなんすかね」

和志には「過剰な男っぽさ」というか、ある種の「固さ」がある。今も琴音を「さん付け」で呼び、自分のことを「自分」と言う癖がある。だがそれも、慣れると案外可愛く思えてくるから不思議なものだ。

「単純に、労働力としては必要ない？」

「まあ、親父もまだまだ現役なんで。咲月も、ああ見えて中身は男なんで」

ひどい言い方だとは思うが、確かに、咲月にはそういうところがある。

「でも、私だけ専業主婦って、なんか申し訳なくない？」

「いや、お袋も専業主婦っす。全然、仕事してねえっす」

「仕事してない、は失礼でしょ。お義母《かあ》さんだって、ちゃんと家事をやってくださってるじゃない。すごいしっかりしてると思う」

「訂正します。店の仕事は、全然してねえっす」

「そう……そこだよね」

後日、中島家で家族会議が開かれ、その結果、やはり琴音は中島商店を手伝わなくていいことになった、との報告が和志からあった。

「そっか、分かった……でも、理由ってなんだったの？　私は別に、どうしてもお店を手伝いたいっていうんじゃないの。長男の嫁として、私が私が、みたいなのは全然ない。ただ、理由は知りたい。なんで私は手伝わなくていいのか、その理由は知っておきたい」

実を言うと、店を手伝わなくていい理由よりも、自分が和志の両親にどう思われているのか、そのことの方が、当時の琴音には重要だった。

和志が、小さく頷く。

「それ……言っても、琴音さん、怒りませんか」

こういう予防線の会話って無駄だよな、とは思うが、気持ちは分かる。

「それは、聞いてみなければ分からないです」

「じゃあ、その理由を理由に、婚約解消とか、そういうことには、なりませんか」

「あー、そこまではないと思います。たぶん」

「じゃ、言います」

たぶんでいいんだ、というのは、ちょっと思った。

和志が、短く咳《せき》払いをする。

「親父が、琴音さんは、細いから、って」

「……は?」

「細いから、駄目だって」

「ん?」

「六十キロもある麻袋を、琴音さんに担がせたら、可哀相だって。それを聞いた咲月が、あたしは可哀相じゃねえのかよって、親父と喧嘩《けんか》になって……もう三日、あの二人、口利いてないっす。それを見て自分も、琴音さんはこの中に入らない方がいいなと、思いました。なので、すんません……店には、ノータッチっつーことで」

なるほど。分かりました。そういうことにしましょう。

店を出すまでの苦労というのも、あるにはあった。「カフェ・ドミナン」で出すコーヒーは、市原静男流の焙煎《ばいせん》、ブレンド、挽《ひ》き方、ドリップで淹れたものでなければならない。絶対にだ。実の娘だから、しばらく店を手伝っていたから、見よう見真似でやってみました、という程度で「ドミナン」の暖簾《のれん》は分けてもらえない。

「ここ……この泡のね、ここの減り方を見ておくんだよ」

まあ、その決まりの多さ、拘《こだわ》りの強さといったら。静男ってこんなにも緻密《ちみつ》というか、偏狭な人だったのかと、二十何年か育ててもらったにも拘《かか》わらず、初めて知る思いがした。

「違うでしょ」

「……」

「まだ早いよ」

「はい……」

「あと二センチ高く」

「に……二センチ？」

「まだ早い。ゆっくり、もう三つ数えてから」

「いーち……にーい」

「こら、声出てるって。琴音はお客さんの前で、声出してコーヒー淹れるの？　ね、だから言ったんだよ。タイマーとか見ないで、正確に秒を数えられるようにしときなさいって。じゃないと、このブレンドは十五秒、このブレンドでは十二秒って、正確に淹れ分けられないでしょ……だから、泡から目を離しちゃ駄目だってば」

これを十ヶ月。それでもなんとか十ヶ月で、二号店を出す許可がもらえた。また、運よく中島商店の隣地を購入することができ、そこに自宅兼店舗を建築、無事二号店のオープンに漕ぎつけた。その後の客入りも、予想より順調だった。

だが、子供ができるとそうはいかなくなる。

和志も、中島商店とこまめに行き来し、可能な限りドミナン二号店を手伝ってくれてはいたが、それでも「市原静男流」のコーヒーを淹れられるわけではないので、琴音が入院となれば、店は休まざるを得ない。

「琴音さん、がんばって」

「和志さん、き……休業お知らせの、か、看板……」

「うん」

「二週間と、一ヶ月の、ふたパターン、作ってあって……」

「うん、レジの下に、用意してあるの見た」

「あれの……二週間の方、お店の前に、出しといて」

「エエーッ、二週間じゃ無理だって、いくらなんでも」

和志の言う通り、営業再開は一ヶ月後になってしまったが、でもそれで以前のペースが取り戻せたかというと、決してそんなことはなかった。

「ありがとうございました。またのお越しをお待ちしております」

ランチ客が途切れた隙を見計らって、

「和志さん、じゃあ」

「おう、任しとき」

二階に上がって奏の様子を見て、寝ていればそこで遅めの昼食を摂る。目を覚ましていればミルクをやったり、泣いていればしばらく抱っこしてあやしたりする。お陰で昼食が摂れない、なんてのはしょっちゅう。寝かしつけたらまた店に下りる。一日中、これの繰り返し。

「目まぐるしい生活」とは、正にこういうことをいうのだろうと思った。

なので、つい実家の母、緑梨に電話で愚痴ってしまう。

「ねえ、赤ちゃんって、いつになったら朝まで寝てくれるの」

『三ヶ月、三ヶ月我慢しなさい。そしたら首が据わって、少し楽になるから』

ところが、その頃になってもさして楽にはならない。

「ねえ、全然朝まで寝てくれないんだけど」

『半年。半年したら、寝返り打てるようになるから。そしたら、そんなにしょっちゅうは起きなくなるから』

はい、半年経ちました。

「お母さん、半年経ったら楽になるって言ってなかったっけ」

『歯が生え始めてムズがってるだけよ。可愛いじゃないの、ちっちゃな歯が生えてくるのよ?』

「ファミレスとか行けるの、いつ頃かなぁ」

『一歳になったら大丈夫よ』

そして、一歳になりました。

「この前ファミレス行ったけど、料理が来た途端ギャン泣きされちゃって、私、全然食べられなかったよ」

『あーらまあ』

「あらまあじゃないでしょ。お母さん、一歳になったら外に食べに行けるって言ってたじゃん」

『目安でしょ、それは。泣いたら泣いたで、パパとママが交替で抱っこして外に出て、その隙にもう一方がササッと食べるしかないでしょう』

そうしましたけど。

「にしたってさ……私、奏が一歳になったら外で食事できるって、それ、すっごい心の支えにしてきたのに」

『琴音、いい加減気づきなさい。三ヶ月には三ヶ月の、半年には半年の苦労があったでしょう』

「……うん」

『ってことは、一歳には一歳の、三歳には三歳の苦労があるのよ。でもその代わり、三ヶ月なりの可愛さ、半年のときにしかない可愛さ、一歳のときだけの可愛さがあるでしょう』

確かに。

『それはね、もう二度と、戻らないんだよ。子育てに苦労は付きもの。でもそのときにしか味わえない喜びだって、一方にはちゃんとあるの……琴音、苦労の数を数えるより、嬉しかったことの数を数えなさい。上手くいかないことだってあるだろうけど、コンチクチョウ、なんて思ったことはさっさと忘れて、あー可愛い、って思った回数だけ数えなさい。それがね、言ったら、子育てのコツだから』

緑梨さんにしてはいいこと言うじゃない、と思った。

でも、それだけでは終わらなかった。

『叶音《かのん》なんてあんた、二十歳《はたち》過ぎてもまだ親に心配かけてんだから。子育てってのはね、長い長い戦いなの。あんたの戦いはまだ始まったばっかり。そんなとこで弱音吐いてちゃ駄目よ』

だそうです。

夕方、奏を保育園に迎えに行くのは和志の役目。

「はいぃ、カナちゃん、ただいまでちゅよォ」

たまたま客がいなかったから、よかったようなものの。

「和志さん、お店で赤ちゃん言葉はやめてってば」

「……すんません。つい」

「あと、人前で分かりやすくヘコむのもやめて。私が鬼嫁みたいで感じ悪いでしょ」

「はい……」

それはそれとして。

「ワイン、ちゃんと買ってきてくれた？」

「あ、買ってきた買ってきた……これでしょ？」

ラベルを直接見せられても、よく分からない。琴音もネットでちょっと調べて、適当に決めただけだから。

「うん、ありがと」

今夜は特別な客が来る予定になっている。ワインは、そのための用意だ。

ドミナン二号店の書き入れ時は、なんといってもランチタイム。その後も客は入るが、混む可能性があるのはせいぜい夕方の四時か五時くらいまでなので、閉店はわりと早い。夜の七時にはたいてい終わりにしてしまう。

でも、今日は特別。六時半には閉めて、

「和志さん、片づけ頼んでいい？」

「おう、任しとき」

奏を連れて二階に上がり、一緒にお風呂に入って、それからご飯を食べさせる。ご飯といっても、離乳食にちょっと温野菜を入れた程度のものだ。

「はい奏、いただきます」

言葉はちょっと遅い方なのか、奏はまだ「ママ」「パパ」以外に意味のあることは言わない。返事はあっても「ぶう」「うんば」くらいだ。

「はい、もうひと口。あーんして、あーん」

奏は、確かに可愛い。目がぱっちりと大きいのは、自分で言うのもなんだが、ママ似だと思う。絶対にパパではない。一歳の女の子にしては、髪の毛はしっかりある方だ。それに関しては、パパ似ということにしておこうか。不公平がないように。

食べ終わる頃に、ちょうど和志が呼びに来てくれた。

「今、見えたよ、芭留さん」

「あっそ、ちょうどよかった」

八辻芭留。「ドミナン事件」をきっかけに知り合い、その後はしばらく連絡が途絶えていたが、一昨年の秋頃、ふいに彼女の方から会いに来てくれた。以来、わざわざ東京から、こうやってひと月かふた月に一度、遊びに来てくれるようになった。

「あー、いらっしゃーい」

「こんばんは。大丈夫だった？　早くなかった？」

「んーん、全然。今ちょうど、奏のご飯が終わったところ。あとはパパが寝かし付けてくれるから」

芭留は、まず滅多に二階には上がらない。閉店後なら、下の方がかえって遠慮なく喋れるから気が楽だ、と言ってくれる。でも、琴音には分かっている。それが、芭留なりの気遣いであることを。

「これ、千疋屋《せんびきや》でタルト買ってきたの」

「わー、嬉しい。ありがと」

「冷蔵庫に入れといて。お隣の分もあるから」

「ごめんね、いつも、実家の分まで」

それに、店でなら琴音が何か作って、それをツマミに二人で飲める。それがこのところ、琴音には何よりの息抜きになっている。

カウンターに座って、頬杖をついて。芭留は、琴音が料理するのをじっと見ている。

「いいね、琴音は。ちゃんといろいろできて」

「なに……芭留だっていろいろ、ちゃんとやってるじゃない」

んーん、と芭留がかぶりを振る。

「最近はもう、料理なんて全然しないもん。キホン単独行動だから、誰かとご飯行ったりとか滅多にしないし。ひどい日は、家に帰ってポテチ摘《つま》んで、缶ビールでお終《しま》いだよ」

「やだ、それはさすがに、体によくない。ちゃんと食べなきゃ。けっこう体力勝負なんでしょ」

「うん。徹夜もしょっちゅう」

「なおさら、ちゃんと食べなきゃ。体壊しちゃうよ」

「分かってる。だからここに来てるの」

「じゃあ、もっと頻繁においで。なんでも作ってあげるから」

芭留の今の仕事は、なんと探偵だという。だが【探偵、始めました！】というメッセージをもらっただけで、そこに至るまでの詳しい経緯は聞いていなかった。

「ねえ、なんでまた探偵なんて始めたの」

オードブルはこれでよし、と。

チーズを口にした芭留が、ニヤリとしてみせる。

「それね……詳しく話すと、長くなるんだけど」

「じゃあ、ダイジェストで」

「ダーメ。聞くならちゃんと、全部聞いて」

「はいはい、ちゃんと聞きます」

芭留が、子供のように「うん」と頷く。

「だから、その……私ほら、大学の専攻が海洋学だって、話したじゃない」

「ああ、うん。とにかく、海について調べるっていう」

「そうそう、そんな感じ……でまあ、教授のところに、調査船スタッフの募集が来てたから、ちょうど圭《けい》もお父さんと道場始めるっていうし、じゃあ、私も何かにチャレンジしようかな、って思って。ちょっとした留学気分で、応募したの」

　圭は芭留の妹。目は不自由だが格闘家としては凄腕で、今現在は父親と共同で柔術道場を持ち、そこで教室も開いて教えている。なんと静男も、その道場に通っている「八辻道場門下生」の一人だ。

　いやいや、芭留の話だった。

「留学気分って……それもまた、ずいぶん思いきったよね」

「まあね。一応バイト代っていうか、お給料も出るっていうし……で、主に海洋資源の調査とか、そういうのをやってたんだけど、資源ってさ、やっぱり話が大きいじゃない……あ、ありがと」

　生ハムのサラダと、小海老のフリッターを出す。

「わー、すごい、美味しそう」

「パスタはまたあとで作るから」

　とりあえず琴音もカウンターから出て、芭留の隣に座って、乾杯。

　食べながら、話の続きを聞く。

「……何しろ、海洋資源だからさ、話の規模も、現実に動くお金も大きいから、教授のパソコンにハッキングとか、普通にあるわけ」

「えー、マジで。怖ぁーい」

「あとハニートラップとか。ガチでスパイとか、周りにウヨウヨいたらしいの。私は全然分かんなかったけど。だからそういう関係で、警察庁とか、民間のシンクタンクとかとも連携してて」

警察庁、というのも気になったが。

「……ちょっと待った。シンクタンク、ってなに」

「んー、私もあんまり詳しくないけど、要はいろいろ研究して、経済とか安全保障とか、エネルギー問題とか、そういうのを政府に提言する機関なんだと思う。そういう知り合いが、なんか、いつのまにか増えてて。中でも、わりと長く一緒に動いてたシンクタンクの人が、就職どうすんのって、心配してくれて。私ほら、なんだかんだで二年も留年しちゃってるから、就職不利なのみんな知ってるから。なんかありますかね、って訊いたら、いいところがあるよって、今の会社を紹介された、ってわけ」

「それが、これ」

もらった名刺を指差すと、芭留が頷いてみせる。

「そう、『和田《わだ》徹《とおる》事務所』」

「メッセージに【探偵始めました】って書いてあったから、自分で探偵事務所でも開いたのかと思ったよ」

「あれは、わざと。ちょっとフザケただけ……でも実際は、探偵っていうよりは、興信所みたいな感じかな。琴音、捜査一課って分かる？」

「あの、ドラマとかでよく出てくるやつ？」

急に、芭留が目を見開く。

「……んーッ、このフリッター、美味しい」

「でしょ。下味の付け方を、ちょっと工夫してみたの」

「へえ、すッごい美味しい。私の中では三ツ星」

「やった……で？　捜査一課がどうしたの」

芭留は、ワインもひと口。

「……うん。その所長の和田さんはね、昔、警視庁の捜査一課の課長だった人なの。捜査一課っていうのは、主に殺人事件を捜査する部署で」

「ああ、だからドラマにもよく出てくるんだ」

「そうそう。だから、まあ普通に、浮気調査とか人捜しとか、信用調査とかもやるんだけど、それに加えて、犯罪の一歩手前みたいな案件も請け負いますよ、っていうのが、ウチの強みかな……ウチとか言って、まだ大して馴染《なじ》めてないんだけど」

なんか、面白くなってきた。

「犯罪の一歩手前って、なに。たとえばどんなの」

「たとえば、ストーカーされてるかも、みたいなケースとか。あと、ご近所トラブルが原因の嫌がらせとか。本人はメンタルやられるくらい追い詰められてても、証拠も何もないから警察は動けない、みたいなケースって、けっこうあるんだよ。そういうのを、元刑事のノウハウで解決しましょう、っていうのが、和田徹事務所のモットーかな、分かりやすく言えば。それはケース・バイ・ケースだけど」

裁判ができるくらいの証拠を揃えたり、なんなら警察に届け出るまでを請け負ったり。それはケース・バイ・ケースだけど」

「へえー、カッコいい」

小さく拍手し、琴音なりに盛り上げたつもりだったのだが、芭留の表情は優れない。

「……まあ、ね。やってることは、っていうか、やろうとしてることは、間違いなく立派なんだけどね。私も、人として和田所長のことは、物凄く尊敬してるんだけど、でもね……」

「なに。実はセクハラがヒドいとか、そういう話か。

「うん……あんまり、お金儲けが、上手じゃないんだよね」

そっちか。

「なるほど。それは困るね、公務員じゃないんだから」

芭留が、苦笑いで頷く。

「元警察官としての正義感の方が、いまだに勝っちゃうんだろうね。ついつい安請け合いしちゃって、実際トラブルも解決するんだけど、お金をもらう段になると……所長が『いいですよ、いいですよ』って言っちゃったら、横から他のスタッフが『いえ、きっちり払ってもらいます』とは、言えないじゃない。だから、いっつもピリピリしてる。特に経理の人とか。その経理の人も、元警察官なんだけどね。元、生活経済課って言ってたかな」

カタいような、ユルいような。

なかなか、面白そうな職場だこと。

4

美しさとは、どの時点からその人に備わり、周囲に認知され、尊ばれるようになるのだろう。

生まれたときは、まだない。人はまるで美しくなどない。生まれたての人間なんて、たいていは毛のない猿と一緒だ。

これに対し、出産直後に抱き上げる助産師から、出産に立ち会った父親、次の日辺りから見舞いに訪れる祖父母、きょうだい、親戚まで、誰もが判で押したように同じことを言う。おそらく、そう言わないと人でなしと見なされそうで嫌だから、仕方なく言うのだろう。

「わー、可愛い」

本当か？　ほとんど眉もない眉間に皺《しわ》を寄せて、ただ泣き喚《わめ》いているだけの猿もどきが、そんなに可愛いか。百歩譲って何週間とか、何ヶ月かしてから「可愛い」と思うのは、嘘ではないかもしれない。なんでも、赤ん坊を見たときに脳が出す信号こそが「可愛いという感情」であるという説もあるくらいだから、そこを頑《かたく》なに否定しても始まらない。だが赤ん坊が「美しい」かというと、それはない。断じてない。

これは命の美しさとか、その手の話ではない。テレビCMで艶《つや》やかな髪をなびかせるタレント、大観衆を前にランウェイを歩くファッションモデル、スクリーンの中で男どもを次々と手玉に取る女優、そういう類《たぐい》の「美しさ」の話だ。そんなものが赤ん坊にあるわけがないだろう、と人は言うだろう。その通りだ。だから、いつの時点から備わるのだろう、と考えているのだ。

ただしこの「美しさ」というのは、その個人だけで成立するのかというと、それは違う。ある程度周囲に共通の感覚として認識されて、初めて「美しさ」は成立する。つまりその時代の、とあるコミュニティが「美しさ」を定義し、それに当てはまる個人が現れた場合、その人が「美しい」と認定される。そういう仕組みだ。

だから、早ければ保育園とか、幼稚園くらいからだろうか。

お地蔵さんみたいな男の子、こけしみたいな女の子がひしめく中、別にスポットライトが当たっているわけでもないのに、一人だけ自然と輝き、周囲から浮きあがるように存在感を放つ子供がいる。ごく稀《まれ》にではあるが、現実に存在する。たいていは女の子だ。

構成要素はいくつかあるだろう。背が高いとか、顔が大人びているとか、妙に目力があるとか。そんな子を見た他の子の父親は、せいぜい「将来が楽しみだ」と思う程度で、よほどの変態でもない限り具体的な行動を起こすことはない。

だが、母親は違う。

負けじと我が子の髪を伸ばし、パーマをかけて巻き、壊れようが失《な》くそうが煌《きら》びやかな髪留めを付けさせ、家を出る前に「内緒ね」と口紅を塗る。あろうことか「先生には『色付きのリップクリーム』って言いなさい」と言い訳まで授けて。ひょっとしたら、ファンデーションを塗って目と眉まで描き足す母親もいるのかもしれない。

しかし、そんなことで周囲に「美しい」とは認定されない。単に浅ましさ、おぞましさ、愚かさが増して見えるだけ。子供の間でも保護者の間でも陰口を叩かれて終わりだ。

また「美しい」と認定された側も、決して穏やかではいられなくなる。周囲から絶え間なく受ける「嫉妬」の波動に、我が身を晒《さら》し続けなければならなくなるからだ。

この「嫉妬」に勝つか負けるかが、その後の人生を大きく左右することになる。そして「嫉妬」との勝負に終わりはない。老いさらばえて美しさを手放すその日まで、戦いは続く。

分かりやすい初戦《はついくさ》の場は、学芸会だろう。

打ち勝った者は、舞台で最前列の中央に立つことを許される。負けた者は、親以外は目を向けないであろう後列の端に立たされる。

「嫉妬」に打ち勝つ心と、舞台の中心で輝きを放ち、与えられた役を期待値以上の演技でやり通すそれには、全く同じ質の強さが求められる。

その「強さ」を、持っているか否か。

運命の分かれ道はそこにあるのだろう。

小学生にもなると、女の子は着実に「女」になっていく。男の子は依然として「男の子」のままだというのに。これは、女子は高学年辺りで初経を迎えることとも関係があるのかもしれないが、決してそれだけではない。

女の子は、心の持ちようでいつでも「女」になれる。でも男の子は、どんなに固く心に決めたところで「男」にはなれない。なぜなら、周囲がそうとは認めないからだ。ガキンチョがいくら粋がってみせたところで、大人の男には到底なれない。せいぜい、背伸びの仕方を間違えたセンスのない「早すぎる中二病」と笑われるだけだ。

それが、女の子だとこうなる。

「あの子、何年生？……え、そうなの。なんか……いや、こういう言い方すると、いろいろ問題あるのかもしれないけどさ、なんか、大人っぽいっていうか……妙に、色っぽいよね」

そう見えてしまったら、生理が来ているかどうかなんて関係ない。そう見られた時点で、その女の子はすでに「女」なのだ。少なくとも男性の側からすれば。

一方、女性は少なからず、男性からのそういった視線に嫌悪感を覚える。性的な目で見られるのは甚《はなは》だ迷惑だし、鳥肌では済まないくらい気持ち悪い思いをする。もう「分かっている」小学生だったら親に相談するだろうし、相談された親にしてみたら、その手の男たちは全員犯罪者予備軍だ。

ところが、これを「称賛」と受け取る女の子もいる。割合の多い少ないは分からない。ごく一部なのかもしれないし、潜在的にはもっと多いのかもしれない。でも確実に、いることはいる。

例の「強さ」を持った女の子たちだ。

彼女たちの戦の場はそこかしこにある。学芸会はもとより、運動会、様々な発表会。人の目が集まる場所は全て、彼女たちにとっては大事な舞台だ。

そんな女の子たちにとって、東京の原宿《はらじゅく》は、まさに夢の舞台への登竜門となり得る街だ。目一杯お洒落《しゃれ》をして、友達と出かけていく。母親と、はまだアリかもしれない。姉や妹と、というのも悪くない。ただ父親と、というのはあり得ない。だったらまだ兄と一緒の方がいい。弟は論外、足手まとい以外の何物でもない。

とにかく原宿に行き、竹下通り《たけしたどお》りを歩く。右も左も斜め上も、パステルカラーで彩られた夢の世界だ。個性的なコンセプトを持つ洋服屋と肩を並べ、帽子屋、靴下屋、Tシャツ屋といった専門店も人気を博している。原宿名物といえばクレープだが、タピオカやワッフルなど、その時代時代の流行スイーツも数多く楽しめる。

欲しいものはたくさんあるけれど、使えるお小遣いは限られている。洋服が買えるほどは持ってきていない。買えたとしても靴下がせいぜい。でも目的は、そもそも買い物ではない。

本当の目的は、おそらく予告なしにやってくる。しかも向こうから。

たとえばこんな感じだ。

「ねえ君、ちょっといい？」

パーカにチノパン、クラッチバッグを持った男が声をかけてくる。くるくるっと毛先を遊ばせた、かなりカジュアルな印象の二十代だ。単なる客引き、という可能性はもちろんある。まさか小学生だなどとは思わず、ナンパ目的で声かけをした可能性だってあるだろう。だが、スカウトマンだって第一声は似たり寄ったりだ。

「はい？」

「急に声かけちゃってごめんなさい。すごく雰囲気があったので、つい……もしかして、芸能活動とかされてます？　モデルとか、タレントとか」

「いえ、してないです」

「え、ほんとに？　あっそう、そうですか……じゃあ、そういう活動に興味とかあります？　私、こういう者です。スターゲイト・プロモーションの……」

ここも一つの、大きな分かれ道だろう。

キャッチセールスや水商売、風俗関係のスカウトマンなら、早い段階から名刺を渡すことはない。あとで電話しますと言われたら、それで話は終わってしまうからだ。だが、ある程度有名な芸能事務所のスカウトマンなら、最初から名刺を出す。仮にその場で話を聞いてもらえなくても、後日連絡をもらえる可能性があるからだ。

あるいは、その字面だけで反応が得られる場合もある。

「スター、ゲイト……」

「あ、聞いたことある？　森佑子《もりゆうこ》とか、西荻緑子《にしおぎみどりこ》とか……こっち見てもらえれば、分かると思うけど」

名刺を裏返せば、たいていはその事務所の所属タレントの名が列挙されている。その中に彼女の憧れのモデルなり、タレントなりがいたら話は早い。

いなければ、保留とするのが賢明だろう。

「いえ、ちょっと……分からないです」

「うん、そっか。いいのいいの。じゃあよかったら、その辺でケーキでも食べない？　クレープでもなんでも、ご馳走《ちそう》するよ」

「あの、ごめんなさい」

「うん、分かった。じゃあ今日はこれだけで。でも、お家《うち》帰ってからでいいから、ここに書いてある、スターゲイト・プロモーションのサイト、見てみてもらえないかな。きっと、一人くらい知ってる人、いると思うんだ。ひょっとしたら、好きな俳優とか、アーティストとかもいるかもしれない。で、興味が湧いたらさ、お父さんお母さんに相談してみてよ。これってちゃんとした会社かな、って。それで、ちゃんとした会社だね、ってなって、もう少し話を聞いてみてもいいかな、ってなったら、ここ……電話でもいいし、メールでもいいから、連絡もらえると嬉しいんだけどな」

どれくらいの割合で、こういった連絡を自発的に返す子がいるのかは分からない。十人に一人、百人に一人、それとも千人に一人か。しかも、歩いているだけで声をかけられるような子は、当然、他のスカウトマンからも声をかけられている。一回や二回断わったり、連絡すると約束して結局しない、なんてこともさして気にはしていない。

和美《かずみ》が、まさにそういう子だった。


遠くから見ただけで、むろんぼんやりとではあるが、華やかさのようなものを感じる。

たとえば廊下の向こう。友達と喋りながら歩いてくる。歩幅は他の子たちと一緒。背はちょっと高く抜けているが、だからといって極端に目立つほどではない。髪は長い。でも普通に黒いので、これも目立つ要素というわけではない。

おそらく、バランスだろう。

頭の大きさ、というか顔の小ささ、首の長さ、肩幅、胸からウエスト、ウエストから腰へと繋がる曲線、そこから膝までの長さ、膝から足首までの長さ。全てのバランスが、呼吸を忘れるほど整っている。特に学校の制服を着ていると、そのバランスのよさが際立つ。

申し訳ないが、和美と比べたら他の子はみんな「お野菜人形」だ。玉ねぎ頭、カボチャ頭、胸はスイカ、そっちは椎茸《しいたけ》、四肢はごぼう、ニンジン、キュウリ、大根、はい安いよ安いよ。

和美のことは、うんと小さな頃から知っている。昔から目立つ子ではあった。だが中学に入ってからの和美は、あの輝かしい小学校時代すら黒歴史と呼びたくなるほど、「美」の異次元領域に入りつつあった。それまでも美しい蝶々だと思っていたけれど、あれは実はまだ芋虫《いもむし》だったのだと、思い知らされた気がした。

距離が縮まれば、当然その眩《まばゆ》さに呑《の》み込まれる。

大きくて、でも少しだけ垂れた目。それを受け止める豊かな頬骨。つるりと自然な高さの鼻。スッと口角の上がった唇。その脇にあるホクロ。前から見ると丸いのに、横からだと尖《とが》って見える顎。

そんな顔で、すれ違いざまに微笑《ほほえ》むのだ。

知らない顔ではない。むしろ慣れ過ぎているくらい見慣れた顔だ。それなのに、これだ。

この胸の高鳴り。

和美は部活動にバスケットボールを選んだ。背の高い彼女らしい選択だと思った。

部員数の関係もあったのだろう。一年生のときから試合に出てはいたが、選手としては「並」だったらしい。決して上手いわけではないと、バスケットに詳しい友人が言っていた。

確かに試合を見ていると、ドリブル中にボールを奪われたり、せっかくパスをもらってもシュートで外したりする。

しかし、というか、だからこそ、なのだろう。

和美が得点した瞬間は、とんでもない騒ぎになる。女子も男子も一斉に立ち上がり、まるで試合に勝利したかのように盛り上がる。

「ズミィーッ」

「ズミッ、ちゃァァァーン」

そう。幼少期のように「カズ」に寄せて呼ばれるのではなく、中学に入ってからは、なぜか「ズミ」の方を切り取って呼ばれる方が多いようだった。

ズミ、ズミちゃん、ズミさま。

また中学に上がってからは、女子に好かれる傾向が強まったように思う。たぶん、嫉妬されることが少なくなったからだ。嫉妬すらされないくらい、和美は抜きん出た存在になったのだ。

だから「ズミは◎◎と付き合ってる」みたいな噂話はまず聞かない。その、全く逆のパターンばかりだ。

「三年の山下《やました》先輩、ズミにコクってフラレたらしいよ」

「えー、だって山下さんって、あれじゃん、雑誌にも出たことあったり」

「うん。でも秒殺だったらしいよ。付き合って『くれ』まで言う前に、『ごめんなさい』って頭下げられてたって」

「何それ。誰か見てたの？」

「みたいよ。吉岡《よしおか》先輩が、めっちゃ言い触らしてる」

「……ウケる、それ」

他にもある。

「この前、アッチがズミと原宿に遊びに行ったんだって」

「あー、らしいね。ズミに誘われたって、アッチ、めっちゃ私にも自慢してきた」

「そしたらやっぱり、スカウトとか凄いんだって」

「だろうね。でも、半分はナンパだって聞いたけど」

「それが、実際にはナンパ、ゼロなんだって。なんでだと思う？」

「えー、知らない。分かんない」

「ズミが睨《にら》むと、みんな黙っちゃうんだって。黙っちゃって、ナンパ目的の男は、なんでもないです、ってどっかに逃げちゃうんだって。でもスカウトの人は、違うんです、ナンパじゃないんです、って言い訳し始めるから、そういう人の話は、一応聞いてあげるんだって」

「……何それ、ウケる」

気になったので、和美に直接訊いてみたことがある。

付き合っている人はいるのか、好きな人はいるのか。

その答えも、実に和美らしかった。

「いないよ。付き合ってる人も、好きな人も。なんかさ……たとえば、誰かのカノジョになったとして、その誰かが、周りからどう見られてるかって、すごい重要じゃない。付き合ったらさ、その人の価値と、自分の価値を足して二で割って見られるんだから。だとしたら、自分より価値の劣る男と付き合うわけにはいかないよね。少なくとも、こんな地元の中学にいるような、泥んこ……あ、ごめん。別に、池内《いけうち》先輩のことを言ってるんじゃなくて」

文化祭も、和美のいるクラスは他所《よそ》と違う悩みを持つことになる。誰が何をやるかは決まっている。もちろん、和美が主役をやるのだ。

問題は、和美を主役にして何をやるのか、だ。

まず出てくるのは演劇という案だが、中学校の文化祭の、しかもクラスの出し物としてはかなりハードルが高い。

いの一番に出てくるのは「白雪姫」辺りだが、脚本はありもので済ませるにしても、大道具や衣装はどうするんだと問題になり、結局は見送りになるという。そうなれば「シンデレラ」も「美女と野獣」も自動的に却下になる。じゃあ劇以外に何があるんだ。お店系とかか。ちょっと、それでズミに何させようっての。ホステスとか。あんたバカじゃないの――。

毎年、似たような議論が延々と繰り返されるらしい。

結果、中学一年時は、和美が校内を探索してレポートする映像を事前に撮影し、そこからクイズを出題するという「ズミのクイズハウス」になった。これは入り口の戸が壊れるくらいの大入りを記録した。

二年時は、和美を被写体にした写真展。これも初日は盛況だったが、二日目の朝には写真の大半がなくなっており、学校内といえどもこれは窃盗事件なのではないかと、PTAをも巻き込む大問題に発展。犯人は今現在に至るまで判明していないという。

三年時は待望の演劇。ちょうど脚本が書けるという女子がクラスにおり、大道具も衣装もほとんど必要ないオリジナル作品にするという方向で準備を進めていたが、肝心の和美が文化祭前日に高熱を出して降板。脚本家の彼女が芝居を一番分かっているということで代役を務めたが、むろん、和美のいない舞台を観に来る生徒などいるわけがない。惨憺《さんたん》たる結果だったことは言うまでもない。

和美の、演技の実力は如何《いか》ほどなのか。

その是非は、高校時代になるまで持ち越されることになった。

5

奈緒は近頃、自分ってこんな人間だったかな、と考えることがある。

もともとは、自分でも嫌になるくらい普通の人間だった。勉強が得意なわけではないが、だからといってどん底というほどの成績もとったことがなかった。言うなれば中の中。得意なスポーツもなかったが、走れと言われればまあまあの順位でゴールはできた。それもまた、中の中。

でもごくたまに、中の上に入ることもあった。

それ即《すなわ》ち、自分はその分野において、平均よりも優れているという、客観的な評価。

もしかして私、走るの好きな方かも——。

そう無理やり自身を奮い立たせ、高校では陸上部に入ってみたが、そんな「お試し感覚」で長続きするわけがない。周りは本気で走るのが好きな人ばかりだった。「好きな方かも」なんて中途半端な気持ちの部員は、奈緒以外にはいなかった。なので早々に退部した。直接の原因は、雨の日に走らされて風邪を引いたからだったが。

だが高二の夏、転機は突如として訪れた。

ちょっとしたきっかけからクラスメートの片山希莉と仲良くなり、一緒に行動していたら、とある傷害事件に巻き込まれた。希莉なんかは平気で「ドミナン事件」と呼んでいるが、「ドミナン」はカフェの店名なので、奈緒はその呼び方には抵抗を覚える。なんとも申し訳ない気持ちになってしまう。なので「あの事件」とか「例の事件」とか、またしても中途半端な表現になってしまうのだが、でもこれは仕方ない。

あの事件が奈緒にもたらした影響は、極めて大きかった。

目の前で人が殺されかけた、というだけでも充分ショックだったが、その事態に立ち向かったのはクラスメートの希莉であり、直接犯人を取り押さえたのは同じ歳《とし》の、盲目の八辻圭だった。この事実がまず、奈緒には衝撃だった。その他にも、圭の姉、芭留や、被害者となった市原琴音、その妹の叶音と出会い、それまで真剣に考えたことなどなかった自分の将来や、自分の視野、自分のいる世界といったものを明確に意識するようになった。

私も何かしなきゃ、自分から動き出さなきゃ。でも何を、どうやって始めたらいいんだろう——。

思えば、希莉の取材に同行し、交番勤務の警察官と直接話せたことや、後日、事件の目撃者として警察で事情聴取を受けたのは特別な体験だった。こんなふうに事件って解決されるんだ、新聞に載ったり、テレビのニュースで流れたりするんだ、というのも分かった。あのときも、自分と社会が、自分と外の世界が、ふいに繋がったような感覚があった。

将来なるとしたら、新聞記者とか、警察官なんてどうだろう——。

単純かもしれないが、この二者択一まではわりと簡単に絞り込めた。ただし新聞記者になるためには、まず大学に行かなければならない。一方、警察官は高卒でも大卒でもなれるらしい。

どうする。とりあえず大学に行って、就職活動が始まる頃にもう一度考えてみるか。いやいや、そういう結論を先延ばしにするところが駄目なんだ。それじゃ今までと何も変わらない、また普通過ぎる、中の中の人生が待っているだけだ。今だ。今ここで踏み出さなきゃ、自分みたいな人間はいつまで経っても変われないんだ。

えいやっ——。

奈緒にしてみたら、かなり思いきって飛び込んだのが警察の世界だった。四年足らずと、職歴としては非常に短くはあったが、でも奈緒にとっては濃密な、いろんなものが「ぎゅっ」と詰まった四年弱だった。

だから、なのだと思う。

今みたいに、実家で家事をしているだけだと、何かこう、もったいない気がしてきてしまう。これが、自分が結婚して得た家庭なら別だろう。私がこの家の主婦だ、文句があるか、と大見得を切ることもできる。でもこの家の主婦は、言うまでもなく母だ。がんを克服し、ほぼ元通り動けるようになったのだから、元通りの生活に戻していくのが筋というものだ。

さて困った。これから自分は、どうしたらいい。

両親は奈緒の再就職に関し、当たり前ではあるが「ゆっくりでいい」と言ってくれる。

「奈緒、ほんと、ごめんね……せっかく苦労して刑事にまでなったのに、私のことで、辞めてもらう結果になっちゃって……だから、ね。せめて次を選ぶのに、焦ったり、慌てたりはしてほしくないの。焦って決めて、変なブラック企業とかに入っちゃったら、私もうほんとに、奈緒になんて謝ったらいいか分かんないから」

別に、刑事になるのに苦労した覚えはないが、それはいいとしてだ。

高校までの奈緒だったら、いや、例の事件以前の奈緒だったら、すんなりお言葉に甘えてこのモラトリアムを謳歌《おうか》したかもしれない。でも今は、もうできない。希莉は演劇の世界で活躍している。圭だって、お父さんと道場を開いて頑張っている。決して普通が悪いわけではない。中の中が駄目なわけでもない。だけど今は、今の自分は、自分から動き出したいのだ。何かしたいのだ。

警察を辞めたのは失敗だった、と言いたくないのもある。そういうふうには思いたくない。両親のためにも、自分自身のためにも。

「……お母さん。午後ちょっと、出かけてきてもいい？」

「うん。いいけど、どこ？」

「ちょっと、友達のところ」

平日は父がいないので、車が自由に使える。公共交通機関で行こうとすると一時間、二時間かかったりするようなところも、自動車で山道を行けば三十分くらいだったりする。そう。三十分かそこらで来られるのだから、もっと気軽に出かけてくればよかった。

店の隣に車を駐《と》め、

「こんにち、は……」

そっとドアを引いて、中を覗き込む。

ちりりん、とドアチャイムが鳴ったからだろう。カウンター奥の厨房から、店主も顔を覗かせる。

「いら……あ、奈緒ちゃん」

「琴音さぁーん」

店内にはふた組客がいたが、遠慮はしなかった。カウンターがなければ抱きつくくらいの勢いで、奈緒は琴音のもとに駆け寄っていった。

「お久し振りです」

琴音も両手を伸べて迎えてくれる。

「ほんと久し振り……なに、警察辞めたってのは聞いたけど、でもそれっきりだったから、心配してたんだよ」

「ごめんなさい。なんか、いろいろあって」

「うんうん、とりあえず座りな」

「はい、ありがとうございます……」

カウンター席に座って、お水をもらって、ひと口飲んで。

「何にする？」

「じゃあ……何か、お薦《すす》めを『究極の琴音』で」

「やーだ、そんなのない。全部『静男』」

ドミナンのコーヒーには「究極の静男」「渾身の静男」「最強の静男」「休日の静男」という四種類の淹れ方があり、それらを豆の種類と組み合わせてオーダーするのが、この店独自のスタイルになっている。ただ、たいていの客は琴音にお薦めを尋ね、今日のブラジルには「最強の静男」が合うとか、日替わりブレンドには「休日の静男」がいいとか聞いて、「じゃあそれで」と頼むことになる。正直、どれだけの客が淹れ方による味の違いを理解しているかは疑問だが、琴音のアドバイス通りオーダーした方が美味しいのは、まず間違いない。以前、あえて「お薦めはしない」という組み合わせでオーダーしてみたら、確かに美味しくはなかった。美味しくないというか、ドミナンのコーヒー特有の「ああ、癒える」「なんかほっとする」感じがまるでしなかった。

あと「静男」を「琴音」に言い換えるのは、いわば「常連さんジョーク」だ。特に琴音ファンのオジサン客がよく言っている。

琴音は「『究極』で淹れるなら、今日はマンデリンかな」と言い、ロースト済みの豆が入った広口の瓶に手を置いた。

「じゃあ、それで」

「オッケー」

早速、琴音が動き始める。

まず一杯分の豆を量り、それをミルで挽く。それも昔の足踏みミシンみたいな、大きなハンドルの付いたミルで挽いていく。

琴音の目は真剣そのもの。ハンドルを握る手の動きは繊細で、かつ力強い。

でも同時に、琴音は接客のプロでもある。

「で、何があったの？」

「ああ、はい……」

奈緒は母親ががんになったこと、父が働きながら一人で母の面倒を見るのは難しかったこと、二人の兄には頼りづらかったこと、自分と父のどちらかが仕事を辞めるなら、稼ぎの少ない自分が辞めるべきだと思い、警察を退職して母の面倒を見ていたことなどを話した。

「そっか、そういうことだったんだ。大変だったね」

「はい。自分でも、もったいないな、とは思ったんですけど、でもどうしても……あの両親の荒《すさ》みようは、見ていられなくて」

「分かる。そういうのあるよね。主婦が寝込むと、家庭の空気って、異様にどんよりするもんね」

琴音が、ミルからドリッパーに挽いた豆を移す。

一つ、奈緒は頷いてみせた。

「……でも、よかったは、よかったんです。抗がん剤治療が、若干長くはかかりましたけど、結果的には上手くいったんで。主治医には一応、寛解と思っていいでしょう、って言われて」

「あ、ほんと。それはよかった」

「はい。もうけっこう元気になって、家事もひと通りできるくらいには、体力も戻ってきて。今のところ、再発もなくて」

「そっか。それはよかった……んだけど、ってことね？」

「あれ、ダジャレですか」

「違うから」

琴音が、苦笑いしながらドリッパーにお湯を落とし始める。この作業中は、さすがの琴音も喋らなくなる。なのでいつも、奈緒の独り言タイムみたいになる。

「だからなんか、今は家に、主婦が二人みたいになっちゃって……って、私は半人前ですから、合わせてもせいぜい一・五人くらいですけど。ただ……いつまでも私が家にいると、母親が……自分が病気になって、娘がそれで仕事を辞めて、再就職できないでいるって、思ってるんだろうな、って思うと、こっちもなんか居づらく感じてきちゃって……母親は、口では言うんですよ。そんなに焦らないで、いいとこ探しなさいって。時間かかったっていいんだから、って。でも……なんだろ。警察官として復職するのは無理でも、行政職員としてならありかな、とか。まだ二十三なんで、ひょっとしたら、もう一回採用試験受けるのもありなのかな、とか。二回目だから、一回目よりは勝手も分かってるし、有利だとは思うんですよね……ただ、一回辞めてるっていうのが、どう評価されるのかが、怖いんですよ……」

カップをソーサーに載せ、スプーンを添えて、琴音が笑みを浮かべる。

「なるほどね……はい、お待たせいたしました。『究極の静男』でお淹れしました、マンデリンです」

「ありがとうございます……わあ、いい香り。なんだろう、とろけそう。癒える……いただきます」

琴音が、小皿にクッキーを用意してくれている。

「そっか、警察に再就職か。それもありかもね……でも、ちょっと意外。奈緒ちゃんて、ものスッゴい、警察に拘り持ってたんだね」

もちろん、コーヒーはブラックのままいただく。

「あー、美味しい……え、私が警察に拘るの、意外ですか？」

「うん。だって前は、私なんて手柄もなんもないし、背も低いし体力もないから、警察向いてないかも、みたいに言ってたじゃない」

そう思っていた時期も、確かにあった。

「まあ、それはそうなんですけど、でも、ボチボチやってるうちに、コツじゃないですけど、要領が摑めてきたみたいなところも、あるにはあったんで。あと……意外とやっぱり、人の役に立てる、ってとこですかね。地理案内一つとっても、感謝されたら嬉しいですし。轢き逃げの、犯人逮捕は私、してないんですけど、車両は見つけたことがあって。轢かれた被害者の方、そのときまだ入院中で。その方に、犯人逮捕の報告に行く役、係長から命じられて。で報告したら、やっぱりすごく感謝されるんですよ。そういうのってなんか、ああ、頑張ってよかったな、って……思ってたんですけどね」

琴音がクッキーをこっちに出したタイミングで、「ごちそうさま」とひと組の客が動き出した。

「はい、ありがとうございます」

カウンターから出た琴音が、レジの方に向かう。その姿を、奈緒はなんとなく目で追った。白いブラウス、キャメルのニットに、デニム。細身の琴音は、何を着ても本当によく似合う。特に今日みたいな、カジュアルでシンプルなコーディネイトだと琴音のスタイルの良さがより一層際立つ。あれで子供を一人産んでいるなんて信じられない。そういえば今日、奏はどうしたのだろう。二階に寝かせたままなのだろうか。いや、この時間ならまだ保育園か。

そうだ、きっとまだ保育園だ。

「ありがとうございました。またのお越しを、お待ちしております」

あっというまに、ふた組とも出て行ってしまった。

琴音が、カウンターの端に置いてあるトレイを取りにくる。

「ちょっと、片づけちゃうね」

「はい」

四人分の食器をトレイに載せて、ササッとテーブルを拭いて。こんなふうに店の中を動き回る琴音を見たのは、あの事件のときが初めてだったけれど、あのときすでに、奈緒は琴音に対して憧れの感情を抱いていたように思う。あ、素敵な人。そんな第一印象を持ったような記憶がある。

片づけが終わったら、また奈緒が話を続けようと思っていたのだが、カウンターに戻ってくると、琴音から切り出してきた。

「あの……余計なことかもしれないけど、ちょっと言っていい？ っていうか、訊いてもいいかな」

「はい、もちろんです」

にっ、と琴音が口角を上げる。

「奈緒ちゃんさ、再就職は、地元の方がいいの？」

逆に、それ以外は考えていなかった。

「え、たとえば、地元以外だと、どういうところですか」

「東京とか」

これまでの人生で、片手で足りるくらいしか行ったことのない大都会、日本の中心である、あの「東京」か。

「いいえ、全然、考えたこともなかったです」

「あほんと。じゃあ、別にいっか」

「えー、なんでですか。なんで東京なんですか」

数秒、琴音は言いづらそうにしていたが、でも何かを思いきるように、一つ頷いてから話し始めた。

「これはほんと、余計なことなんだと思うし、相手もあることだから、どうなるかは全然分かんないんだけど……芭留がね、八辻芭留」

大丈夫。繰り返さなくても分かる。

「はい、芭留さんが……私、けっこうご無沙汰《ぶさた》しちゃってますけど」

「うん。彼女、いま東京の、調査会社で働いてるのね」

「へー、そうなんですか。意外。私が最後にお会いしたときは、なんか船乗りみたいな感じでしたけど」

琴音が小さく噴き出す。

「船乗りは、ちょっと違う気がするけど、でもその頃に知り合った人の紹介で……奈緒ちゃん、捜査一課って分かる？」

もちろん。

「はい、各警察本部の刑事部の、殺人とか、強盗とか放火とか、いわゆる強行犯事件を担当する部署ですよね」

琴音が「さすが元プロ」と小さく拍手をする。

「いやいや……その、捜査一課が」

「芭留のね、勤めてるところが、なんだっけな、あとで名刺探して見せるけど、そこの所長さんが、捜査一課の課長さんだった人なんだって。他にも、そこは元警察官の人が多いみたいで。でまあ、奈緒ちゃんも今や元警察官なわけだから、そういうのはどうかな、って……ほんとこれ、私の思いつきだよ。芭留に確認したわけでもなんでもないから、全然分かんないんだけど、でも、どうかなって、ちょっと思ったの。お節介だとは思ったんだけど」

東京の、元捜査一課長が所長を務める、民間の調査会社。

それちょっと、いえ、かなりっていうか、物凄く興味あります。

琴音も芭留に連絡してくれたようだが、基本的にこれは奈緒の問題なので、もちろん奈緒から連絡を入れた。

「もしもし、ご無沙汰してます、森奈緒です。あの、分かりますか」

『うん、奈緒ちゃん。分かるよぉ、当たり前じゃない、久し振りぃ。琴音から聞いたけど、なんか大変だったんだってね』

「いえ、そんな……なんか、私がもっとしっかりしてれば、親の面倒とも両立できたとは思うんですけど」

『いや、実際難しいと思うよ、家族が病気になっちゃうと』

そういう芭留は長年、盲目の妹の「目」となり生きてきた。実に献身的で、愛情深い人なのだと思う。

「それで、琴音さんから……」

『うんうん、それも聞いた。私もまだ、会社に確認したわけじゃないから正式なことは言えないんだけど、二つ、思ったこと言っとくね。一つは良いこと、一つはちょい厳しめのこと』

やっぱり、東京に出て働いているからだろうか。芭留の話し方が、前よりずいぶんチャキチャキしているように聞こえる。

「はい、お願いします……」

『一つは、私は奈緒ちゃんみたいな、若い女性に入ってもらうのは大賛成、ってこと。調査の依頼主ってさ、けっこう女性も多いのね。で、調査会社に初めて来てさ、知らない男性に話聞いてもらうのと、知らなくても女性に聞いてもらうのとでは、精神的負担が全然違うと思うんだよね。あと張込みとかでも、女性と組むのと男性と組むのとだったら、やっぱり女性との方がいいもん、私だって。しかも奈緒ちゃん、元警察官だし……ただ一つ、厳しめっていうのは』

分かっている。世の中、そんなにいい話ばかりなわけがない。

「はい、お願いします」

『いや、そんなに構えなくても大丈夫だけど……これは、ウチの社員特有の感覚なのかもしれないけど、基本的に、警察で定年まで勤め上げた人じゃないと、信用しないのね』

もう、この時点で奈緒はアウトだが。

「そう、ですよね……」

『ただし、それはテレビに出てるコメンテイターとかの話で。やっぱさ、ああいう人たちだから、階級とか所属で見ちゃうわけよ』

「それは、分かります。私も」

『でなんか、なんで警察辞めたのか、とか、現役時代の評判とか、回り回って耳に入ってきたりもするみたいなの。そういうのを知っちゃうとさ、次にテレビで見たときとかに言うわけよ、オジサンたちは。こんな奴に警察の何が分かる、捜査の何が分かる、十年やそこらで辞めたくせに、みたいな』

そうなったら、四年弱ですみません、としか奈緒には言いようがない。

「じゃあ、私なんて……」

『んーん、ちゃんと最後まで聞いて。その一方で、ウチの所長って、すごく情に厚い人で。奈緒ちゃんみたいな事情で辞めた人なら、むしろよく頑張ったねって、言うと思うんだよね。だからいっぺん、こっち来て会ってみない？　所長に。私からもプッシュしておくから』

あれよあれよというまに、奈緒は後日、その和田徹所長と会うことになった。

場所は、東京駅の中にある喫茶店。和田と芭留が並んで座り、奈緒は和田の向かいに座った。

和田に対する奈緒の第一印象は「圧が凄い」のひと言に尽きる。

「初めまして。森、奈緒と申します」

短く刈られた髪。どこがというのではないが、全体的に「硬そう」な顔をしている。頬を指でつついても、簡単にはヘコみそうにない、みたいな。肩幅も、胸の厚みも凄い。ほとんど岩だ。

「昨年まで、栃木県警、那須塩原署に、勤務しておりました。所属は、地域課ののちに……」

和田所長は眉一つ動かさず、奈緒の自己紹介をじっと聞いている。

「……そんな状況でしたので、昨年、栃木県警を退職いたしました。私に、もう少し、警察官として能力があれば、両親の面倒と、両立できたのではないかと、悔やむ部分もあるのですが」

そこまで言うと、ふいに和田が奈緒に掌《てのひら》を向けてきた。

「はい、分かりました。恐らく私が、八辻くんから聞いた通りなのでしょう。なので、あとは私から森さんに、いくつか確認させてください。まず、あなたが警察業務の中で、一番好きだったのはなんですか」

普段の奈緒だったら、とっさに「え？」と訊き返していたかもしれない。だが幸か不幸か、今はそんな声すら出ない。それくらい、緊張している。

一番好きだった業務。なんだ。一つだけなんて、そんな急には絞り込めない。でも早く答えないと、頭の回転の悪い奴だと思われてしまう。

「はい、えと……地理案内です」

和田が初めて表情を変えた。

眉間に、深く縦皺が出現する。

「それはまた、なんで」

「それは……困っている方の、役に立ったという実感が、得やすかったからです」

「じゃあ、嫌いだった業務は」

「嫌い、は……嫌いな業務は、特にありませんでしたが、結果が、あやふやなのは、ちゃんとしたいな、と思いました。奉職した期間は、短かったですが、二度の配置転換のうち、特に交通課から刑事第一課に移ったときに、やりかけの仕事を、いくつか残してきてしまいました。それを、しばらく気にしていましたが、でも全ての仕事をやりきって異動するというのも、現実には難しいと、先輩に言われ、確かにそうだなと……割り切らなければと、思いました」

和田が眉を元に戻す。

「じゃあ、県警を辞めたことについて、今は、どう思ってるの」

サクッ、と胸の真ん中辺りに、刺さるものがあった。

私は、栃木県警を、途中で辞めた人間――。

そのことが、ふいに深く、胸の奥に突き刺さってきた。

「……後悔、しています」

泣くなんてみっともない、と思ったけれど、頬を拭うよりも、言葉を紡《つむ》ぐ方が先だった。

「たくさんの、仕事を、ちゅ……中途半端に、残してきて、しまいました……もっと、せめてあと半年くらいは、頑張れたのではないか、自分は母の病気を理由に、警察から、勤務から、逃げたのではないかと、自問することも、ありました……なので、もう逃げたくないと、思い、今回、八辻さんにお願いしました……」

芭留が自分のバッグに手をやる。ハンカチを取り出し、奈緒に手渡そうとする。

だがそれを、和田が止めた。

代わりに、和田が自分のハンカチを差し出してくる。

「……森さん。意地の悪い質問をして、申し訳ありませんでした。八辻くんが推薦してきたという時点で、あなたが信頼できる、しっかりした方なのであろうことは、分かっていました。それでも、私は一つだけ確認しておく必要があった。あなたが、私の想像通りの人ならば、先の質問に『後悔している』と答えるだろう、そう予想しました。もしかしたら涙を流すかもしれない、そうも思っていました。ときに刑事は、犯人と一緒に泣かなければならない、そういう仕事ですから。泣けないようでは、半人前です……森さん。我々と一緒に、汗を流してみませんか。じっくり取り組めば、警察に勝るとも劣らない、いい仕事ができると思いますよ」

ありがとうございます。そのひと言も、まともに言えたかは分からない。

和田の貸してくれたハンカチは、真っ白だった。

6

やっぱり自分は、もうしばらく「巻き込まれ」タイプのままかもしれない。

希莉は下北沢《しもきたざわ》の、馴染みの居酒屋でポー子と飲んでいた。

「遅いね、阿部くん」

霧組の制作担当、阿部幸宏が、待ち合わせ時間を四十分過ぎてもまだ来ない。

ポー子はさっきから、麦焼酎をロックでグビグビ飲み続けている。彼女はあまり「肴《さかな》」を欲しがらない、最悪「塩があればひと晩飲める」という、なかなかの酒豪だ。

「しっかし、どうなの、最近のアレ。なんかさ、変な女に入れ揚げてるらしいじゃない」

ポー子は、本人がいないところでは彼のことを「アレ」と呼ぶ。さすがに、面と向かえば普通に「阿部くん」だが。

「変な女って、どんな女よ」

「なんか、地下アイドルだかなんだか」

「別に、地下アイドル自体はいいでしょ。しょっちだって地下アイドルだし」

「しょっち」というのは、前の前の公演に客演で出てくれた娘だが、普段は「ぺるる」という地下アイドルグループで活動している。

　ポー子は「いやいや」と手で扇ぐように否定する。

「あんな『ぺるる』みたいに大人しいのじゃなくてさ、ステージで脱ぎ始めたり、それで警察沙汰になったりしてる、炎上商法っていうのかね、そんな感じのグループのメンバー……っていう噂よ」

「なんだ、噂なの？」

「栗田《くりた》さんから聞いた」

　栗田というのは、まあ、阿部と希莉たちの共通の知人だ。下北沢にビルを二棟持っている、金持ちのオバサンだ。

「じゃあ、当てになんないよ。栗田さんの噂話、いっつもテキトーだもん」

「そうかな。けっこう、目撃談としてはリアリティあったけどな。あたしゃ、なんか嫌な予感がするんだけどね」

　残念ながら、これに関してはポー子の予感の方が当たっていた。

　その夜、阿部はついに居酒屋に現われず、かといって電話にも出ず、仕方がないのでミーティングはまた今度、ということにせざるを得なかった。そもそも、次の公演にどれくらいの予算が必要で、いま霧組にどれくらいのプール金があるのか、そういう報告を阿部にしてもらうための集まりだったので、阿部が来なければ何も始まらない。二人で飲むものを飲んで、希莉も食べたいものを食べて、いつも通り割り勘にして帰ってきた。

その翌日。気になった希莉は池尻大橋《いけじりおおはし》の、自衛隊中央病院の近くにある阿部のアパートまで行ってみた。呼び鈴を鳴らし、ドアもかなりしつこく叩いたが応答はなかった。雰囲気的にも、留守かな、という感じだった。

阿部はもともと下北沢の劇場スタッフで、希莉たちとは学生時代に知り合った。歳は希莉たちの四つ上だが、阿部は当時からポー子の芝居に惚れ込んでおり、打ち上げにもぐり込んできては「ポー子さん、凄いっす、ポー子さん、最高っす」と彼女に懐いていた。

その後、希莉がユニットを立ち上げる話をどこで聞いたのか、自ら「手伝わせてください」と言ってきたので、劇場関係にも顔が利くから便利だろうと思い、制作担当として入ってもらうことにした。制作というのは、要は希莉やポー子がやること、以外の面倒を全部背負い込む役だ。外部の俳優への出演交渉、ギャラ交渉、スケジュール調整、劇場の手配、チケット販売の手配、などなどなど。もう「あとは任せた」となんでも丸投げできる、希莉たちにとっては実に都合のいい人物だった。

そんな男が、だ。約束したミーティングの場所に来ない、電話にも出ない、部屋にも帰っていないとなったら、さすがに希莉だって最悪のケースを想定する。

もともと、ユニット名義のお金を誰かに預けるなんて嫌だな、と思ってはいた。でも、どこかで誰かを信用して任せなければ、変な話、当日チケットのつり銭まで自分で管理しなければならないことになる。だがクリエイターというのは、元来そういうことが苦手な人間がなるものだ。少なくとも希莉はそうだ。そんなことより、一行でもいいから新しい作品を書き進めたい。そう、希莉が自分の創作環境を維持するためには、阿部のような存在がどうしても必要だった。

簡単に信用し過ぎたのか。いや、まだそうと決まったわけではない。

後日、希莉はポー子を誘って、阿部が入れ揚げているという噂の地下アイドルに、直接会いに行った。

代々木《よよぎ》の外れにある小さなライヴハウス。ポー子の情報によると、その女は「淫果応報《いんがおうほう》」のリーダー「未浄《みじよう》」ということだったが、希莉はもう、入り口に貼ってあるポスターを見ただけで帰りたくなった。

「ポー子……私これ、無理だわ」

全身タトゥーだらけ。右耳は半分千切《ちぎ》れたように欠けていて、それをまた誇示するようにカメラに向け、メンバー四人と肩を組んでいる。

こういうところでも、ポー子の方が度胸は据わっている。

「アングラ劇団だと思えばいいじゃん。大丈夫だよ」

「劇団は芝居じゃん。この人たちガチじゃん」

「ガチじゃないよ。アイドルなんだから、これはキャラだって」

いや、無理だった。

未浄はステージ上で本当に乳房を露出し、いつどこで切ったのかは分からないが、途中で手首から血を流し始め、しかもそれを顔に塗りたくって、なお唄《うた》い続けた。その他の四人はそこまで過激ではなかったが、でもある意味、上手く未浄をサポートしてステージを成立させていた。そう、決していいとは思わないが、出し物としてギリギリ成立はしていたと、希莉も思う。

でもそれはそれ、これはこれ。

「……ポー子、帰ろう」

「なに、楽屋襲撃しようや」

「無理無理、もういい。もう限界。阿部のことは諦めるから、もういい。私帰る」

あんな「一人『魔界転生《まかいてんしょう》』」みたいな化け物に、阿部幸宏って知ってますか、どこ行ったか知りませんか、などと訊けるわけがない。

この「怖さ」を体験しました、いい経験になりました、ということで、今日のところはよしとする。

以後も阿部とは連絡がとれず、劇場を辞めたあとに勤め始めた雑貨屋も欠勤が続いているということだったので、これは逃げたなと、トンズラ確定だなと、ポー子とは話していた。

唯一《ゆいいつ》のスタッフがいなくなったというのも、もちろん痛手ではあったが、当面の問題は金だ。当初、ユニット名義で銀行口座を開設するのが面倒だったので、阿部には希莉名義の通帳を一つ、印鑑と一緒に預けてあった。それを、まんまと持ち逃げされた。

「どうすんの、希莉。警察に届けんの」

「どうしよっか……どうしたらいいんだろ」

個人的に阿部を捜すのは、もう嫌だ。この広い東京で、なんの手掛かりもなしに人を捜すなんて不可能だ。だからといって、警察に届けるというのも、正直気が進まない。こんな言い方は嫌だが、この手の話は、演劇の世界には掃いて捨てるほど転がっている。浜山田に愚痴ったところで「お前が甘かったんだよ、諦めろ」と言われるに決まっている。すでに希莉も、半ばそうしようと肚を括りかけていた。

そんなときだった。

知らない番号から電話がかかってきた。携帯電話からだ。

一瞬、どこか遠くに逃げた阿部が詫《わ》びを入れにかけてきたのかと思ったが、違った。

『もしもし、お久し振りです、コウノスです』

全然、顔も漢字も思い浮かばなかった。

「あ、あの……えーと」

『以前、「プロジェクト・タラス」にいた頃に一度ご挨拶して、小説の原稿も送っていただいて、読ませてもらったんですけど、覚えてませんか』

ぼんやり、浮かんできた。

「ああ、はいはい、鴻巣さん、はい、もちろん覚えてます」

あれだ。たぶん、希莉のことを「女聖徳太子」って言った人だ。その発言自体には、特に意味はなかったようだが。

『よかった、思い出してくれて。忘れられてたらどうしようかと思ったよ』

段々思い出してきた。特にこの声、覚えてる。低いところからしゃくり上げるような喋り方も、ちょっとセクシーだな、と思った記憶がある。

「そんな、ちゃんと覚えてますよ。こちらこそ、ご無沙汰してます……で、今日は何か」

『うん。ちょっと、片山さんにご提案というか、ご相談があって、ご連絡差し上げたんですが、今ちょっと大丈夫かな』

居候が帰ってくる前に風呂に入ろうとは思っていたが、それはさしたる問題ではない。

「はい、大丈夫です」

『実は、前に読ませてもらった小説ね、片山さんの』

はて。鴻巣には何を送ったのだったか。

「あー、はいはい……ええと、タイトルはなんでしたっけ」

『「エスケープ・ビヨンド」。双子の姉妹が森の中を逃げていく、なんていうか、けっこうホラーっぽいサスペンス、みたいな』

あれか。

「はい、『エスケープ・ビヨンド』。あれが、どうかしましたか」

まさか、他の作品とネタがかぶってて、盗作か何かで訴えられるのか。いや、あの作品自体は文学新人賞の最終選考一歩手前で落ちているので、盗作で訴えられることはないはず。

鴻巣は『うん』と言ってから、少し間を置いた。

『……あの作品、その後、どう』

「その後、と言いますと」

『他の人には、読ませてないの』

「それは、どうだったかな……もちろん浜山田さんには読ませたんで、もしかしたら浜山田さんが、誰かに読ませてるかもしれないですけど」

『じゃあ、渡したのは浜山田さんだけ？』

「いや、ちょっと、今すぐは分からないです。私も、誰かにお送りしてるかもしれないです」

『でも今すぐ、あの人に渡したな、みたいなのはない？』

「はい、今すぐは思いつかないです。でもたぶん、たぶんですけど、ないと思います。あれ、けっこう古い作品ですし、一度新人賞に落ちてるんで、ってことはそんなに、あちこちに売り込めるクオリティでもないと思うんで」

するると急に、鴻巣が声色を変えてきた。

『そんなことないよ、メチャクチャ面白かったよ。じゃああの、だったらこれさ、俺にしばらく預からせてもらえないかな。この作品、俺が何かの形で売り出すからさ』

一瞬、ふわっと気持ちよくなりかけたが、この手の話に簡単に飛びついてはいけない。

「鴻巣さんって、出版関係なんでしたっけ」

『いや、今は制作会社でプロデューサーやってますけど、この作品さ、いろんな可能性があると思うんだよね。このまま出版してももちろんいいんだけど、片山さんの本業の、舞台演劇よりは映像向きっていうか、映画とかドラマの方がイケる気がするんだ。今ほら、地上波はなかなか厳しいからさ、いっそ配信系でさ、そっちの方がかえってヒモなしのお金が集めやすいんだよね。どう、そういうのって興味ない？』

決して、希莉の本業は舞台演劇ではないが。

「興味は、あります」

『どれくらい？』

「普通に、あります。実現したらいいなって」

『じゃあ、ＯＫ？　俺が預からせてもらっても』

それはちょっと待て。

「いや、でも、浜山田さんとかに訊いてみないと、私が勝手に動かしたらマズいかもしれないですし、私もそんなに詳しくないんでアレなんですけど、映像化とか舞台化とかの企画を進めるときって、確か『オプション契約』とかいう、独占的に準備を進める権利みたいな、そういう契約を交わすんじゃなかったでしたっけ」

携帯電話越しに、フッ、と鴻巣が息を漏らす。

『大丈夫、ちゃんと考えてるよ。とりあえず百万でどう。百万で一年、俺に準備期間を与えるっていうオプション契約。これ、出版されてない作品に対する契約料としたら、けっこうな破格だと思うけどね』

もちろん、百万の単位は「円」ですよね。

信じ難いことに、鴻巣は実際に百万「円」、希莉の口座に振り込んできた。

だがさらに信じ難いことに、阿部が「霧組」名義での支払いを、それもなんと、七件も怠っていたことがその後に発覚した。劇場、稽古場、チケット販売代理店、客演俳優のギャラ、締めて九十八万八千と五十二円。

これはもう自棄酒《やけざけ》を飲むしかない状況だが、外の店で飲み明かせるほどの金はなかった。

結局、ポー子を希莉の部屋に呼んで、ひっそりとやるしかなかった。

「阿部のクソ野郎に、乾杯」

「カンパイッ、死ね阿部ッ」

ツマミは、大丈夫。ちゃんと居候が作ってくれる。

「はい、野菜炒めできました」

「悪いねミッキーちゃん、明日は都内なんで。明日朝からロケなんでしょ？」

「でも、明日は都内なんで。全然早くはないんで、大丈夫です」

それよりも彼女が気にしてるのは、お前がさっきからパカパカ吸ってるタバコの煙だけどな、とは思ったが言わずにおいた。ここは希莉の部屋だ。希莉の盟友と居候とどっちが偉いかと言ったら、盟友であるポー子の方が偉いに決まっている。ここは居候が我慢するべき場面だ。

ちなみに希莉自身はタバコを吸わないが、近くで吸われてもあんまり気にならない。学生時代に、演劇部の部室で完全に免疫がついた。だが時代の流れか、最近はあの部室ですら禁煙になっているという。嘆かわしい限りである。

せっかく作ってくれたから、だろうか。

早速、ポー子が野菜炒めに箸を付ける。

「……んん、美味しい。ミッキーちゃん、料理の腕上げたね」

「えー、ほんとですか。嬉しい」

そんなんで喜ぶな。ポー子はヒドい味音痴だぞ。塩が振ってあれば泥団子でも「美味い」って言う女だぞ。

それはさて措《お》き。

「しかし、今回は阿部くんに、してやられたな」

ご飯を食べ始めたミッキーが、目をパチクリさせる。

「希莉さんそれ、警察には届けないんですか」

しごく真っ当なご意見だとは思う。

「それがね……幸か不幸か、鴻巣さんからもらった契約料で、ギリギリ穴埋めできちゃったからね。そもそも、持ち逃げされた通帳にいくら残ってたかも分かんないし」

タバコを揉《も》み消したポー子が頷く。

「最悪なケースを考えれば、女に貢ぐために使い込んだ、ってことになるんだろうけど、じゃあそんなにウチらが儲けられてたか、黒字を出せてたかって言ったら、そんなわきゃないしね。アレはアレなりに、いろいろ苦労して遣《や》り繰りはしてたんだけど、ついに二進《にっち》も三進《さっち》もいかなくなって逃げた……って可能性も、ないとは言いきれないんだよな」

むしろ、大いにあり得ると希莉は思う。

「なんだかんだ、阿部くんに任せっきりにしちゃってたからね。自業自得な面も、あるっちゃあるわけよ」

ミッキーが「でも」と口を尖らせる。

「希莉さんが小説で稼いだ百万円、ほぼ全額支払いに充てたんですよね。そこまでして、穴埋めってしなきゃいけなかったんですか？」

稼いだ、というのとはちょっと違うが。

「それ以前の公演に際して、支払うべきものが支払われてなかったわけだから、そりゃ……穴埋めはしないと、マズいよね。この業界でやっていく以上は」

ポー子が小さく頭を下げる。

「それに関しては……すまないと思ってる。ごめん、希莉……お金に関しては、全然力になれなくて」

「だから、それはいいって。ポー子は演者なんだから。ポー子は舞台に上がって、伸び伸びやってくれれば、それでいいの……ただね」

ここからはちょっと、真面目な話。

「霧組の舞台は、これを機に、少し休もうかと思ってる。またやるよ、必ず。絶対にやる。でも私も、スッカラカンで次の公演に打って出られるほど、ギャンブラーじゃないからさ。阿部くんみたいに、裏方やってくれる人も今はいないわけだし」

ポー子が小さく頷く。

「あたしは、待ってるよ。希莉が声かけてくれるの、ずっと待ってる。でも、霧組休んで、あんたは何やんの？　いよいよボスのところに、正式に厄介になるか」

演劇集団トランジスターズに正式入団、というのも選択肢の一つではあった。ただ、それだとどうしても先が見えてしまう。浜山田が希莉をどのように使うかは、もう分かり過ぎるほど分かっている。それが嫌だというのではないが、でも最も望ましい方向ではない。

だったら、もう少し融通の利くところに入りたい。未知の可能性があるところ、というか。

「その、私の『エスケープ・ビヨンド』って作品に、百万出してくれたのが、鴻巣さんって人で。その人が『オフィス・デライト』はどうかって、言ってくれてるんだよね。よければ紹介するって」

即座に「エエーッ」と声をあげたのはミッキーだった。

「『デライト』って言ったら、めっちゃメジャーじゃないですか」

業界最大手というほどではないが、でも上から数えた方が早いくらいの位置にはいる芸能事務所だ。所属しているのは主に女優とモデル。アイドルや音楽系はほとんどいない。

「うん……でもまあ、ガチの芸能事務所だからね。私なんかで、やってけるのかな、って」

なんだろう、ポー子は繰り返し小さく頷いている。

「まあ、あそこって、いろいろ制作もやるしね。だからその、鴻巣さんって人も喰い込みたいんでしょ。で、希莉を所属させて、いい仕事させたら、デライトに恩を売れると、パイプも太くなると、そういう絵図だね、うん……いいんじゃない、デライト。希莉ならああいう、メジャーで華やかなところでもやってけるよ」

銜《くわ》えていたタバコに、ポー子が火を点《つ》ける。

「それとさ……ここらでちょっと実家にでも帰って、骨休めしてきなよ。全然帰ってないっしょ」

ポー子にしては、珍しいお節介だこと。

「いや、実家はいいよ。どうせ帰ったって、グチグチ言われるだけだし。かえって気が休まらない……でも、友達には、久し振りに会いたいかな。地元の警察で刑事やってる子とか」

ミッキーが、ピッと人差し指を立てる。

「芭留さんですね」

ブッブー。

「ハズレ。刑事やってるのは森奈緒。芭留さんは格闘家姉妹のお姉さん。でも、そんなゴリゴリな感じじゃないいんだよ。二人ともスラッと背が高くて、むしろモデルっぽいの。姉妹揃って」

缶チューハイを呷《あお》ったポー子が「うんうん」と人差し指を振る。

「その妹が、琴音ちゃんだ」

こいつらが、如何に人の話を普段から真面目に聞いていないかが、よく分かる。

「違うって。琴音さんは喫茶店の長女で、妹が叶音ちゃん。芭留さんの妹は、圭ちゃん」

みんなの名前を挙げただけで、なんだろう。頬の下辺りから、ざわざわと波のように、込み上げてくるものがある。ドミナンのレモンスカッシュの味まで、舌に甦ってくる。

マズい。黙ってたら泣きそうだ。

「……その、さ、喫茶店の長女の、琴音さんってのがさ、なんていうか、悩みを打ち明けたくなるタイプ、なんだよね。お店やってるからっていうのも、あるんだろうけど、なんかこう、人の痛みとか、そういうのをちゃんと分かってくれる人、みたいな……仲間内でも、お姉さん的な存在っていうか」

話題を間違えた自覚はあった。

ミッキーが、すかさずティッシュを三、四枚、シャシャッとまとめて差し出してくる。

「希莉さん、琴音さんのこと、すごい尊敬してましたもんね」

ああそう。そこは、ちゃんと聞いてたんだ。

7

カフェ・ドミナン二号店の定休日は、毎週日曜。

温泉街が近くにあるので、売り上げのことを考えたら日曜に休むのは得策ではない。でも保育園の休みが日曜なので、だったら日曜は店も休みにして、奏とゆっくり過ごす時間に充てたい。そう琴音が提案すると、和志も賛成してくれた。なのでこれから何年かは、日曜定休でやっていこうと思っている。

「はい奏、お水飲もうか、お水」

もうすぐ八月。熱中症になったら大変なので、水分補給はこまめにしなければならない。予備の着替えや水筒といった、かさばる物は和志が持ってくれている。

「はいはい、お水ですね、はい、ただ今」

近所の公園なので、弁当持参で丸一日遊びまくろう、みたいに大袈裟《おおげさ》なお出かけではない。むしろサササッと軽く、短めに。奏はようやく一人歩きができるようになった段階なので、原っぱで十五分か二十分遊んだら、もう抱っこかベビーカーに戻りたがる。

親にしてみたら、もちろん抱っこよりベビーカーの方が楽なので、大人しく乗っていてくれるならそれに越したことはない。

「ねえ、ワンワンだねぇ。可愛いねぇ」

犬と猫の区別は、まだ奏には難しいようだ。今すれ違ったのはブロンドヘアの美しいゴールデン・レトリーバーだったが、奏にとっては、店の前を通る黒猫も同様に「あーわ」なので、そういうときは「ほんとだ、ニャンニャンだね」とやんわり訂正しておく。

「あーわ、あーわ」

「あれはね、ハト。ハトポッポ」

和志が、伸びをしながら低く唸る。

「ああ……海とかプールとか、一緒に行けるようになるのは、いつっすかねぇ。来年は行けますかねぇ……ねえ、琴音さん」

和志は海とかキャンプとか、花火とかバーベキューとか、夏が満喫できるイベントが大好きだ。なんでも夏の空を見上げているだけで、ウズウズしてきて堪《たま》らないらしい。

琴音は日焼けしたくないので、できれば屋内で過ごしたい派だ。

「どうかな。でも、ベビースイミングとか、チャレンジしてみるのはいいかも。CMで、夏の短期集中コースみたいなの、宣伝してた」

「あー、それだったら俺が送り迎えしますわ。いや、送ってって、ずーっと張りついて見てようかな」

「違うよ和志さん。ベビースイミングは、親も一緒に入るんだよ」

そんな、仰《の》け反《ぞ》るほど驚かなくても。

「え、それって……パパでも、ありなんすかね。ありなら全然、俺、行きますけど」

「さあ、どうだろうね。あとで調べてみるよ」

ある程度遊んだら、お昼ご飯を食べに家に帰る。

和志は運転席。琴音はその後ろ、奏のチャイルドシートの隣。

「和志さん、お昼何がいい？」

「何かな……ハンバーガーとか」

「いいかも。私もちょうど食べたいと思ってた」

そんな流れで、ドライブスルーに寄って帰ると、

「……琴音さん、誰か来てるっぽいっすよ」

確かに。店の出入り口前に、中腰で、中を覗いている人の姿がある。店の隣には黄色いプリウスが駐《と》まっている。

「ああ、奈緒ちゃんだ」

どうせ空地だからどこに駐めてもいいのだけど、和志はプリウスの隣に駐め、エンジンを

切った。

先に琴音が一人で降りる。

「奈緒ちゃん」

事情を察した顔で、奈緒もこっちに近づいてくる。

「……すみません、日曜が定休日だって知らなくて。また、平日にでも出直します」

「いいのいいの、上がってってよ」

横目で見ると、和志が後部座席から奏を引っ張り出している。抱っこかな、と思ったが、地面に降ろすと、奏はそのまま琴音の方に歩いてきた。

奈緒が小さく手を叩く。

「わー、奏ちゃん、久し振りぃ。わー、歩いてる」

地面が砂利だとまだ少しヨタヨタするが、でも危なっかしい感じはない。ちゃんと歩いている。

「他所の子は大きくなるの早いでしょ」

「はい。この前見たときは、まだ全然、ずっと琴音さんに抱っこされてましたもん」

奈緒がその場にしゃがむと、奏も怖気《おじけ》づいたように足を止める。琴音との立ち位置が、ちょうど正三角形になる。

さあ奏、どうする。

「……あーわ」

残念。その人は「ワンワン」ではない。

「奏、奈緒ちゃんだよ。奈緒ちゃん」

奈緒は、特に子供が苦手なわけではなさそうだ。奏に向かって、「おいで」と両手を広げている。笑顔もとても自然だ。

奏は、とりあえず動かない。

奈緒が琴音を見上げる。

「ちなみに、私はオバさんですかね、おネエさんですかね」

「全然おネエさんだよ。叶音だって、絶対に叔母《おば》ちゃんなんて言わせないもん」

「そっか……奏ちゃん、奈緒おネエちゃん、奈緒おネエちゃんだよ」

奏は完全に固まっている。まあ、そんなに簡単に懐くわけもない。適当なところで琴音が抱き上げて、四人で店に入った。

奈緒が、和志の持っているハンバーガーの袋をちらりと見やる。

「ごめんなさい、お昼までしたか」

「うん、子供連れてるとなかなか、時間通りにはいかなくて。奈緒ちゃんは？　よかったら一緒に」

「いえ、私は家で食べてきたんで」

「パスタならすぐできるし」

「いえ本当に、大丈夫です」

「じゃあ、コーヒーでいい？」

「はい……あ、でもお構いなく。ほんと、お休みなのにすみません」

琴音にしてみたら、逆に疑問だった。こんな若い娘が、といっても三つしか歳は違わないが、日曜に訪ねてくるなんてなんだろうと。

でもそこは、実に奈緒らしかった。

「あの、遅くなりましたけど……お陰さまで、ご紹介いただきました和田徹事務所に、先日、就職が決まりました」

一応、芭留からもその報告はもらっている。

「うん、そうだってね。よかったよかった。で、いつから？」

「八月一日からってことになってます」

「じゃあ、もうすぐだ」

「はい。明日東京に行って、部屋だけは決めてきちゃおうと思ってます」

この暑いのに、大変だ。

「へえ、すごーい……でもなんか、みんな東京に行っちゃうんだね。ちょっと寂しいな」

叶音に希莉、芭留に加えて、今度は奈緒もだ。こっちに残っているのは、道場を開いた主くらいだ。

でも奈緒は、首を傾《かし》げてみせる。

「私は、たぶん行ったり来たりになると思います。まだ両親も心配だし。琴音さんのコーヒーも、飲みたくなると思うし」

「なーに、しばらくご無沙汰だったくせに」

そんなふうに交わす会話が、ひどく貴重なもののように感じられた。

あの事件をきっかけに出会った奈緒が、一度は地元で警察官になり、でも数年で退職し、今度は琴音の思いつきと芭留の計らいで、上京して就職するという。

人と人との関わりって、不思議だ。


そうかと思えば、戻ってくると言い出す者もいる。

『お姉ちゃん……私、もう無理だ』

電話越し、叶音はいきなり涙声で切り出してきた。

「なに、どうしたのよ、ちょっと」

『バイトで……自転車でコケて』

「うん」

『右脚の脛《すね》と、足の甲、骨折した』

「エエーッ」

叶音の言うバイトとは、空いた時間に自転車一台で気軽にできるという、あの出前専門のやつだ。

脚の骨折くらいで『もう無理だ』もないもんだとは思ったが、よくよく聞いてみると、それも無理はないかと思えてくる。

『決まりかけてた事務所の話、ポシャったって言ったじゃん……あれでさ、なんか心折れたとか言って、ドラムとベースが脱退しちゃって。とりあえず、残ったギターのユキヤと二人で曲作りとか、しばらくアコースティック・デュオみたいな感じでやろうか、って話してて。そしたら、ユキヤのカノジョがなんか、それは駄目だとか言い出して』

まあ、相手の女性の気持ちも分からないではない。

「……ほう」

『別にさ、もう二年も一緒にやってんだから、お互い男とか女とかそういう感情ないし。ユキヤだって私のこと、中身は男だって言ってんのに、カノジョがそれ絶対イヤだって言ってるらしくて。最初、曲作りで私の部屋に来るのが駄目だって言ってきて。そんなさ、曲作りなんてダラダラ時間かかるんだからさ、一々スタジオ借りてたら金ばっかかかってしょうがないじゃんって、でもそれでも仕方ないって言うから、ユキヤも多めに払うって言うから、仕方なく予約してスタジオ入ったらさ、今度はそれも駄目だって。とにかく、私と二人きりになるのが駄目って言われたって言ってさ』

琴音にロックバンドのことはよく分からないが、でも自分のカレシが、どんな事情であれ他の女の子の部屋に入り浸ったり、レンタルスタジオとはいえ、密室に長時間二人きりになるというのは、絶対にアウトというわけではないが、でもいい気持ちがしないのは充分理解できる。

「まあ、ね……その、ユキヤくん？　彼と叶音みたいな関係って、普通の女の子には、ちょっと理解しづらいかもね」

『でも、そこまではいいとして』

いいんかい、というツッコミは必死で堪《こら》えた。

「……はあ」

『お姉ちゃん、私の話ちゃんと聞く気ある？』

なんでこっちが怒られなきゃなんないのよ。

「うん、あるよ」

『挙句にそのカノジョが、自分と別れるのか私とのコンビを解消するのか、どっちかにしてって言い出したらしくて。じゃなかったら、前みたいに男メンバー他にも入れろって……そんなさ、そんな理由でメンバー入れろってさ、そりゃ私だって入れたいけど、辞めたばっかりでそんな都合よく見つかるわけないでしょうが、ってムシャクシャしたままバイトしてたら』

なるほど。

「ガシャーンと」

『……とは、ちょっと違って』

「なに」

『自転車漕ぎながら、ムカついたんで、電柱蹴ッ飛ばしたら』

まさか。

「……したら？」

『バランス崩して、ヨロヨロってなって……反対側のガードレールにぶつかりそうになったんで、一か八か、そこに足掛けて止まれたらと思ったんだけど、雨も降ってたんで、なんかスベっちゃって。ズルンって、脚が、ガードレールとガードレールの間に挟まっちゃって』

うわ、痛そう。

「……で」

『ボキボキッ、って音がして、たぶんちょっと頭も打って、一瞬気ぃ失って。でも自然と意識は戻って、ポケット探したらケータイは壊れてなかったから、泣きながら、自分で救急車呼んだ』

自業自得じゃん、なんてことは口が裂けても言えない。

「それは、災難だったねぇ」

『そんなわけだからお姉ちゃん、しばらくさ、そっちで私、面倒見てもらってもいいかな』

そっち、ってどこ。ここ？

「えっと、ウチってこと？　あっちの、実家の方じゃなくて？」

『んーん、お姉ちゃんとこで』

なぜそうなる。

「えー、だってウチ狭いよ」

『私が寝るとこくらいあるじゃん。なんならお店の、ベンチソファでも私、全然寝れるし』

「いやいや、普通は両親のいる実家でしょ、そういうこと頼むなら」

『それができればそうしてるって』

「できるよ。しなさいよ、実家に電話」

『できないからお姉ちゃんに頼んでるんじゃん』

「なんでよ」

『先月、お母さんと電話で大喧嘩して、もう一ヶ月くらい口利いてないの』

なんてことを。

「何それ。喧嘩の原因は」

『……なんだ、デビュー決まったんじゃないの、って言われたから』

いかにも緑梨が、半笑いで言いそうな台詞ではある。でもたぶん、本人は冗談のつもりだったのだと思う。

「お母さん、微妙にデリカシーないところ、あるからね」

『でまあ、途中はいろいろ、お互い言い合いはしたんだけど、私が……最終的に、うるせえクソババア、って言っちゃったんだよね』

それは駄目。母親に向かって『うるせえクソババア』はアウトだ。

「叶音、それはさ……ちゃんと、謝った方がいいよ」

『うん、謝るよ。いずれはちゃんと謝るけど、今は無理。この状態でお母さんに頭下げて、しかもしばらく面倒見てくださいなんて絶対に言えない……だからさあ、お姉ちゃん、お願い。こんな脚じゃ買い物だって行けないし、私ほら、アパート二階じゃない。あの狭い階段上り下りするだけで、毎回死ぬ思いするんだから。だからほんと、ちょっとの間だけだから、お願い、お願いします』

「ちょっとの間って、どれくらいよ」

『二ヶ月か三ヶ月』

長い。

「えー、そんなにぃ？」

『じゃあ、その間にお母さんと仲直りできたら、実家に移る』

「でもそれだって、私が仲裁っていうか、仲介しなきゃいけないんでしょ？」

『大丈夫、それは自分でできる』

「なんでそれはできるのよ。だったら、いま仲直りして実家に行けばいいじゃない」

『それは無理。今は無理』

なんなんだ、この母娘《おやこ》は。でも昔からそうだった。叶音と緑梨は、喧嘩したら何週間も、下手したら月単位で口を利かないことがあった。琴音と緑梨、琴音と静男がそんなふうになったことはない。叶音と静男も、たぶんない。要は似ているのだ、叶音と緑梨は。だから互いに譲れないのだ。

最終的に、叶音は『このままじゃ飢え死にしちゃう』とまで言い始めた。

仕方ない。少しの間は、面倒見てやるか。

「……まあ、ここは私一人の家じゃないから、和志さんの家でもあるんだから、そこは相談してみないと、なんとも言えないけど」

『うんうん、そりゃそうよ。お義兄《にい》さんにも訊いてみてよ』

今まで「お義兄さん」なんて呼んだことあったか。

「こっちだってね、子育てしながらお店やってんだから、その上、まともに歩けない妹の面倒まで見ようってんだからね」

『うんうん、申し訳ないと思ってる』

「その代わりあんた、奏の子守りくらいはしてちょうだいよ」

『うんうん、それくらいは全然、お安い御用です』

「悪いけど、奏はもう歩けるんだからね」

『え、あっそうなの？　早いねぇ、子供の成長って』

いい加減、あなたももう少し成長してちょうだい。


このときの叶音の心境を表わすのに、「善は急げ」以上の言葉はなかったに違いない。

電話のあった翌々日、叶音は自力で「カフェ・ドミナン二号店」までやってきた。

店の前にタクシーが停まったので、なんだろうと思って出てみたら、松葉杖をつく叶音が降りてきた。

「あー、お姉ちゃん、久し振りぃ、お世話になりますぅ」

長旅のせいか、右脚のギプスが若干薄汚れて見える。

「ちょっと、電話すれば駅まで迎えに行ったのに」

「うん、大丈夫」

「お金は」

「それも大丈夫、ちゃんと払った。それより荷物、頼んでもいいかな……運転手さん、トランクお願いしまーす」

タクシーの後ろに回ると、トランクの中には大きなキャリーバッグの他に、ギターケースも入っていた。

「これ……どうやって一人で、運んできたの？」

「いや、東京駅まではユキヤが送ってきてくれたんだけど、塩原とさ、西那須野《にしなすの》での乗り換えは、さすがにキツかったわ……それでも、あれね、頼めば駅員さんが協力してくれるのね。お陰でなんとかなったわ」

しれっと今「ユキヤ」って言わなかったか。そういうところが、相手の女性をヤキモキさせるんじゃないのか。

仕方ないので、トランクから出した荷物は琴音が店に持って入った。

全開にしておいたドアを、叶音があとから入ってくる。

「ああ、実家と同じ匂いがする。懐かしい……やっぱ癒えるなぁ、この香り。本物だぁ……」

そういう気持ちがあるなら実家に泊まれば、という言葉は呑み込んでおく。来た早々、機嫌を悪くされても面倒だ。

「叶音、お腹は。空《す》いてるんなら何か作るよ」

ちょうど今、客はひと組もいない。

「あー、じゃあカレー食べたい。ウチの、あのカレー」

ドミナンのカレーのレシピは、緑梨が試行錯誤の末に完成させたものだ。二号店のカレーも、もちろん同じ味にしている。今みたいなことを、たとえば「ずっとお母さんのカレーが食べたかった」みたいに言うだけで、緑梨との関係なんて簡単に修復できると、琴音は思う。生意気を言うようだが、母親なんてそんなものだ。

でもこの娘は、決してそういうことは言わない。その頑固さと才能みたいなものには、ひょっとしたらある種の相関関係があるのかもしれない。

カレーなら、ランチの残りがあるのですぐに出せる。

「はい、どうぞ」

両手を合わせて「いただきます」するときなんて、こんなに可愛い顔をするのに。

「んんーっ、おいひぃーっ……コレよコレ、これが食べたかったのよ。懐かしい」

やれやれ、と思っていたところに、和志と奏が帰ってきた。

「お、叶音ちゃん、いらっしゃい。なんか大変そうだねぇ」

左脚一本で、ひょいとスツールから降りた叶音は、深々と和志に頭を下げてみせた。

「すみません、お義兄さん。しばらく、ご厄介になります」

「ああ、俺は全然。なんなら隣、実家の方の空き部屋とか、使ってくれて全然かまわないから」

和志が奏を抱っこから降ろす。さすがに見覚えがあるのか、奏もすんなり叶音に寄っていく。

「あーわ、あーわ」

奏、それもワンワンじゃないよ。

それは、叔母ちゃん。

8

何しろ田舎の高校なので、三学年合わせると何十人かは、どうしても同じ中学の出身者になってしまう。

つまり学内の何十人かは、入学前から和美のことを知っているというわけだ。

「マジで、めっちゃ可愛いから。もう全然、オーラが違うから」

「弟が中二んとき同じクラスで、席もまあま近くて。一回、消しゴム拾ってもらったことがある、って言ってた」

「俺サッカー部だったんだけど、グラウンドから出ちゃったボール、蹴り返してもらったことあったわ。バコーンて」

「女バス女バス。ウチらが三年だったときの一年。別に上手くはないんだけど、あの子出すとさ、応援に来る生徒の数が半端ないのよ。マジで桁違い……分かってるよ、応援されてんのがウチらじゃないってことくらい。でもさ、あれ体験してみ。めっちゃテンション上がるから。ただの練習試合がさ、もうインハイの決勝かってくらい盛り上がるんだから。そりゃさ、決定的なミスさえしないでいてくれたら、毎回試合に出しますって。むしろ出て、みたいな」

それは同時に、学内の生徒の大半は、実物の和美を見る前からイメージばかりを刷り込まれる、ということでもある。

実際に入学してきた本人を見て、そこまで言うほどではないな、と思われた方が、ひょっとしたら和美もよかったのかもしれない。

だが幸か不幸か、そうはならなかった。

「ほんとだ。何あれ、めっちゃオーラある」

「いや、俺が知ってんの、中学二年までだからさ、この一年……何があったん。ちょっとヤベーな」

「ねえ、いた？　あんな子、ウチの県にいた？　全然見たことなかったんだけど」

中にはネガティブな反応をする者もいた。

たとえば他の中学出身の、一部の三年生女子だ。

「……ムッカつくな、マジで」

彼女らにしてみれば、目の上のタンコブだった一学年上の先輩たちがいなくなり、ようやく手中に収めたカーストトップの座を、入ってきたばかりの一年生に易々《やすやす》奪われるなど、絶対に容認できなかったはずだ。

しかし、現実はそのようになりかけていた。

当然、彼女らは実力行使に打って出る。もともとは暴力に訴えるような人たちではなかったが、背に腹は代えられなかったのか、それほどまでに和美の存在感が彼女たちを追い詰めていたのか。聞くところによると体育館裏ではなかったようだが、でも人目に付きづらい場所に、彼女たちは和美を誘《おび》き出した。

ただ彼女たちにできたのは、胸座《むなぐら》を掴んでのビンタ一発だけだったらしい。

後日、和美はこんなことを言っていた。

「璃子《りこ》さんとかが、ちょっと気をつけた方がいいと思う、みたいに忠告してくれて。そうしたら私だって、どうしたらいいですか、誰に相談したらいいんですか、って訊くよ。それで、高塚《たかつか》先輩を紹介してもらって……で、その次の日かな。さっき若菜《わかな》さんに、放課後呼び出されました、ってケータイに送ったら、分かったたって返事くれて。そしたらもう、ドンピシャのタイミングで現われてくれて。若菜、それ以上やったら、お前の方がヤバいことになるんじゃねえの、って……しかも高塚先輩、一緒に新藤《しんどう》先輩も連れてきてくれて。あの二人に来てもらったら、もう無敵でしょ」

高塚も新藤もそのときの三年生。高塚は地元の建築会社の次男坊で、校則で禁止されているバイクで登校してきても特に問題視されない、いわば利権に守られた御曹司。そんな高塚が気に喰わず、一年のときにボコボコにしたのが新藤。当然、周囲からは犬猿の仲と見られていたが、いつのまにか漫画雑誌を分け合って読むほど仲良くなっていたり、でもまた殴り合いの喧嘩を始めたりと、傍目《はため》にはなかなか理解しづらい関係性の二人だった。和美を助けに入ったときはたまたま仲良し期間中だった、ということなのかもしれない。

ちなみに高塚は、漫画雑誌を半分まで読んだらそこで千切り、前半を近くにいる友達に読ませる、というのをよくやっていた。だが、読み終わった後半を別の友達にあげたりもするから、話がややこしくなる。悪気はないのだろうが、利口なのか馬鹿なのか、よく分からない奴だった。

早速、そんな二人を和美が易々と手玉に取った、と噂になったが、その真相はおそらく、当事者以外は誰も知らなかったと思う。

デートらしき場面を何度か目撃されているにも拘わらず、高塚は和美との関係に否定的だった。

「たまたまだよ、たまたま。俺がバイク屋の前で修理待ってたら、なんかの帰りだって通りかかって。そんで、乗っけてやろうかって言ったら、お願いしますって言うから、家まで送ってやっただけ。ほんと、そんだけだから」

新藤も、言うことは似たり寄ったりだった。

「ああ、ズミちゃんね。確かに可愛いよね……でもほら、俺いま、付き合ってる女いるから。迷惑なんだよな、そういうこと憶測で言われんの。女の嫉妬とかそういうの、ほんと面倒臭いから」

和美が、あの二人についてどれだけ知っていて、どれくらい意図的に取り込んだのかは分からない。仮に男女の関係にあったとして、その相手は高塚だったのか、新藤だったのか、それとも両方とだったのか。それも分からない。

むろん和美は、全てを否定した。

「私、そんな分かりやすいことしないって……ま、面白いんでしょ、そう噂すること自体が。こんな田舎の、ちっちゃな世界だもんね。刺激が欲しいんでしょ……こんなの、刺激でもなんでもないのにね。面白くもなんともありゃしない」

当時の和美の目はどこに向いていたのか、何を見据えていたのか。


高校一年の秋頃、和美は一枚の名刺を誇らしげに見せてくれた。

「イクシーズ・プロモーション……いわゆるモデル事務所だね、分かりやすく言ったら。大手、ではないと思うんだけど、でもここ見て。業務提携、喜和田《きわだ》興業だって……要するに、女優業とかの芸能仕事をするんだったら、喜和田興業がバックアップしてくれるって意味だよね。ね？　そういうことだよね、これ」

その後、イクシーズは喜和田に吸収され、喜和田自体も社名を変更して新体制になり、大躍進を果たすことになる。そういった意味では、和美は実に「いいところ」に声をかけられたわけだ。

「連絡？　もうしたよ……日曜に、東京行っていろいろ、説明聞いてこようと思ってる」

和美は、それまでにも何度かスカウトはされていたが、このときはやけに乗り気だった。それだけイクシーズのスカウトマンが優秀だったのだと思う。以後も話はとんとん拍子に進み、冬には早くもティーン向けのファッション誌に登場、読者アンケートでも「注目の新人」として名前が挙がるようになった。

当初は和美も、その活動を純粋に楽しんでいるようだった。ポーズを決め、可愛い、可愛いと連呼され、写真に納まり、誌面を飾ることに喜びを感じている様子だった。

だがそれにも、次第に不満を覚えるようになっていった。

「なんかさ、それだけなんだよね。キャピキャピッ、と笑顔でポーズ決めてさ、はいオッケー、で特急乗って帰ってくるだけ、みたいな……周りの子、みんな楽しそうにやってるんだけどさ、私なんかは、ほんと？　って思っちゃう。この仕事、そんなに楽しい？　って。もっと上のさ、大人向けの雑誌に進めたら話は変わってくるのかもしれないし、そうじゃなくたって専属契約とれれば、見える景色も変わってくるんだろうけど、読モのまんまじゃね……何しに東京まで来てるんだろうって、ときどき虚《むな》しくなる」

モデル業が嫌なのか、と訊くと、初めて自分でも気づいたような顔をする。

「それ、あるかも。結局さ、載せる写真も、自分で選べるわけじゃないしね。ほんとにこれが一番よかった？　みたいなの、平気で載せてくるからさ。ちょっと待ってよ、もっといいのあったでしょうが、私を潰す気なの、みたいな……なんだろう。上手くできたらそれなりに、駄目だったら駄目なりに、もっとはっきり分かるリアクションが欲しい、っていうか。可愛い可愛い、あー可愛い、ばっかりじゃなくて……あれ、もしかして」

　握った拳《こぶし》を口元に持っていく。和美が真剣に考えるときの癖だ。

「そういう意味で言ったら、もっと『動く系』の仕事、欲しいかも。ちょい役でもいいから、ドラマとか映画とか、舞台でもいいし。そういうさ、もっと大勢の人にいっぺんに見てもらえる仕事で、真正面から評価してもらえる仕事、っていうか……だからつまり、直《じか》に人前に立ちたいんだな、私は。人前で何かやる仕事がしたいんだ、たぶん。カメラマンと編集部の人、みたいな内輪だけの現場じゃなくて、言ったらステージに立つみたいな……今度オーディション、受けてみようかな」

　チャレンジし始めると、ほんの数回で結果を出すところが、和美の凄いところだ。

「なんか、クッキーみたいな、ウエハースみたいなのにグミが挟まってるお菓子で、一応、新発売なんだけど……確かに、不味《まず》くはない。意外と不味くはないんだけど、売れるかっていうと、ちょっとね……私は買わないかな、と思ったけど、でも仕事だから。チャチャッと撮ってくるわ」

　その商品は取扱店舗自体が少なかったのか、コンビニに並ぶこともなければ、スーパーでもほとんど見かけなかったが、和美のCM自体は悪くなかったらしく、同じメーカーの別商品で、またCMのオファーがきた。

「なんでこうなるのかな……コンソメ味と、バーベキュー味のグミ。なんで普通にグミ作れないのかな。しかも中途半端に甘いんだよね。甘じょっぱいのよ。こんなCMばっかり出てたら、そのうち、私が変人なのかと思われるんじゃないか、って怖いんですけど」

それでも順風満帆と言っていい流れだったと思う。和美は意外と和装も似合うので、着物の紙媒体広告のモデルをやったり、地方の着付け教室のCMに起用されたり。仕事の幅は徐々に広がっていった。

高校二年になると、特撮ヒーローものの仕事が入り始める。ヒーローチームの紅一点の友達で、放送開始七分くらいで殺される女子高生の役とか。放送期間が一年あるうちの中間、二ヶ月半くらい出演する、準レギュラー的な悪役とか。

そうなるとモデルの仕事も忙しくなってくる。

「編集部が、『ヴィヴィッド』に鞍替《くら》えしないかって言ってきたらしい。その評判次第では、専属もあるかも、みたいな」

「ヴィヴィッド」は、俗に「赤文字」と言われるコンサバ系の老舗ファッション誌だ。専属モデルは女優としても活躍する有名人ばかり。和美にとっては理想的な進路だった。

ここが決心のしどころ、と和美も考えたのだろう。

「もう全然、食べてけるくらいは稼げるしさ。赤城《あかぎ》さんにも、早く東京出てきた方がいいって言われてる……卒業までの、あと半年、こっちの高校にいたいか、って話だよね。別に友達とかどうでもいいし。それに、あと半年って……正直キツいよ、行き帰りの道中だけでも。都内で終わって都内の部屋に帰るんでいいんだったら、どんだけ楽か……」

ただ親元を離れたことのない和美にしてみれば、一人暮らしというのもまた不安要素ではあったと思う。

「ねえ、一緒に、東京行かない？　近くにいて、私を支えてよ。ずっとベッタリじゃなくていいから。普段は、好きにしてていいから。私が連絡したら、一時間で会えるくらいのところに、誰かにいてほしいの……ねえ、一生のお願い。一緒に東京来て。お願いだから」

なんの根拠もない、先入観からくる偏見レベルの話だとは思うが、現役東大生あるいは東大卒の女性はモテない、と世間では言われているらしい。知力で勝てないと男性はプライドが保てなくなるから、という理屈だと思うが、もう少し男性に優しい表現をしてあげると、自分ではそんな高学歴女性の役には立てないから遠慮してしまう、と言い換えることもできる。

つまり男性は、根本的には女性の役に立ちたいと思っている、頼りになる男だと思われたがっている、というわけだ。

むろん、性根の腐ったヒモ体質の男はいる。暴力で女から金品を巻き上げる男もいる。そういう、自身が役立たずであることを逆手にとって、開き直って生きることを選択した「寄生虫男」も一定数いるのは確かだが、でも決して多くはない。そういう寄生虫は、日の当たる場所では生きていけないからだ。奴らは裏路地のゴミ箱の底とか、下水管の中とか、ジメジメした臭いところでしか生きられない。いや、それでは寄生虫ではなく、ただのゴキブリか。

とにかく、役立たずは数に入れず、切り捨てて考える。

男は女の役に立ちたがる。特に好意を覚えた女性に対しては、花を贈り、自らを飾り、経済力を含む「力」を誇示し、それが相手女性に提供可能であることを示そうとする。

和美が、そういう男性の「特性」を深く理解していたかどうかはともかく、効率よく利用することに長《た》けた女性であることは間違いない。

バスケ部時代、和美は決してスタープレイヤーではなかった。でもだからこそ、多くの男子は和美に熱狂した。彼女の持つ儚《はかな》さ、か弱さ、あるいは「隙」みたいなものが、大衆を魅了するのだ。

高校入学時もそうだった。その美貌《びぼう》とは裏腹に、どこか未完成な、不完全な、微妙な危うさを見る者に感じさせる。だから男性だけでなく、女性までも手を伸べてしまう。気をつけた方がいいよ、なんだったら頼りになる奴紹介するよと、ついつい和美の役に立とうとしてしまう。

そんな和美に「一生のお願い」と言われて、拒める者がどれほどいるだろうか。仮にそれが初めてでなくても、何度目かの「一生のお願い」だとしても、それが断わる理由になどなるだろうか。「一緒に東京来て」と目の前で手を合わせられ、さらに「お願いだから」と抱きつかれて、残念だが無理だと、その腕を振り解《ほど》くことなどできるだろうか。

和美は知っているのだ。真《ま》っ直《す》ぐに相手の目を見つめる。その距離が近ければ近いほど、自分の言葉は深く、相手の心に届く。感情は一切顔に出さない。喜怒哀楽を相手に悟らせない。それにより、相手は渇望するようになる。和美を、笑顔にしたいと。

だから、答えてしまうのだ。

分かった。和美の言う通りにするよ、と。

どれが和美の本心で、どれが演技かなんて、考えてみても意味はない。そんなものにはなんの価値もない。

和美は、女優という生き物なのだから。

9

警察が行う「捜査」と民間の調査会社が行う「調査」とでは、確かに共通する部分もあるにはあるが、でも多くの面ではやはり別物と考えた方がよさそうだ。

和田徹事務所みたいな調査会社は、俗に「探偵業法」と呼ばれる法律で管理・規制されている。とはいえ警察法や警察官職務執行法と比べたらその内容は実にざっくりとしたものなので、その分、比較的自由に創意工夫できたりする。

たとえば今現在、奈緒たちが使っている張込みアイテムとか。

小型の無線カメラをどこかに仕掛けて、その映像を車中で、タブレットか何かで見られたら楽なのに、というのは誰しも考えるところ。しかしこれ、警察で実用化しようとしたら内規やら予算やら、あるいは職業倫理やらで、なかなか面倒臭い。

でも民間なら、わりと大丈夫。

「大倉《おおくら》さん、経費の精算、お願いします」

大倉は警視庁生活安全部生活経済課の元課長。いわば経済犯罪のプロ。だからといって経理ができるわけではないと思うが、でも少なくとも他の所員よりは数字に強いだろうと、和田所長が「よろしく頼む」のひと言で経理担当に抜擢したという。

「森さん。この『B918PCT47H』っていうのは、なに」

「ん、どれですか……ああ、それは八辻さんに頼まれて買ってきた、超小型カメラです。今日からの張込みに使うそうです」

「こっちの、この『DPN600M』というのは」

「それ、は……ああ、車庫の前とかに置く、縁石との段差を解消するプレートですね。あの、平べったい三角の、段差スロープですよ」

大倉の眉間に深く割れが入る。

「段差スロープなんて、何に使うの」

「さあ、何に使うんでしょう」

すぐに芭留を呼んできて、それについては直に説明してもらった。

「……それはですね、その中に超小型カメラを仕掛けて、無線で飛ばして、車中のタブレットで受信して映像をチェックしよう、ということです」

大倉の眉は険しい角度のままだ。

「なんでまた、段差スロープなの」

「だって、路上に剝《む》き出しのまま、カメラを置いておくわけにはいかないじゃないですか。

何かでカムフラージュしないと、誰かにサッと持ってかれちゃったら困るじゃないですか。かといって無断で私有地に入るのは絶対に駄目だって、先日大倉さんにご注意いただきましたので。それで、私なりにいろいろ考えた結果、この方法を思いついたというわけです」

まだ大倉は納得がいかないらしい。

「だから、なんで段差スロープなの」

「え、だから、カムフラージュですってば。いきなり段差スロープを持ち去る人はさすがにいませんし、当たり前ですけど踏まれても壊れませんから、最適じゃないですか。さして高くもないし」

終いには腕を組み、ウーンと唸り始める。

「これだから君は……あのね、八辻くん。基本的にこの段差スロープというのは、路上に置いたら道路交通法違反なんだよ。本来、私有地じゃなきゃ使えないものなんだ」

一瞬、奈緒は「確かに」と納得しかけたが、意外なことに、芭留はこれに喰い下がり、猛反論し始めた。

「あの、大倉さんはよく、それは違反だとか違法だとか仰《おつしや》いますけど、それを言ったら制限速度三十キロの道路を三十キロ以上で走ってる車、警察は全部止めて切符切ってます？そんなこと、警察って実際にやってましたっけ？」

大倉も簡単には引き下がらない。若い女の子だからって甘く見てはくれない。

「八辻くんね、私が言っているのはそういうことではないんだよ。同じ喩《たと》えで言うならば、警察官だけは制限速度を守るべきだと言っているんだ。法律違反だと分かっている手法を、黙認するわけにはいかないと言っているんだよ、私は」

「お言葉ですが大倉さん、私は警察官ではありませんし、大倉さんも今は警察官ではないはずです。お互い、いち民間人です。その民間人の感覚で言えば、段差スロープを道の端っこに置くのは決して悪いことではありません。むしろ、制限速度と同じように容認されているからこそ、あちこちに置かれているんであって、あちこちに置かれているからこそ、カムフラージュになるんじゃないですか」

そこで「はいはいはい」と、和田が割って入ってきた。大きく手を叩きながら。

「二人とも、そこまで、そこまで……大倉さん、その段差スロープって、一体いくらなの」

大倉はこれにも不満顔だった。

「……千七百七十三円ですが、所長、これは金額云々《うんぬん》の問題ではないんです」

すると芭留が、大倉の手にあるレシートをピッと指差す。

「ちなみにその下にある三つも、全部段差スロープです。黒とグレー、普通の幅広のとコーナー用のとを二色ずつ、全部で四つ買いましたんで」

「大倉さん、四つ合わせたらいくらなの」

大倉が得意の「エア算盤《そろばん》」で暗算する。

「……五千四百八十七円ですが、所長」

「分かりました。では、今回は私がそれを買い取ります」

「ですから所長、何度も申し上げるようですが、所長の自腹ならいいとか、そういう話ではないんですよ」

でも結局、そういうことのようだった。

和田所長が「いい」と言えばいい、「駄目」と言ったら駄目。

それがこの会社の決まり、いわば「法律」なのだ。

民間の会社って、面白い。


そして今、奈緒は芭留と組んで張込みの真っ最中だ。

「……芭留さん。こういうモニターを使っての張込みって、よくやるんですか」

「うん、やるやる。先月かな、ちょっとくらいなら大丈夫だろうって思って、隣の家の庭木の枝にカメラ仕掛けたら、大倉さんにめっちゃ怒られた。家帰ってから、お風呂でめっちゃ泣いた」

奈緒も、警察官時代はよく寮に帰ってから泣いた。でも奈緒の場合、それは怒られたから、というよりは、ちゃんとできなかった自分が情けなかったから、ということの方が多かった気がする。

「なるほど。それで今日は、大倉さんにリベンジと」

なぜだろう。芭留がキッと眉をひそめる。

「でもさ、私だってそれ、清水《しみず》さんには確認したんだよ。ちょっと庭木の枝に引っ掛けておくくらいなら、いいですよね、セーフですよね、って。そしたら清水さんが、いいって言うから……」

清水は千葉県警刑事部捜査二課の元管理官。詐欺や贈収賄といった知能犯のスペシャリストだ。

「そうだったんですね……でそれ、芭留さんが大倉さんに怒られたこと、清水さんはなんて」

「あとで、ゴメンねって言われた。でもアレなんでしょ、現役時代の階級かなんかが、清水さんより大倉さんの方が上なんでしょ」

「いや、たぶん、大倉さんも清水さんも、最終的には、警視で退官されてるんじゃなかったですかね」

「じゃアレか、何年先輩とか、そういう話か」

「それは確かに、大倉さんの方が何期か上っぽいですね」

「でもさ、だからって退職後も頭が上がらないって、そんなのおかしくない？　しかも清水さんって千葉県警だったんでしょ。大倉さんは警視庁だから東京でしょ。だったら現役時代なんだったかとか、関係なくない？　そもそもこの会社入るまで、面識なかったんだよ、お互いに」

「それ、ですよね……でも、それが簡単には抜けないところが、警察っぽいと言えば、ぽいんですよ」

今現在、奈緒たちがしているのはストーカー調査。依頼人はガールズバーのカウンターレディ。要は男性客の隣に座らない、カウンターの中に立っているホステスだ。留守中、誰かに部屋に入られた「ような気がする」というので、警備を兼ねての調査を依頼された。典型的な「警察沙汰未満」のお仕事だ。

依頼人が借りているアパートの部屋は一階なので、その出入り口と裏側の窓が映るように、カメラを二台仕掛けた。奈緒たちは、その映像を近くのコインパーキングに駐めた車の後部座席で見ている。

「芭留さん、これ最長で、何時間見てたことあります？」

「九時間」

「えぇー、一人でですか」

「一人で。さすがに次の日は目が開かなかったよ。途中で、肉眼で直に見てる方が楽かも、って思ったもん。でも、二人だったら交替できるから、長くても楽。ほんと、奈緒ちゃんが入ってきてくれてよかった」

ちなみに、ずっとモニターを見ていなければならないので、テレビや携帯電話といった暇潰しは基本的にNGだ。

許されている張込みのお供は、ラジオのみ。

「……奈緒ちゃん、学生時代、ラジオなんて聴いてた？」

「いえ、全然聴かなかったです。夜は普通にケータイで、動画とかSNSとか見てました」

「だよね、私も……でもさ、聴き始めると、案外楽しいもんだよ。お気に入りの番組とかできちゃったりね」

「分かります。なんか、工事現場の職人さんとか、よくラジオかけてるじゃないですか。ああいう人たちって、めっちゃニュース詳しそうって思ってました」

芭留がピッと人差し指を立てる。

「それ、実際そう。私も最近さ、埼玉のアレ、猫の死体のニュース、どうなったんだろうって気になってて」

猫の死体の、ニュース？

「埼玉で、そんなことがあったんですか」

「あったよ、一週間くらい前かな。首がない猫の死体が、普通の家の前かなんかに置かれてて」

「ひぃぃぃぃーっ」

「もちろん、その家の飼い猫とか、そういうことではなくて。しかもその、首の断面が、切断されたんじゃなくて、頭ごと何かで潰されたんじゃないか、って言われてて」

頭を潰された、猫の死体――。

モニターを見ながら、芭留が続ける。

「ウチ、なかなか動物を飼える状況じゃなかったからさ。犬とか猫とか、家族みんな大好きなんだけど、実際には飼ったことがなくて。飼ってる家の前とか通ると、可愛いな、ウチも飼いたいなって、ずっと思ってて……いま住んでるマンション、猫か室内犬だったら飼ってもいいんだけど、それはそれで、お留守番させる時間が長くなっちゃうから、可哀相かなって」

「ええ」

「そういうさ、可愛い動物を、だよ。どういう理由でそういうことしたのかは分からないけど、人の家の前に置くなんてさ、なに考えてんだろ……私だって、実際にそういう猫ちゃんを見つけても、どっかに運んで埋めてあげられるかは自信ないけど、でも人の家の前に置くんだったらさ、他にいくらだってやりようはあるじゃない」

途中まではその通りだと、奈緒も思っていたが。

「……それって、ある種の、事故だったんですかね」

芭留が奈緒の方を向く。

「どういうこと」

「たとえば、そういうふうに死んだ猫ちゃんがいて、それをただ、そのお家の前に置いただけなんですかね。そうじゃなくて、わざわざ猫ちゃんの頭を、その犯人が潰して、他人の家の前に置く……その家の人に対する嫌がらせか、何かもっと、他に理由がある可能性も、あるとは思いますけど」

芭留がモニターに目を戻す。まるで奈緒から、目を逸《そ》らすように。

「……奈緒ちゃんて、意外と怖いこと言うんだね」

「いや、ただ、可能性として」

「うん、分かる。私もちょっと、そうかもって、思うだけは思ったから。でもなんか……口に出すのは、怖いっていうか」

自分まで汚れるというか、心に邪悪が生じるというか。

そういう感覚も、分からないではない。

「ああ、そういうところは、良くも悪くも、元刑事なのかもしれないです。私はたまたま、殺人事件の捜査はしたことなかったですけど、研修とかで、そういうことも常に想定しておけ、みたいには言われてたので。だから……和田所長とかって、きっとたくさん手掛けてきたんだと思うんですよ、元捜査一課長なわけですから」

芭留が「あっ」と目を見開く。

「言ってた言ってた、あのほら、有名な、なんだっけ……ああ、あれだ、『ストロベリーナイト事件』。あれの捜査したの、和田さんなんだって」

マジか。それは凄い。


カウンターレディのストーカー調査は、結果から言うと不発に終わった。

契約期間は四日。その間に、彼女の部屋に近づく不審者はいなかった、というのが今回の結果報告内容になる。だが今後、もし侵入されたと確信するに足る物証等が出てきた場合、六ヶ月以内であれば「継続調査割引」ということで、半額でお引き受けする——という特約を付け、初回の調査は終了ということになった。

で、その夜だ。

女性二人で、初めて案件を完遂したお祝いと、なんとなく先延ばしになっていた奈緒の歓迎会を兼ねて、和田所長がご飯をご馳走してくれることになった。

「じゃあ、森くん、お疲れさまでした。乾杯」

いや、歓迎会というのは、ちょっと違うかもしれない。参加者は和田と奈緒の他には、芭留だけだから。

「ありがとうございます……乾杯」

「おめでとう、奈緒ちゃん。かんぱーい」

最初はビール。生じゃなくて、あえて瓶。

ひと口飲んだところで、早くも注ぎ足そうと和田が瓶を差し向けてくる。

「どうですか。少しは慣れましたか」

「あ、恐れ入ります……ありがとうございます」

正直、奈緒はまだビールをあまり美味しいとは思えない。できれば早く、レモンサワーとかカシスソーダとかに替えたい。

「すみません、お注ぎします……はい、あの、八辻さんが、いろいろ教えてくださるので……あと、大倉さんや、他の方も……はい」

和田がニヤニヤと片頬を持ち上げる。

「そんな、お世辞なんて言わなくていいですよ。ウチの連中は、そうですね……最初はちょっと、クセが強いというか、お堅く感じる部分もあるかもしれませんが、まあ、決して悪い人間ではないので。元警察官だから、当たり前ですけど」

隣で芭留が大きく頷く。

「……確かにみんな、悪い人では、ないと思います」

和田が「まただ」と芭留を指差す。

「ああ言ってるけど、陰ではみんな、あなたのことを『芭留ちゃん』って呼んでて、張込み大丈夫かな、とか、遅くまで連絡ないけど大丈夫かな、とか、いろいろ気にかけてるんだよ」

芭留が「ええー」と、盛大に顔をしかめる。

「少なくとも大倉さんは、絶対私のこと馬鹿にしてますよ。何かって言うと、これだから君は、って……確かに、この事務所で元警察官じゃないのは私だけですけど、与えられた調査案件に関しては、きちんと結果を出しているつもりです」

和田、大倉、清水の他に、元神奈川県警本部調査官の島本《しまもと》、元警視庁科学捜査研究所管理官の中尾《なかお》と、男性は全部で五名いる。これに芭留と奈緒を加えた七名が、和田徹事務所の現メンバーということになる。

和田は、苦笑いを浮かべて頷く。

「それはそう。もちろん、そこはみんなが認めてる。でも、そういうことじゃなくてさ……あなたがね、ムスッと出ていったあとなんて、大倉さん、けっこうイジケちゃって、大変なんだから。また言っちゃった、嫌われちゃった、どうしようって、頭抱えちゃってさ」

芭留が「嘘でしょう、それは」と眉をひそめる。

「いや、本当だって。ああ見えて、みんな八辻くんのことは娘……はちょっと、図々《ずうずう》しいか。だからまあ、孫娘みたいに思って、心配してるんだよ」

「じゃあ、あんな嫌味なこと言わないでほしいです」

この会社に入って、奈緒が一番の発見だと思っているのが、これだ。芭留ってこういう性格の人だったんだ、と驚かされることがけっこうある。

だがそれも、当然と言えば当然かもしれない。

奈緒の中で、芭留はずっと「圭の手を引く献身的なお姉さん」であり、その一方で、ふいに海洋調査船に乗って旅に出るような「逞《たくま》しい女性」でもあった。逆にいったら、芭留についてはそれしか知らなかった。

だが実際には、ほぼ「お爺《じい》さん」に近いオジサンたちに喰ってかかったり、所長に愚痴をこぼしたり、けっこう感情を表に出す人なのだと分かってきた。それがなんだか、とても面白い。

だからちょっと、からかってみたくもなる。

「……大倉さん、きっと、芭留さんのこと好きなんですよ」

もちろん、芭留は分かりやすく顔をしかめる。

「ちょっと、やめてよ。そういうの要らないから」

あまりしつこく言って、芭留を本気で怒らせてもいけないので、奈緒は適当なところで謝って話題を変えた。

「そういえば、所長。あの『ストロベリーナイト事件』の捜査本部にいらしたというのは、本当なんですか」

鮪《まぐろ》の赤身をぺろりと口に入れた和田が、事もなげに頷く。

「……うん。あれはまさに、私が捜査一課長だったときの事件だね」

「すごーい。でもあれって、犯人の一人が未成年だったり、警察関係者が絡んでたからか、途中からあんまり報道されなくなった、みたいに言われてますよね」

そこはやや、和田も首を傾げる。

「それはね……犯人云々というよりも、犯行の内容かな。あまりにも残虐過ぎるというんで、マスコミが勝手に自粛した、という方が、事実に近いかもしれない。確かに未成年の名前や顔は出せないけども、一方で、現役の警察官だった男の名前や顔写真は、普通にメディアに出ていたからね。警視庁が隠蔽したとかマスコミに圧力をかけたとか、そういうことではないんだな」

途中から、奈緒は「マズった」と思っていた。興味本位で軽く訊いていい話題ではなかった、そもそも自分の訊き方がよくなかった、と反省し始めていた。

そんな奈緒の心の内を見透かしたか、和田は穏やかな口調のまま、話を続けてくれた。

「あの事件は確かに、非常に稀なケースだったと思うよ。殺人ショーを開催し、人が殺されるのを間近に見て、自分は生きていると、そのことを確認というか、再認識したいというね、極めて利己的な欲求が、犯行に及んだ動機だったわけだから」

海老の天婦羅《てんぷら》を頰張った芭留が、大袈裟に目を見開く。

「……あれって、そういう事件だったんですか」

「そう。ただしもう、ああいった事件は二度と起こらないんじゃないかと、私なんかは思っているよ。だって殺人事件の、おおよそ八割は顔見知りによる犯行で、その半数は……いや、八割の半分じゃなくて、殺人事件全体の半数以上が、実は親族による犯行だからね」

奈緒はそれを、たまたま警察白書か何かで読んで知っていたが、芭留は全く初めてだったようだ。

さらにまん丸く目を見開く。

「えっ……じゃあ、殺人事件の犯人って、半分以上が、被害者の家族ってことですか」

「被害者が複数いる場合も加味した上で、犯人の半数以上が親族、と言えるかどうかは、厳密には分からないけども、でも概《おおむ》ね、そういう傾向があるのは、事実……悲しいかな、それが現実なんだよ。この日本という国のね」

それは日本特有の傾向なのだろうか。アメリカやヨーロッパ、その他の地域ではどうなのだろう——。

そんなことを考えていたら、テーブルの向こう端に置いてある芭留の携帯が震え始めた。

芭留は「あっ」という顔をし、すくい取ったそれをバッグに隠そうとしたが、和田は、握手でも求めるような手付きで促した。

「どうぞ、出なさい」

「でも」

「勤務中じゃないんだから、出てください。相手の方にも失礼だ」

「すみません、ありがとうございます」

それでも、芭留はすまなそうに、小さくなって携帯電話を構える。

ちらりと見えたディスプレイには、【中島琴音】と表示されていたように見えた。

10

ちょっと選択を間違ったかな、と希莉は思っていた。

鴻巣清継《きよつぐ》の仲介で、希莉は芸能プロダクション「オフィス・デライト」と専属マネジメント契約を結ぶことになった。それ自体は名誉なことだし、デライトのプッシュがあれば、今までできなかった仕事もいろいろとできる可能性が出てくるだろう、と期待もしていた。

たとえば、デライトの所属タレントのみで小ぢんまりとやる舞台の、脚本の執筆とか。なんなら演出も。そこに客演でポー子を呼べたら最高だし、なんならミッキーを連れてきても面白いかも、などと夢想するのはそれなりに楽しかった。

ただ、問題も早々に浮上してきた。

デライトに所属すること自体は「よかったな」と喜んでくれた浜山田に、正式に「所属しました」と報告に行くと、どういうわけか「そうか」と、深くうな垂れられてしまった。

場所は、高円寺のおでん屋のカウンターだ。

「……じゃあ、これからは気安く、『横っちょ』撮るから日暮里《にっぽり》まで来い、ってなわけにゃ、いかなくなるな」

例の、CS放送の飲んだくれ番組。正式タイトルは「今夜も横丁ではしご酒」だが、関係者はみんな「横っちょ」と呼んでいる。

希莉は、思わず「えっ」と言うのと同時に、半分口に入れていた玉子を吐き出してしまった。

「きっ……たねえな、おい」

「ちょっとボス、なんですかそれ」

「何が」

「私、もう『横っちょ』には呼んでもらえないってことですか」

そんなには跳ねていないはずだが、浜山田はおしぼりで、スカジャンのポケットの辺りをゴシゴシとこすり続けている。

「そりゃお前、そうなるだろう……フリーだから今まで安く使えてたんであって、お前みたいなのでも、デライトに所属しちまったら、今後はそれなりのギャラを請求されるだろうからな」

お前みたいなの「でも」の辺りが気になると言えばなるが、今そこはあえて掘り下げない。

「自分で取ってきた仕事は『要交渉』って、契約書にはありましたけど」

「交渉してギャラを吊り上げる、という意味も、その中には含まれてんだよ」

「いやいや、自分で取ってきた仕事は、交渉次第で全額自分がもらえる、って意味でしょう、普通」

「ひょっとしたら、あるのかもな。デライトがそういう、慈善事業的というか、ボランティア精神を発揮することも。俺は今まで、そんなの一度も聞いたことねえけど」

なんだかんだ月に一回か二回ある「横っちょ」の撮影は、希莉にとってはいい収入源だった。今後それがバッサリなくなるのだとしたら、それは非常に困る。

だが、そんなのは実に小さな問題だったのだと、希莉はまもなく知ることになる。

デライトへの正式所属から、一ヶ月ほど経った頃だ。

渋谷と恵比寿《えびす》のちょうど真ん中辺りにある、第三新宮《しんぐう》ビル。その三階にある、オフィス・デライトのミーティングルームB。事務所に来るのはもちろん初めてではないが、この部屋は初めてだった。

そこで待っていると、

「……おはようございまーす」

なんと入ってきたのは、デライトの看板女優の一人である、真瀬環菜《ませかんな》だった。

「あ、お、おはよう、ございます……」

この瞬間の、真瀬環菜に対する希莉の第一印象は「さすがだな」のひと言に尽きる。

希莉の場合、とんでもなくスタイルのいい美少女と同居しているので、その手の女性はわりと見慣れている方だとは思う。だが、それでも「超売れっ子」は違う、と認めざるを得ない。

まず何って、まとっている空気が違う。人によっては「オーラ」とも言うのだろうが、とにかくその人だけが現実ではない何か、たとえばCGか何かをはめ込んだように、周りの時空を若干歪めながら存在しているように見える。

彼女の両隣には、確か「加藤《かとう》さん」だったと思うが女性マネージャーと、鴻巣が並んで立っている。二人とも、一般人としてはかなりスタイルのいい部類に入ると思う。真瀬環菜をいったんどけて二人で並ばせたら、十人中八人は「美男美女でお似合いのカップル」みたいに言うと思う。でもやはり、真瀬環菜と並べたら、大いに見劣りする。それくらい、明確な差が素人との間にはある。

そんな真瀬環菜が、こっちに近づいてくる。

「ライターさんだって聞いてたから、どんな方かなって思ってたけど、すごいカワイイ。びっくり」

この手の女は、単純に小さいものを「カワイイ」と表現する傾向がある。「自分より背が低い」も、もちろんその対象になる。

「いえ、そんなそんな……初めまして、片山希莉です」

「真瀬環菜です。よろしくお願いします」

四人で会議テーブルの席に着く。環菜の隣には加藤、希莉の隣には鴻巣が座った。

議長は、どうやら鴻巣が務めるようだ。

「ええ、このたびですね……永和《えいわ》書店の発行する、というかもう電子なので形としては『配信』になりますが……文芸誌『小説モダン』において、小説『エスケープ・ビヨンド』を、真瀬環菜名義で連載すると、いうことが、決定いたしました」

環菜は「おお」と笑みを浮かべ、加藤と共に小さく手を叩いている。鴻巣も、読み上げたペラがクシャクシャにならない程度に、手首の辺りで拍手している。

いやいや、ちょっと待て。

「……鴻巣さん、それって、どういうことですか」

鴻巣が「ん？」と希莉の方を向く。

「どうって」

「『エスケープ・ビヨンド』を環菜さん名義で連載するってことですよ。っていうか、今のところそれしか言ってないじゃないですか」

環菜は小さく口を尖らせ、目は「ちょっとビックリ」みたいに見開き、加藤の方を見ている。加藤自身はノーリアクション。

鴻巣は「困ったな」という苦笑いを浮かべている。

「片山さんさ、君がデライトに所属するって、要するにこういうことじゃない」

何を言うか。

「いいえ、こういうことじゃないです。私が鴻巣さんに作品をお預けしたのは、配信系も視野に入れての映像化、というお話だったからです」

「そういう可能性も、あった。もちろん、僕だってそういう方向での努力もした。売り込みだっていろんなところにかけた。でも、実現したのはこの企画だった。これはこれで、一つの成果でしょう」

向かいから、環菜が素《す》っ頓狂《とんきょう》な声で割り込んでくる。

「そんな、喧嘩みたくしないでくださいよ……私、この作品大好きで、ドキドキしっぱなしで一気読みだったから、この企画、すごい楽しみにしてたんですよ」

よくそんな、読んでなくても言えるような感想を恥ずかしげもなく並べられたものだ。

なんにせよ、ここは話し合いができるような場ではない。

「……鴻巣さん、ちょっと一回、ちょっと出ましょう」

希莉は鴻巣を廊下に連れ出し、かといってエレベーターの方は人通りが多いので、廊下の奥の方にある給湯室に入った。

鴻巣は、出入り口の枠に右肩を寄せて立っている。それはそれで、ポーズとしては様になっている。

それがかえって、希莉には腹立たしい。

「鴻巣さん、いくらなんでも、今のはヒド過ぎませんか」

「あれ、怒っちゃった？」

これくらいでは怒らない、というのが芸能界では常識なのか。

「怒りますよ、当たり前じゃないですか。作品は、作家にとっては我が子も同然なんですよ。それを、いきなり他人名義で連載開始なんて、そんなの『人さらい』と一緒じゃないですか」

「さらわれた方が幸せになる子だっているよ」

マズい。一瞬、口ごもってしまった。

鴻巣が続ける。

「現状、片山希莉名義であの作品を出版するのと、真瀬環菜名義で世に出すのとでは、波及効果が全然違うんだよ。とりあえずさ、今回は環菜の名義で小説を出して、映像化に関してはその後にまたチャレンジするってことで。そしたら君にだって、今度は脚本執筆のチャンスが出てくるじゃない」

なんだそれは。

「……出てくる、じゃないでしょう。そもそもは私の作品なんですから、他人名義で出すこと自体おかしいですけど、でもその後の映像化の話までするんだったら、その脚本は確実に私が書けるように段取りするとか、せめてそういう約束をしてくださいよ」

鴻巣が「ワカリマセーン」のポーズをする。

「そんな約束、いま俺にできるわけないじゃない。でも、そんなに不満があるんだったら、俺とのオプション契約、解消する？　契約金の返納と、このケースだったら何十万か、君の方に違約金の支払い義務が生じちゃうけど、それでいいんだったら、仕方ない、全部なかったことにしよう。俺としては非常に残念だし、永和書店の編集部にも詫び入れに行かなきゃなんないけど、でもまあ、それは仕方ないよな。君に納得してもらえる企画を持ってこられなかった、俺の力不足ってことなんだろう……うん、俺が行って、頭下げてくるよ」

契約金の返納、か。

あの百万円って、どこ行っちゃったんだっけな。


違約金まで入れたら、そんな額、今の希莉に払えるわけがない。

これまた泣き寝入りしかないか、と心の内で呟いたり、でももらった百万を早々に遣い果たしたのは私か、と自戒してみたり。あるいは、どうせ最終選考手前で落ちた作品だ、大して売れやしないさと、高を括るというか低く見積もるというか、いろいろ、自分なりに諦めようとはしてみた。

ところが、そんな希莉の予想に反して、『エスケープ・ビヨンド』は連載開始早々から話題を呼び、特にSNS上では大いに話題になった。

もともと真瀬環菜のSNSはそこそこ人気があった。月刊誌の専属モデルをやっているだけあり、ファッションアイコンとしても認知度が高い。

ふらりと立ち寄ったセレクトショップで撮った写真をアップすれば、一時間後には店の前にフォロワーの列ができる。【このココアクッキー、美味しいよね。ヘルシーだし、大好き。また爆買いしちゃった。】と書き込めば、取扱店舗の棚から商品は消え、通販サイトでも一時入手が困難になる。

ただしそれは、あくまでも「一時《いっとき》」に過ぎない。ほんの数日、そのセレクトショップの売り上げはアップするかもしれない。そのココアクッキーはその月、発売以来の売り上げを記録するかもしれない。でも、それだけなのだ。その話題が地上波の情報番組で取り上げられることもなければ、環菜にココアクッキーのCMオファーが舞い込むわけでもない。

だから小説も、たぶん初回にちょっと騒がれるだけ。環菜のファンなんてそんなに「本読み」でもないだろうから、第二回、第三回と進んでいくうちに徐々に読まれなくなり、やがて話題にも上らなくなるのだろう——。

いや、それはそれで嫌だ。環菜名義だろうと希莉名義だろうと、面白いものは面白い、と読者に思わせられなくてどうする。第二回、第三回と進むにつれて読まれなくなっていったら、それはつまり希莉の作品自体に魅力がないということになるではないか。いや、それも違うか。読んでいるのはほぼ環菜ファンだけなのだから、希莉の作品の魅力が分からなくても、それは環菜ファンの読解力の問題であって——いかん。いま自分、めっちゃ性格悪くなってる。

ようやく、誰をどう貶《けな》しても最終的に自分が傷つく構図になっていることに希莉は気づいたが、「時すでに遅し」だった。

これも「エゴサーチ」の内に入るのだろうか。SNSに『エスケープ・ビヨンド』第二回の感想が上がっていないか探していたら、とんでもないものを見つけてしまった。

「うっそ……ちょっと待ってよ」

希莉が目にしたのは、やはり環菜ファンであろうフォロワーの書き込みだった。

【このニュース、環菜たんの小説の事件にそっくり過ぎて、ちょっと怖いんですけど。】

そっくり過ぎ、ってどういうこと、とリンクをクリックすると、出てきたのは大手新聞社が運営するニュースサイトのページだった。

【埼玉県警上尾《あげお》警察署は26日、桶川《おけがわ》市内で民家の郵便受から首のない猫の死骸が見つかったと発表した。同署の調べにより、猫の首の断面は切断によるものではなく、潰れたか千切れたものだと分かった。同署は動物愛護法及び廃棄物処理法違反の疑いがあるとして調べを進めている。】

認めたくはないが、確かにそっくりだ。『エスケープ・ビヨンド』の冒頭には、主人公の家の郵便受から、首のない猫の死体が出てくるという描写がある。その犯人は、猫の首を刃物で切断したのではなく、頭ごと石で叩き潰している。自分で書いておいて言うのもなんだが、かなり胸糞《むなくそ》の悪いシーンであるのは間違いない。

この件、すでに環菜フォロワーの間ではかなり話題になっていた。

【何これ、マジでエスビヨじゃん。】

そんな「エビマヨ」みたいな略し方しないでよ、とは思ったが、それは今どうでもいい。

【こんな事件起こって、環菜たんの小説の連載が打ち切りとかなったら泣く。】

あなたが泣いて済む話ではないです。

【これってなに、偶然？　それとも小説読んだ誰かがやったってこと？　こーわっ。】

段々、書き込みを読み進めるのがつらくなってきた。

「……嘘でしょ。これはさすがに、やっちゃ駄目だって……ココアクッキーの爆買いとは、レベルが違うっつーの」

本当は今夜中に、やりかけのインタビュー原稿を仕上げたかったのだが、とてもそんな気分ではなくなってしまった。

ユニットの制作担当者に金を持ち逃げされ、小説のオプション契約で一度は百万円手にしたものの、すぐさま不払いの穴埋めにほぼ全額が泡と消え、大手事務所に所属して心機一転、と思った矢先に作品を合法的に奪い取られ、挙句にそれが現実の事件の引鉄になった——かもしれないのか。

「あーあ……とんだ『巻き込まれ』キャラだよ、こりゃ」

一人うな垂れ、溜め息をついていたら、居候が入浴を終えて出てきた。

「あー、気持ちよかった。やっぱりシャネルともなると、入浴剤とはいえ、『バブ』なんかとは全くの別物ですね。希莉さん、なんでこんなの持ってたんですか？　誰からもら……あれれ？」

被った精神的ダメージの全てを、全力で丸めた背中に漂わせてみたら、よかった。ちゃんと気づいてもらえた。

「どうしたんですか、希莉さん、何か嫌なことでもあったんですか」

もう今夜は仕事をしないと決めたから、一から全部、ミッキーに話して聞かせた。真瀬環菜名義で小説の連載が開始される、という辺りまでは話してあったが、でもそのときは、まだ希莉にも意地や見栄があったので、「やられたよ」みたいな軽いノリで話しただけだった。

でも今夜は、腹の底から全部吐き出した。

盗まれた、脅された、挙句に知らない猫まで殺された。

「ミッキー……私、もうダメかも」

「あーん、希莉さぁん、大丈夫ですよぉ」

五つも年下の女の子の膝に顔をうずめて、腰にしがみついて泣くというのも、なんというか、けっこう気持ちのいいものだ。

しかも、全身から物凄く高級な匂いがする。

背中もさすってもらえる。

「どうしましょ、どうしますか……シャネルの泡風呂、気持ちよかったですよ。気分転換に最適ですよ……それとも、ハイボールでも作りましょうか。横着しないで、ちゃんとレモンスライスも、できる限り薄く切って入れますから……なんなら、おつまみも作っちゃいましょうか。ほら、焼き豚の余りとネギがあるから、この前習った、あれ、なんでしたっけ……ああ、ネギチャーシュー、あれ作りますよ。あれだったら、絶対失敗しませんから……それとも、どうします？　このまま号泣しますか」

グリグリと、ミッキーの太腿《ふともも》に顔を押しつける。

「……もう泣かない。ハイボールと、ネギチャーシューがいい」

「かしこまりました。ハイボールとネギチャーシューで」

ミッキーの匂い。癒える。

やだ。

「希莉さん。とりあえず、放してください」

ネギチャーシューってこんなに辛かったか？　とは思ったが、いい酒の「あて」にはなった。

ミッキーにも、SNSはひと通り読ませた。

「これは、ガチでヤバいですね」

「うん、ガチでヤバいよ。この猫が、実際どうして死んだのかは分かんないけど……でまあ、あんまり考えたくもないけど、車に轢かれて、頭だけ潰れちゃったのを、小説を読んだ誰かが、似てるなって思って、本人は悪ふざけのつもりで、すぐ近くの家の郵便受に入れたとか、そういうことだったら……まあ、それも褒められたことでは全くないんだけど。ニュースの文面からしたら、なんだっけ、なんとか違反」

「これですね……ハイ、ハイ……ハイなんとか物、処理法……」

そこ、読めないか。

「ああ、廃棄物処理法違反か。それならいいってわけじゃないんだけど、でもよ、もし作中の犯人みたいに、わざわざ生きた猫を捕まえてだよ、大きな石で頭潰して、それを他所ん家《ち》の郵便受に押し込んだんだとしたらさ」

ミッキー。いくら美人でも、そこまで顔をしかめたらブスになるよ。

「希莉さん……よくそんなこと想像しながら、お酒飲んでお肉食べて、気持ち悪くなりませんね」

「うん、ならないよ」

「私だったら、絶対ゲロ吐いちゃいます」

「それを言っちゃうあんたも、どうかしてると思うけど……いや、だからね、完全に作中の犯人を真似てさ、こういうことをしたんだとしたら、だよ。ちょっとこの先が、思いやられるっていうかさ」

こくん、とミッキーが小首を傾げる。

「どういうことです？」

「だってさ、この小説、まだ連載始まって、たった二回だよ」

「はい」

「このまま、何事もなく終わると思う？」

「猫を殺した犯人が逮捕されて、ハッピーエンド、みたいな」

「それ、面白い？」

「いえ、全然面白くないです」

なんだろう。私だって、そんなふうには書かないよ」

「でしょ。軽く貶された気がする。

「ですよ……」

ね、まで言いきる前に、ミッキーは限界まで、目を大きく見開いた。

ようやく、話の先が読めたようだった。

「もしかして……」

「うん」

「連載が続いていくと、もっとヤバいことが、起こるとか」

「うん、起こるね」

「猫殺しより、もっとマズいこと、だったりして」

「まあ、そういうことだね」

「もしかして……人間が、殺されちゃうとか」

「もしかしてっつーか、まさに、それだけど」

「希莉さん、けっこうヒドいこと考えるんですね」

アホ。小説内で人が殺されるのなんて、別に普通だわ。

11

ひょっとして自分には、嫌いな天気がないのかもしれない。

琴音は最近、そんなことを思っている。

晴れは、もちろん嬉しい。主婦目線でいえば洗濯物はよく乾くし、飲食店経営者としても、やはり天気がよければ客もよく入るので、それだけ売り上げは伸びる。収入が増えれば、主婦としても助かる。

でも、曇りも嫌いではない。なんとなく気分が落ち着くし、特に今くらいの、秋本番の空気を吸い込むと、いい季節になったな、としみじみ思う。これが晴れた日だと、まだちょっと夏っぽい匂いになるので、むしろ曇っているくらいがちょうどいい。

雨の日には、また雨の日の良さがある。

琴音はなぜか、店の窓ガラスに付く水滴を見ているのが、子供の頃から好きだった。だからというわけではないが、二号店の窓も、本店と同じようにあえて木枠にしてある。

この木枠の窓から眺める、雨降りの景色が、またいい。

道を挟んで向こう側は、わりと背の高い雑木林になっている。雨に濡れた緑には、人の心を穏やかにする効果がある、と個人的には思っている。パサパサに乾いた心に、彩りと潤《うるお》いを与えてくれる。そんな感じがする。

だから、いい。お客が来ない日が、ちょっとくらいあっても。こういう雨の日に「心の水分量」を蓄えておいて、晴れの日に放出する。そういうサイクルになっているのだと考えればいい。

そうだ。BGMを変えよう。

本店では、BGMを選ぶのも静男の特権だった。クラシックなら弦楽四重奏、ジャズはギター中心のもの、ロックなら六〇年代から七〇年代と決まっていた。八〇年代になると「シンセサイザーが入ってくるから嫌い」と言って一切聴かない。当然、九〇年代のヒップホップも、最近のEDMも絶対に聴かない。要はデジタルミュージック全般がNGなのだ。

その手の拘りは、琴音にはない。

ピアノで音大に行こうと思っていたくらいだから、クラシックでもジャズでも、ピアノがフィーチャーされているものは基本的に好きだ。こんなふうに自由に弾けたら楽しいだろうなと、憧れを持って聴いている。

強いて言うとしたら、叶音には悪いが、ギターのうるさい曲はあまり好きではないかもしれない。だったらむしろカントリーみたいな、アコースティックギター中心のアレンジの方がいい。初期のテイラー・スウィフトなんて、けっこう「どハマり」して聴いていた。

そうだ。今日は久しぶりに、テイラー・スウィフトをかけよう。

でも、その前に。厨房にあるインターホンで二階にいる叶音を呼び出す。

「ねえ、叶音」

返事がくるまで、かなり待った。

《……あ、はぁい》

声が、微妙にこもっているのはなぜでしょう。

「乾燥機さ、もう終わってると思うんだけど、ちゃんと中身、出しといてくれた?」

《んー、今からやるぅ》

どうせ忘れてたんでしょ、は言わずにおいてあげる。

「ついでに畳んどいていただけると、大変助かるんですが」

《はーい、かしこまりました、お姉さまぁ》

まったく。

まだギプスが取れないんだから掃除は無理だろうし、洗濯物を干場に持っていくのも難しいだろうけど、乾燥機が「ピー」と鳴ったら中身を取り出して畳んでおくくらいは、言われなくてもやるのが普通だろうと、琴音なんかは思ってしまう。基本的に暇なのだから。

最後に「よろしくね」と言い添えてマイクをオフにする。

「また……寝っ転がってボリボリ、お菓子でも食べてたんでしょ」

それでも、叶音がよく奏の相手をしてくれることに関しては、非常にありがたいと思っている。隣には和志の実家があり、両親と義妹の咲月がいるが、どちらが琴音にとって頼りやすいかというと、それはもう圧倒的に叶音の方だ。しばらく不仲な時期はあったものの、やはり血の繋がった姉妹、家族というのは大きい。

しかも、奏も叶音に相当懐いている。今はまだ保育園から帰ってこないが、帰ってきたら「おんちゃ、おんちゃ」と付きまとって、もう大変だ。「おんちゃ」はおそらく「叶音ちゃん」の意味で、「ワンワン」を意味する「あーわ」とは明確に使い分けられている。

叶音に抱っこしてもらったり、積み木やぬいぐるみで遊んでもらったり、ご飯を食べさせてもらったり。ときにはオムツを替えてもらったりもする。またそれを、叶音もさして嫌がらずにやってくれる。思えば誰かの世話をする叶音なんて、琴音は初めて見るのかもしれない。

「でも脚が治ったら、また東京に、行っちゃうんだよね……」

そんなことを、ぼんやりと呟いたときだった。

レジの近くにある店の電話が鳴った。本店の電話は、これまた静男の趣味でダイヤル式の黒電話だったが、二号店のはごく普通の白いプッシュ式だ。留守電機能だって、音量調節機能だって付いている。

呼び出し音も、ごくありふれた電子音だ。

「はいはい……」

店電にかけてくるのは、たいていはここへの道順が分からないという観光客だ。駅から徒歩だと何分くらいですか、高速道路の出口からだとどこを通れば近いですか、案内の看板とかは出ていますか。じゃなかったら、今から五人ですけど入れますか、みたいな確認の電話だ。

「はい、カフェ・ドミナンです」

いきなり、強い風の音が耳を圧した。その分、向こうの声は聞き取りづらい。

『……あの……ミナン、ですか』

でも、意味は分かる。

「はい、カフェ・ドミナン二号店です」

『そちら……チハラ琴音さんの、お店ですか』

おそらく『市原琴音さんのお店ですか』と訊いたのだろう。厳密に言ったら「市原」は旧姓だが、まあいい。

「はい、私が市原琴音です」

『……ヤマ、キリさんとは、おし……』

「ごめんなさい、ちょっと、よく聞こえないんですが」

『……タヤマ、キリさんと、お知り合いですよね』

キリ、片山希莉か。もちろん「知り合い」だが、でも見ず知らずの人に電話で「知り合いか」と訊かれて、「知り合いです」と正直に答えていいものだろうか。とはいえ希莉は、たまにテレビにも出てくるレベルの「有名人」だ。知り合いかどうかはともかく、知っていると答える分には問題あるまい。

「はい、片山希莉さんは、存じております」

『カタ……希莉さんに関し……少し、お話しし……あるんですが』

希莉に関して話したいことがある？　どういうことだろう。

「はい、なんでしょう」

『今から、そちらに伺ってもいいですか』

風向きが変わったのか、急にはっきりと聞こえた。

「はい、けっこうです。道順は、お分かりになりますか」

『大丈夫です。じゃあ、今から伺います』

通話はそこで終わった。

相手も聞こえづらかったのだろう。けっこう声を張り気味にしていたが、それでかえって音が割れて、こっちはさらに聞き取りづらかった。話し方から、まあまあ若い方だとは思った。二十代から三十代くらい。「オバサン」感はまるでなかった。なので広義の「女子」と思っておいていいだろう。

それはそれとして、だ。

今日はランチ客も少なかったので、ランチ用のコーヒーが少し余ってしまった。冷やしてアイスコーヒーにしておけば和志か叶音が飲むので、これはもうウォーマーから外しておこう。

ちなみにドミナンでは「休日の静男」で淹れたブレンドコーヒーを一杯ずつ冷やし、アイスコーヒーとして提供しているが、実のところ静男はまだこれに納得していない。五月くらいになると「今年こそは究極のアイスコーヒーを」と研究し始めるのだが、「完成した」という知らせはないので、今年も駄目だったのだと思う。そして、夏を過ぎる頃には研究をやめてしまう。要するに、アイスコーヒーに対する愛情はあまりない、ということだ。

電話の女性は、なかなか現われなかった。

今どこですか、くらい訊けばよかったのだろうが、話しているときはこんなに時間がかかるなんて思わなかった。また、こんな心配を一々するのは、単純に店が暇だからだ。客がたくさん入っていて忙しければ、電話の客が二十分や三十分来なくたって、全然気にならない。

そうこうしているうちに和志が帰ってきた。こっちも、いつものお迎えより十五分くらい余計にかかっている。雨の影響で道が混んでいたのだろうか。

店の隣に車を駐めて、まず自分が降りて。傘を差して後部座席のスライドドアを開け、チャイルドシートから奏を引っ張り出して、今日は抱っこのまま店まで小走りだ。

琴音は一部始終を木枠の窓から見ていて、よきタイミングで店のドアを開ける。

「お帰りぃ、大変だったねぇ。道、雨だから混んでた？」

琴音が傘を引き受ければ、和志は抱っこのまま店に入れる。

「いや、雨じゃなくて、事故で」

「なに、スリップしてガッシャーン、みたいな」

「いや、若い女の子が、撥ねられたって」

若い、女の子。いやいや、まさか。

「……それ、どこで？」

和志が奏を床に降ろす。

「あけぼの商店の、すぐ近く」

「あけぼの商店」は、ここから二キロくらいのところにある、日用雑貨や食料品を扱うお店だ。和志も咲月も、子供の頃はよくそこまでお菓子やアイスを買いに行っていたという。

「なに、和志さん、現場見たの？」

「いや、『あけぼの』のオバちゃんが出てきてたから。どうしたのって訊いたら、若い女の子が、すべって転んだんだか道に倒れて、そこにちょうど車が来て、ドーンって、撥ね飛ばされたんだって」

あそこの道は少し傾斜があるうえ、大きくカーブしているので見通しもよくない。実際、事故はよく起こる。琴音が嫁に来てからも、三回か四回はあった気がする。

「オバちゃん、見ちゃったんだ」

「っていうか、オバちゃんが救急車呼んだんだって」

「撥ねた車は」

「それは、逃げずにいたんじゃないかな。パトカーと一緒に停まってた、白いセダンが、そうだったんじゃないかな」

よく知っている場所だけに、いろいろ克明に想像できて怖い。

しかも、事故に遭ったのは、若い女の子——。

和志が顔を覗き込んでくる。

「どしたんすか、琴音さん」

「……ん？」

「なんか、顔怖いっすよ」

和志には、ちょっと過剰なくらい琴音の顔色を気にするところがある。そんなに「鬼嫁」ではないはずなのだが。

「顔怖いって、人聞き悪い」

「いやでも、ここ、こんな」

真似して眉間に皺を寄せたのだろうが、そんな閻魔《えんま》様みたいな顔はしていません。

「やめてってば……いや、ちょっとさっき、お店に電話があって」

「ここの？」

「うん、若い女の人から。でその人が、片山希莉さんとは知り合いかって訊くから」

「希莉ちゃんと。ほう、それで、琴音さんはなんて」

「知ってるって言ったら、話したいことがあるって」

「琴音さんに？」

「うん。で、店に行ってもいいかって訊くから、いいですよって答えて、電話切ったんだけど、その人、まだ来ないんだよね」

再び和志が眉間に皺を寄せる。ほら、こういうことを考えたら、誰だってそういう顔になるでしょう。

その顔のまま、和志が壁の時計を見上げる。

「それ、いつ頃の話っすか」

「三十分か、四十分くらい前かな」

「ちょうど事故があった頃か、その直前くらいか」

和志が店の電話を指差す。

「琴音さん、その番号にかけ直してみたらどうっすか。事故に遭ったのがその人だったら、出ないだろうし」

「そうだね」

言われた通り、履歴に残っている携帯電話番号にかけてみた。女性からかかってきたのは、今から四十三分前だった。

「……ダメだ。電源が入っていないか、になっちゃう」

奏が「おんちゃ、おんちゃ」と騒ぎ出したので、和志がひょいと抱き上げる。

「でも、希莉ちゃんの名前を出してきたのは、なんか気になりますよね、琴音さん的には」

「うん……その人は、救急車で運ばれたの？」

「みたいっすね。オバちゃんの話では、そういうことでした」

「でも、どこの病院に運ばれたかなんて、分かんないもんね」

和志が、なぜか嬉しそうに半笑いを浮かべる。

「……なに」

「病院、たぶん分かりますよ。ヨシノリが消防団入ってるから、アイツに訊けばイッパツで」

じゃあそれ、ちょっと訊いてみて。

和志の後輩が教えてくれたのは、車で十五分くらいのところにある赤十字病院だった。

二階に上がって、夕飯の支度をしながら叶音にもひと通り話した。

「雨、けっこうひどかったからね……でも、あれだね。希莉さんの名前が出てきたのは、確かに気になるね」

「そうなの。なんだったんだろう、話って……結局、今になっても現われないしね、電話の人。いよいよ、事故に遭ったのはその人だったのかな、って」

奏は、ソファに座った叶音に抱かれて寝てしまった。このところは琴音より、叶音の方が抱っこは上手なんじゃないかとすら思う。

「お姉ちゃん、気になるなら病院行ってみれば」

「えー、だって」

「それじゃ、奏が」

「お義兄さんに送ってもらって」

「大丈夫だよ。二人が買い物行ったたって、全然平気じゃん、いつも」

「買い物は昼間じゃない」

「なんで夜だったら駄目なのよ」

暗いってだけで、単純に心細くなることはあると思うが。

「……大丈夫かな」

「大丈夫だよ。私だって気になるし、希莉さんの話」

結局、叶音の提案通りにすることになった。

「じゃ、行ってきます。できるだけ早く帰ってくるから」

「うん」

「途中で連絡入れるから」

「はいはい」

「じゃ和志さん、お願い」

「おう、任しとき」

「じゃあね、奏」

「……おんちゃ」

二人で一階に下りて、戸締りを全部確認して、勝手口から出て。

和志に運転してもらって、赤十字病院に向かった。

「ヨシノリさん、女の人の名前、なんだって？」

「いや、それは言ってなかったっすね」

「じゃあ病院行ったたって、誰に会わせてもらいたいのか、言えないじゃない」

「車に撥ねられて救急で運ばれた人、って言えば分かるんじゃないっすか。そんな、今日の夕方に三人も四人も、同じ病院に交通事故で運び込まれたりはしてないでしょう」

「それもそっか」

その辺は和志の言う通りだった。

病院に着いてみて、受付で事情を話すと、二十分くらい待たされたが、四十代くらいの女性看護師が話を聞きに来てくれた。

「看護師長のマエダです」

「お忙しいところ、恐れ入ります。中島と申します」

「救急搬送されてきた女性について、ということで、よろしかったでしょうか」

「はい、その方の、ご容体は」

「その前に、女性の氏名を、伺ってもよろしいでしょうか」

受付で話したのだが、上手く伝わっていないようだ。

「いえ、私は、その方のお名前もお顔も存じ上げないんです。ただ……私が経営している店に、喫茶店なんですが、今日の夕方頃、女性から電話がありまして。これからウチの店に来ると仰るので、お待ちしてたんですが、いつまで経ってもいらっしゃらなくて。そのうち主人が帰宅しまして、近所で、若い女性が車に撥ねられて救急車で運ばれた、と言うので、もしかして電話をくださった女性かもしれないと思い、こちらをお訪ねした、ということなんですが」

マエダ看護師長が首を傾げる。

「では、もし搬送されたのが、その、電話の女性だったとしても、直接の面識はないと」

そこは、疑問に思われても仕方がない。

「はい、たぶん、ないと思うんです。ただお電話で、私の知人の名前も出たもので、それがどういうご用件だったのか……それが気になって、お尋ねしたくて」

看護師長は「そうですか」と深く息を吐いた。

「その搬送された女性は、ミズタ、マリさんという方なんですが、お心当たりは」

ミズタ、マリ。水溜《たま》り？　いや失敬。

「いえ、ちょっと、思い当たらないです」

「そうですか……幸い一命は取り留めましたが、まだ意識は戻っておりません。身分証はお持ちでしたので、ご家族との連絡は警察がとっていると思います。ご家族が見えたら、中島さんにご連絡差し上げるよう、お伝えしましょうか」

一命を取り留めた、と聞けたのはよかった。

「はい、ぜひお願いします」

琴音は、名刺代わりに持ち歩いている店の案内カードを看護師長に渡した。裏に「市原琴音」と書き添えて。

「……この、お店の番号に、お電話すれば」

「はい。その方は、私の名前はご存じだったので。それを見ていただければ、用件はお分かりになると思います」

「そうですか。承知しました。お預かりします」

「よろしくお願いいたします」

よほど忙しいのだろう。看護師長は「では」と言って回れ右、持ち場に帰っていってしまった。

和志が、ぼんやりと呟く。

「でも、琴音さん……なんで、旧姓なんすか」

「それはあとで説明する」

取り急ぎ、芭留にだけはこのことを伝えておきたい。

12

和美の女優業は、まさに順風満帆そのものだった。

東京の目黒区内にある女子高に転校したお陰で、仕事に専念できる時間が格段に長くなり、伴って受けられる仕事の幅も大きく広がった。

深夜枠の学園ドラマに出演が決まり、その後半に撮影期間がかぶる形にはなってしまったが、映画の初出演も決まった。特に、映画の方はＡＩで動くアンドロイドという難しい役処だったが、和美の演技は非常に高く評価された。注目を集めたのは、それまでは「ない」とされてきた感情を獲得してからの演技で、映画専門誌でも「主演の日高友之《ひだかともゆき》を喰うほど」と絶賛された。

なので、いい。和美はカメラの前でポーズを決め、演技をし、より多くの人を笑顔にする、それだけに専念すればいい。

それ以外のことは、和美以外の誰かに任せればいい。

「ほんと、いつもありがとう。何から何まで……ごめんね」

大丈夫。任せといて――。

下着や普段着は、普通に洗濯機で洗う。現場に着ていくような洋服は、基本的に全てクリーニングに出す。

乾いたもの、クリーニングから引き取ってきたものは、クローゼットや整理箪笥《だんす》に収める。和美は整理整頓が苦手なので、一回、収納の考え方から収納場所まで全てリセットし、それを図にして貼っておいた。

「めっちゃ分かりやすい。靴下の入れ方とか、めっちゃ可愛い」

料理など、和美にできるわけがない。おそらく自炊なんて、しようと思ったことすらない。とはいえロケ弁やコンビニ食ばかりでは体によくないので、帰り時間の分かっている日は、作って待っていてあげる。

「うわー、めっちゃ美味しそう……ねえねえ、写真撮っていい？」

そう言うだろうと思ったし、それで終わりだとも思わなかった。

「ねえ、これさあ……私が作ったってことにして、SNSに上げちゃダメ？」

そう言うだろうと思って盛り付けも工夫しておいた、と伝えると、「さすが、分かってるぅ」と満面の笑みを見せてくれる。

「よっ……あれ、なんか……ほっ……ん、なんか全然上手く撮れない。どうしたらいいの……えー、なんかダッサ。やだこんなの」

結局、撮るのもやって、ということになる。こういう料理は斜めから撮った方がいいとか、あえて逆光で撮るとテカリが入っていいとか、コツを教えてあげても、もう自分でやる気はなさそうだった。

「うまーい、めっちゃ上手。すっごいイイ感じ。やっぱり私、こういうの才能ないんだわ。完全に自信なくした……ねえねえ、だったらいっそ、文章も考えてくれない？」

それくらい自分でやれと、一度は突き放した。だが、再度同じように頼まれると、もう嫌だとは言えなかった。そのうち、料理ができたらまず写真を撮るようになった。和美が帰ってきても、撮影が終わるまでは「おあずけ」ということもあった。

そうしてアップしたSNSが和美のファンに読まれ、「いいね」と評価され、付いたコメントを読むのは実に楽しかった。

【このきのこハンバーグ、めちゃめちゃ美味しそう。プロ級！】

【あんなにお美しいのに、料理まで完璧にできるなんてスゴ過ぎ。】

ただ、料理自慢みたいに思われたら和美が損をするので、そこは多少控えめに書いておく。

【本当は料理とか全然得意じゃなくて、この前はたまたま、というか初めて上手くできたのでアップしましたけど、実際にはこういうことの方が多くて……】

アルミホイルの中で炭化した挽き肉の塊《かたま》りも載せておく。わざと作った失敗作なので、「やらかした」感がかなり強く出ている。

それについては、こう書いた。

【なので、フライパンの寿命が本当に短くて。この前も、不燃ゴミで捨てようとしたら、本当は粗大ゴミなんですよ、って注意されて……ごめんなさい、次から気をつけます。】

それすらもファンの間で【可愛い】【尊い】【癒える】と評判になってくると、こっちもどんどん楽しくなってくる。

和美も喜んでくれた。

「じゃあこれ、今日、表参道《おもてさんどう》で買ってきたの。これ、今から着るから撮って」

そういうのは自撮りじゃないと説得力がない、と断わった。

「えー、全然大丈夫だよ。マネージャーが来たときに撮ってもらった体《てい》で書けば、全然イケるって」

結局またカメラを任され、その文章まで書いて、SNSに上げざるを得なくなった。

【今日、表参道で買ってきたワンピ。パフスリーブでも、これくらい長さがあると好き。じゃないと私、腕が異様に長いから。なんか、ニョキニョキッと二の腕ばっかり目立っちゃって、バランス悪いんですよ。ミントグリーンもあって、すごく悩んだんだけど、こっちにしました。ペールグレー。どうですか?】

ときには、買ってきた服を押しつけて、「これでなんか書いといて」と仕事に行ってしまうこともある。せめてどこの店で、いくらで買ったのかくらい教えておいてくれないと、書こうと思っても何も書けない。

そういうときは仕方ないので、タグに書かれている少ない情報から辿っていく。ブランド名から取扱店舗を調べ、前日の和美の撮影現場、及び動線から推理すると、西麻布《にしあざぶ》で買った可能性が高い、というくらいまでは絞り込める。でも確証はない。

本人にも、確認のメッセージは送っている。

【このカットソー、どこで買ったの？】

だがこっちも、無限に時間があるわけではない。東京で新しく始めた仕事にだって行かなければならない。もう和美の返事なんて待っていられない、となったら、最も可能性が高いと思われる店舗に直接電話するしかない。

ワイドボーダーのカットソー、白地にモカ、サイズは34、在庫はありますか。ある。じゃあ、あとで伺います。時間はちょっと分からないです。はい――。

そんな頃になって【西麻布で買ったよぉーん】などと返事をもらったところで、腹立たしいだけだ。

腹は立つけど、でも赦《ゆる》してしまう。

女優にだって、たまにいるだろう。役に入り込み過ぎて、抜け出せなくなるという人が。いま抱いたこの感情は、役として思ったことなのか、普段の自分の心から湧き出てきたものなのか、分からなくなることが。

和美のために洗濯をし、料理をし、部屋を掃除し、整理整頓をする。そこまではいい。さほど難しい作業ではない。だがそれを一々撮影し、和美になりきった文章を書いてSNSにアップする。それによって、和美が「すごい」とか「可愛い」とか評価されているのを読むと、我がことのように嬉しくなる。

感情の「境界線」が、少しずつ曖昧になってくる。

そう。「和美のこと」が「我がことのよう」になり、いつのまにか「我がこと」そのものに置き換わっていく。SNSの中の和美は和美であると同時に、自分でもある。いや、自分こそがSNSの中の和美であり、つまり自分こそが和美なのか、とも思えてくる。

でもさすがに、和美本人を前にして「もはやお前は偽者の和美だ」などと言ったりはしない。ちょっと「和美気分」が強くなり過ぎ、上手く抜けられないときがある、というのに過ぎない。

ほんと、その程度のことだ。

「最近、めっちゃSNSの評判がよくて助かる。昨日も、ファンですっていう子に声かけられて、アイライナーと……なんだっけ、棒のささった香水のやつ、真似して買いました、って言われた」

それは「リードディフューザー」だと、何回か教えたはずなのに、和美はなかなか覚えてくれない。

「あと、ちょっと焦っちゃった。楽屋が一緒だった人に、料理お得意なんですねぇ、とか言われて、ケータイ見せられて。きっとこの前食べたアレだろうと思ったから、ああ、豚の角煮ですね、簡単ですよぉ、とか適当に答えたら、いや、黒酢酢豚って書いてありますけどって、なんか微妙な空気になっちゃって……慌てて、ごめんなさい、わたし目ぇ悪いから、って言ったんだけど、あとで見てみたら、プロフィールに【視力二・〇】って書いてあって。またさらに焦っちゃった」

だから、普段から自分のSNSくらいちゃんと読んでおいて、と言っているのだ。

それでも、和美と時間を共にするのは楽しかった。

和美を見ていると、芸能人は仕事とプライベートの切り替えが難しい職業であり、よほど注意深くしていないと、プライベートなんてすぐに暴かれて、あっというまに奪われてしまうのだ、と恐ろしくなる。

だから、和美が「和美」でいられる時間を共有できることが、何より嬉しかった。誇らしかった。

料理もできない、自分の下着の枚数も把握していない、トイレのスリッパが新しくなっていても気づかない和美だが、テレビの中にいる「彼女」は、間違いなくスターだった。

《アサダのことは……別に、恨んでなんていません。そもそも、彼から情報を引き出すために、私から近づいたわけですから。どっちが騙して、どっちが騙されてたのかなんて……ま、そういった意味じゃ、釣り合いは取れてたのかもしれませんね。男と女なんて、そんなもんでしょう》

いつのまにか、こんなに色っぽい「大人の女」まで演じられるようになった。

それでいて、年下の男の子には「姉」の顔を覗かせ、

《だから、来ないでって言ったのに……見せてごらん。消毒は無理だけど、止血くらいはしとかないと》

黒幕と相対したときは「獣」のように牙《きば》を剝き、

《あんただけは、絶対に赦さないッ》

愛した男の腕に抱かれて事切れる場面では、やはり「女」の顔になる。

《ごめん……最初から、知ってたの……知ってて、抱かれたの……あなたに。だから、罰が当たったのかな……》

和美は、自分の出演作品を熱心に観る方ではない。観た方がいいよね、と口では言うし、オンエア時間に合わせてテレビ前に陣取るまではするのだけど、たいていは自分の出演シーンまで待ちきれずに寝てしまう。

じゃあ他の俳優、同年代の、ライバル的な立ち位置の女優の作品なら観るのかというと、それもしない。

「やだ。別にあんな子、ライバルだなんて思ってないし」

先輩女優の演技を見て研究するかというと、それもしない。

「下手に影響受けて、私の演技までオバサン臭くなったらどうすんの」

それでも、和美の演技は日を追うごとに磨かれていく。

ある種の、天才なのかもしれない。

「今日も監督に褒められちゃった。目が笑ってない演技がいいって。ちゃんと本が読めてて偉いって……へへ」

和美は、それが誰のお陰なのか、ちゃんと分かっている。

「危なかったよね……私一人で読んでたら、全然そんなの思いつかなかったもん。目が笑ってない演技をやろう、なんて思わなかったもん」

和美が恐ろしいのは、そこだ。

「目が笑ってない演技」というキーワードを与えたら、あれこれ考えなくてもすぐにできる。「いい女」とか「ワルい女」とか、二つ以上組み合わせて「健気《けなげ》でか弱い女」「優しいけど馬鹿なお嬢さま」とか、お題を投げたらその通りにやってのける。

日頃の人間観察のお陰かね、と言ってみたことがある。

「あー、それはあるかも。この人ってどういう人かなって、なんかじっと見ちゃうこと、多いんだよね」

つまり、本人も気づいていないということだ。

和美は、確かに相手をじっと見る。そして、その相手がどんな人間なのかを考える、と同時に、何を欲しているのかまでを読み取る。読み取ったら、その欲求通りの人間になってみせる。相手が望む通りの「女」になってみせる。

だから、和美は多くの人に愛される。

愛されて、きた。

そんな和美が選んだ職業が、女優――。

ある意味、自然な成り行きといえる。

和美の世話をしているだけで生きていけるのなら、そんな楽な人生はないだろうけど、さすがにそういうわけにはいかない。ちゃんと一人前に働いて、自分の食費と家賃くらいは稼がなければならない。

とはいえ、和美がいつ何時、無理な「お願い」をしてくるかは分からないので、普通の会社に入ってフルタイム働く、などということはできない。勤務日程も勤務時間も自由になり、直前に欠勤を申し入れてもさして反感を買わない職業といったら、もうほとんど選択肢はない。

「あれ、新人さん？　可愛いねえ」

源氏名として「カズミ」を拝借するのは、さほど罪深い行為ではあるまい。

「カズミちゃんか。わりと古風な……あ、でもあれか、本名はもっと、今風のキラキラした名前なのか」

そんなことはない。本名も、そこそこ古風だ。

「教えてよ。ちょこっと、内緒で教えてって、ほんとのお名前」

やだぁ、それは無理ですよ。

「そんなこと言わないで。毎回、ちゃんと指名するから」

えー、っていうか、実は本名が「カズミ」なんです。

「またまたぁ。それはないでしょう、いくらなんでも」

それはそれで、和美に失礼だろう。

手を握るくらいは、どんな客でも普通にしてくる。

「綺麗な指、してるね……」

ありがとうございます。

「スキンケアとか、ちゃんと気を遣ってる感じ……女子力高い系だ」

そんなことないですよ。私なんて、わりと「ほったらかし」です。

「そういえば君、女優の誰かに似てるね」

そうですか。あんまり、言われたことないですけど。

「あれ、誰だっけな……ちょっと変わった名前なんだよな、確か」

えー、誰だろう。

「かん、かん……ああ、カンナ」

カンナ。名前がですか。

「そう、下がカンナで……あ、思い出した。マセ、真瀬環菜だ。言われない？　真瀬環菜に似てるって」

初めてです。似てますか？

「うん、似てる似てる。いや、むしろメイクとか意識して、ちょっと寄せてるのかと思ったくらい」

それはないですけど。すみません、ちょっと調べてもいいですか。真瀬環菜。ああ、はいはい、最近よく見ますね、この方。すごい、綺麗な方じゃないですか。嬉しい。でも、ほんとに似てます？

「似てるよ……ねえ、今度、同伴とかどう？」

この手の仕事は手っ取り早く稼げる一方で、精神疲労が半端なく重いというデメリットがある。それは向き不向きの問題、と言う人もいるだろう。だとしたら、申し訳ない。自分は向いていない方に入ると認めざるを得ない。

しかもこの手の疲労は、じわじわと腹の底に溜まっていく。便秘のように下半身を重くし、実際に体の動きを鈍らせていく。

一年も続けると、さすがに鈍感な和美でも気づく。

「どうしたの。なんか、顔色悪いよ、最近」

仕事がね、やっぱりちょっと、合ってないのかもしれない。

「だよね。変な男、絶対多そうだもん。気をつけなきゃ」

そういうのは、ね。大丈夫。ちゃんと気をつけてるから。下手にあと尾《つ》けられて、ここがバレたりしたら最悪だから。それは、すごい注意してる。安心して。

「そんな、私のことなんて心配しなくていいよ」

どの口が言うか、私の心配の種は全部あなたなんだよ、とは思ったが、言いはしなかった。

そういう生活を選んだのは誰でもない。自分なのだ。

「仕事、変えるわけにはいかないの？」

なんだかんだ、時間が自由になるからね。他の仕事だと、さすがにこうはいかないでしょ。時間作れなくなったら、これまでみたいに、しょっちゅうここには来られなくなるよ。

「それは……困る」

でしょ。だから、いいよ。もうしばらくはこのままで。

「しばらくって、どのくらい？」

分かんないけど。

「でもその間に、本格的に体壊しちゃったら大変だよ」

それはそうだけど。

「だったらさ、もういっそ、私のマネージャーになっちゃうってのは、どう？　池端《いけはた》さん辞めちゃって、今って宇佐美《うさみ》さんが兼任じゃない。最初は宇佐美さんが私の専属になるって話だったのに、ユマさんが宇佐美さんじゃなきゃ嫌だってゴネたみたいで……ま、分かるけどね、あの二人長いから」

いっそ、和美のマネージャーに？　そんなこと、考えてみたこともなかった。

果たして、そんなことが現実的に可能なのだろうか。

「大丈夫だよ。私のことは誰より分かってるわけだし、運転免許も持ってるし、都内の……道はさ、ナビで調べればなんとかなるでしょ。スケジュールとかの管理だって全然できそうだし、何よりほら、私のSNSだって全部書いてきたんだから。無敵でしょ。これ以上、私のマネージャーに適した人なんていないって」

そんな安易な発想で、大丈夫なのだろうか。

13

結局、芭留は電話に出た。

「もしもし……いや、今ちょっと外だけど……」

小さく『あ、ごめん』と聞こえた。やはり相手は琴音か。

「……うん、一緒……じゃあ、こっちからかけ直すよ。時間は大丈夫？……分かった。はーい」

そのときはそれだけで切り、店を出て和田と別れてから、改めて芭留は携帯電話を構えた。

「なんかさ……琴音、珍しく慌ててる感じで。奈緒ちゃんは一緒？　って訊くから、一緒だよって言ったんだけど、なんだったんだろ」

場所はシティホテルの前。人通りも、車通りもさほど多くはない。あくまでも「東京にしては」だが。

芭留がリダイヤルの操作をし、携帯電話を髪にくぐらせる。

「……あ、もしもし、さっきはごめん」

『こっちこそごめん、急にかけちゃって』

少し顔を寄せれば、琴音の声は充分聞こえた。

「うん、大丈夫。どした、なんかあった？」

『いや、あの、変なこと訊くようだけど……最近、希莉ちゃんと連絡とってる？』

「んーん、私はとってないけど」

『奈緒ちゃんは、いま近くにいるの？』

「うん、隣にいる。訊いてみよっか」

もう、訊かれる前に首を横に振って「ない」と示した。琴音の言う『最近』がどれくらいの期間をイメージしているのかは分からないが、少なくとも三ヶ月くらいは電話もメッセージのやり取りもしていない。

「奈緒ちゃんもないって。なに、希莉ちゃんがどうかしたの」

『んん……ちょっと、話すと長くなるんだけど』

「いいよ、聞くよ、今なら」

でも実際には、そんなに長い話ではなかった。

琴音の店に、片山希莉のことで話がある、と若い女から電話があった。その女はなかなか店に現われなかったが、代わりに和志から、近所で若い女の人が車に撥ねられ、救急車で運ばれたと聞かされた。今現在、その電話の主と思しき女性は意識不明。赤の他人と言えばそれまでだが、希莉の名前が出たのが琴音は気になっている、ということらしい。

『私、実は希莉ちゃんのケータイ番号知らなくて、それでごめん、芭留にかけちゃったんだけど』

「うん、全然いいよ。じゃあ今ちょっと、奈緒ちゃんにかけてもらうよ」

もう準備していたので、すぐに通話ボタンを押した。

だが聞こえてきたのは、一番聞きたくない音声メッセージだった。

「ダメです、電池切れ圏外です」

その通り芭留が伝えると、琴音は少し間を置いてから答えた。

『そっか。別に、ね……なんでもないんだったら、それでいいんだけど』

「待って……奈緒ちゃん、こっちで希莉ちゃんが住んでるとこって、行ったことある？」

確か、杉並《すぎなみ》区だったような気はするが。

「いえ、ないです」

「場所分かる？」

「すみません、大体しか分からないです。実家なら、年賀状があるんで分かるんですけど」

芭留が小さく頷いてみせる。

「じゃ琴音、こっちで住所調べてさ、今日はもうさすがに遅いから、明日にでも行ってみるよ。で、その結果報告するから」

『うん、ごめんね。ほんとは、そんな心配するようなことじゃないのかもしれないけど』

「そうだよ、むしろその方がいいんだから。明日行ってみて、風邪で寝てましたとか、それならそれでいいんだから」

『だよね。うん……なんか、私はなんにもできないのに、ごめんね』

「なに琴音、さっきから謝ってばっかり。もういいから、じゃ明日ね。連絡するから。ケータイの方がいい？ お店の電話がいい？」

『一応、ケータイで』

「分かった。はーい……」

通話を終えるまで、芭留はやんわりと笑みを浮かべていた。だが携帯電話をバッグにしまった途端、顔つきを険しくする。

「なんだろ……変な話だね」

「ええ」

「琴音に話があるって言った女は、車に撥ねられて意識不明。希莉ちゃんは連絡がつかない……自分で言っといてなんだけど、風邪で寝てるだけだったら、ケータイ電池切れにはならないしね、普通」

「ちゃんと充電器に挿しとけ、って話ですもんね」

「そういうこと」

奈緒はふと、ドミナンのカウンターに立ち、それとなく店内に目を配る琴音の姿を思い出した。

「でもなんか、琴音さんらしいですね。いっつも周りを見て、誰かの心配して。訪ねていけば、必ずいつもあの場所にいてくれて、話を聞いてくれて……そもそもを言えば、希莉は私の友達なんだから、私の方が心配しなきゃいけないのに……琴音さん、優しい」

うん、と芭留も頷く。

「そうなんだよね。琴音だけは変わらず、あそこにいてくれるって、なんか……頼っちゃってるところ、あるかもね。私も気をつけなきゃ。あの人がパンクしたら、みんな大変だよ」

ほんと、そう思います。

翌日の午前中。

実家の母親に電話して、二階にある奈緒の部屋に入ってもらって。本棚の一番下の、保存版の雑誌とかを入れてある場所の、その上の隙間に、チョコレートか何かの缶が押し込んであるはずなのだが。

『あった……けどこれ、クッキーよ』

「それはどっちでもいいから。開けて、中見て」

『……手紙と、葉書だね』

「その中から、希莉の年賀状探して。今年のやつ。確かね……舞台かなんかの、宣伝っぽいやつだったと思うんだ。写真じゃなくて、なんていうんだろ、赤紫っぽい、空か何かが……」

『あったよ、片山希莉ちゃん。東京都、杉並区、テンヌマ？』

「天沼《あまぬま》ね。それそれ。その年賀状、写真に撮って送って」

母親を信用しないわけではないが、やはり自分の目で確かめて、住所を書き写して、芭留に報告した。

「希莉の住所、杉並区天沼でした。どうしましょう、夜にでも行ってみますか」

「んー ん、もう行っちゃおう。所長には私から言うから」

芭留は立ち上がり、和田のデスクまでノシノシと進んでいく。

「所長、少しお話、よろしいでしょうか」

和田が、デスクに広げていた新聞から目を上げる。

「はい、なんでしょう」

「実は、東京に出てきている地元の後輩と、連絡がとれなくなっておりまして」

和田が「ほう」と口をすぼめる。

「所在不明ですか」

「片山希莉という、舞台女優兼脚本家をしている女性なんですが、実は地元で、奇妙なことが起こってまして。その片山希莉について話がしたいと、私の、別の友人のところに連絡してきた女性が、その直後、車に轢かれて救急車で運ばれ、今も意識不明の重体だというんです」

重体なんて、琴音は言っていただろうか。

和田が曖昧に頷く。

「少し、複雑そうな話だね」

「はい。なので、とりあえず片山希莉の安否確認だけ、できるだけ早くしてきたいのですが、今ちょっと、出てきてもいいでしょうか」

「場所は」

「天沼です」

ガラッ、と誰かの椅子のキャスターが鳴る。

「ちょっ……と、待ってくださいよ」

後ろのデスクから声をかけてきたのは、大倉だった。

芭留が振り返る。

「はい？」

「八辻くんそれ、誰かからの依頼？　仕事？」

芭留が、完全に大倉に向き直る。

「いいえ、所在不明の友人の安否確認です。友人の状況によっては人命救助になるかもしれませんし、ならなかったらボランティアかただのお節介ってことになるのかもしれませんけど、でもこういった段階で警察は動かないでしょうし、警察では扱わないような案件を扱うのがこの和田事務所のいいところだと私は思っています。もしそれで友人の生命なり財産なりを守ることができたなら、そのときは私が責任をもってその友人に謝礼金を払わせます。そうすれば大倉さんも……」

和田が「分かった、分かった」と手を叩いて制止する。

「いいよ、行ってきて。急ぎの案件があるわけじゃないんだから。天沼でしょ。そんなにかからないでしょ」

大倉が腕時計を指で叩く。

「所長、まだ十時半ですよ。営業時間、始まったばかりですよ」

「いいじゃないですか、依頼人のアポが入ってるわけでもないんだから。フレックス、フレックス……ほら、いいから行きなさい。早く、ほら」

半ば追い立てられるようにして、奈緒は芭留と事務所を出た。

芭留は「和田徹事務所」と書かれたスチールドアを閉めてから、左の下瞼《したまぶた》を思いきり人差し指で引き下げた。

「べぇー、だ」

今のは、見なかったことにしよう。

「行こう、奈緒ちゃん」

「はい……」

奈緒が調べたところ、希莉の住まいの最寄り駅はJR阿佐ケ谷《あさがや》。和田徹事務所がある水道《すいどう》橋《ばし》駅からは中央・総武《そうぶ》線で一本なので、三十分ちょうどで来られた。

だがそれは、あくまでも阿佐ケ谷駅までの時間だ。

ここから希莉のアパートまでは、まだけっこう距離がある。地図で見た感じだと、次の荻《おぎ》窪《くぼ》駅との、ちょうど真ん中辺りのように見える。

「ここ、なんですけども」

「なんか微妙に、便が良いような悪いようなところだね」

「はい」

行けども行けども、周りは戸建て住宅と、二階か三階建てのアパートばかり。奈緒にとっては、非常に「東京っぽい」風景だ。先日張込みをしていたのも、ちょうどこんな感じの住宅街だった。もっといったら、奈緒がいま住んでいるところも似たような感じだ。

芭留が、ちらっと後ろを振り返る。

「この辺ってさ、買い物しようにも、駅の方まで戻らないとなんにもないよね」

「さっきあったコンビニも、妙にちっちゃかったですもんね」

それでも、歩いて行ける距離にコンビニエンスストアがあるだけ恵まれているとは思う。奈緒の実家の最寄りコンビニは完全に車の距離だったし、いま住んでいるアパートの近くも、大きなスーパーはあるものの、ちょうどいい距離にコンビニはない。正直、女の子の一人暮らしに必要なのは大型スーパーよりもコンビニだと思う。

などと言っているうちに、着いた。

芭留が目的のアパートを見上げる。

「……まあまあ、なのかな」

「むしろ、けっこういい感じですよ。私のところは、もうちょいショボいですもん」

全四戸という小さめの賃貸住宅だが、二階に上がる階段の手摺《てす》りが欧風の鋳物《いもの》になっており、隣の和風アパートよりは若干優雅な雰囲気を醸している。

「二階だよね」

「はい」

芭留を先頭に、その鋳物手摺りの階段を上っていく。階段も、なんだかガッシリしているように感じる。これだけで、家賃は五千円くらい違ってくると思う。

「二〇一、こっちか」

「はい」

二階に上がって、手前の部屋がそうだった。

見たところ、ドアポストの口に挟まっているものはない。希莉が新聞をとっているとは思えないが、少なくとも郵便物が溜まっている状態ではない。留守をしているにしても、そんなに長期間ではないのではないか。

一つ、思い出したことがある。

「そういえば希莉、前に『同居人がいる』って言ってました」

芭留が「えっ」と、ちょっと怖い顔でこっちを向く。

「なに、希莉ちゃんカレシいるの？」

「いや、女の子です。大学の、演劇部の後輩だとか」

「知らなかった。希莉ちゃんてそっちなの？」

「違いますよ。ほんと、なんかそういうルールがあるみたいで。困ってる後輩がいたら、面倒を見なきゃいけないんですって」

「なにそれ」

「私も詳しいことは分かんないですけど。でもだから、もしかしたら、今いるかもしれないですよ」

「なるほど」

芭留が、ドア枠の横にある呼び出しボタンを押す。よくある電子音が鳴ったが、室内からの応答はなし。

「……いないじゃん」

「ですね」

何度押してみても、反応はなし。

芭留が、ドアの斜め上を見上げる。

「電気メーターは……待機電力レベル、かな」

意外、と思うこと自体、先輩社員に対して失礼だとは思うが、芭留ってけっこう、しっかり「調査員してる」んだな、と感心させられることが多い。

その芭留が、フン、と強く鼻息を吹く。

「じゃあ次、事務所行ってみよう」

「え、希莉の、所属事務所ですか？」

「うん、オフィス・デライト。場所は……渋谷だったっけな」

芭留はどうやら、最初からアパートの確認だけで済むとは思っていなかったようだ。

歩きながら琴音に電話も入れる。

「ああ、お疲れ。いま大丈夫？……ダメ、いなかった、留守だった。なんか奈緒ちゃんの話だと、同居人の女の子がいるはずらしいんだけど、その子もいなくて……いや、これから事務所の方にも行ってみようと思う。そっちがちゃんと事情把握してくれてればさ、なんの問題もないわけだから……だから、なんで琴音が謝るの。おかしいよ……はい、はーい。また連絡します」

芭留って、やっぱりお姉さんなんだな、と改めて思う。面倒見のいいところは琴音とよく似ているし、そこは末っ子の奈緒と明確に違う気質だと思う。

とりあえず阿佐ケ谷駅まで戻って、中央・総武線で新宿駅まで行ったら、山手線に乗り換えて、渋谷駅で下車。

ここからまたしばらく歩く。

「希莉ちゃんって、最寄り駅に恵まれない人なのかな。ここもなんか、渋谷と恵比寿のほとんど真ん中じゃない」

事務所はともかく、アパートは単に家賃をケチっただけだと思う。

それよりも、だ。

「芭留さん。アポなしで芸能事務所なんか行って、本当に大丈夫ですかね」

「大丈夫。探偵ですけど、とか、興信所ですけど、とか言って電話したって、今どき、誰も何も答えてくれないけど、直接行ってみると、意外と答えてくれること多いし。それに、ウチの会社の名刺って、けっこう利くんだよ」

名刺の【和田徹事務所】の上には、小さく【元警視庁刑事部捜査一課長】と入っている。裏面には【元警視庁刑事部の捜査ノウハウであらゆるトラブルを解決！】とも書いてある。

実際、オフィス・デライトの受付で名刺を出し、芭留が「片山希莉さんについてお訊きしたいことがあるのですが」と伝えると、受付担当は「お待ちください」と内線で誰かを呼び出してくれた。

十五分くらいすると、スーツ姿の、小太りの中年男性がエレベーターから降りてきた。受付の女性とひと言ふた言交わすと、彼女が手でこちらを示す。

それを受け「分かった」とでも言うように、男性がこっちに歩いてくる。

「すみません、お待たせいたしました。ええと……なんですか、ウチの片山希莉のことで、何か」

彼とも名刺を交換する。

統括プロデューサー、水山邦彦《みずやまくにひこ》。歳の頃は四十代前半だろうか。

「はい、実は……」

芭留が、自分たちは希莉と同郷の旧知だが、ここ最近連絡がとれなくて困っている、今日のところは安否だけ確認できればいい、そちらで連絡がとれるようなら、その名刺を渡してほしい、と言うと、水山は急に難しそうに眉をひそめた。

「そう、ですか……いや、実を言うとですね、こちらも片山と連絡がとれていなくて、困って……というほどでは、ないと言えばないんですが、ちょっと、心配はしてたんですよ。ちなみに、片山のケータイ番号とかはご存じで？」

奈緒が、自分の携帯電話に表示させると、水山も自分のそれと比べて頷いた。

「同じ、ですね。彼女が普段、使っているケータイの番号ですね。これに連絡しても、出ないでしょ? 出ないんですよ、ここ何日も」

芭留が小首を傾げる。

「何日も、というのは、正確には何日くらいですか」

「三日……もう、四日になるかな。どうだったかな」

「こういうことは、今までにもあったのでしょうか」

今度は水山が首を傾げる。

「いや、片山は所属タレントの中でも、ちょっと特殊な立ち位置ですんでね。こちらも毎日連絡をとるかというと、必ずしもそうではないですし、片山に専属マネージャーというのも、実は付けておりませんので、三日ないし四日、連絡がつかないことが、特別なことなのかどうか、分かりかねるというのが、正直なところでして」

芭留が、ぐっと押し込むように水山を見る。

「片山さんのお住まいに、どなたか確認には行かれましたか」

「部屋に帰ってるかどうか、見てきたのか、ということですか」

「はい」

「いえ、それも、しておりません」

要するに「ほったらかし」というわけだ。

芭留が小さく頷く。

「私どもは、先ほど行って参りました。やはりお留守のようでしたし、三日か四日では当たり前かもしれませんが、郵便受から郵便物が溢《あふ》れている、というようなこともありませんでした。ちなみに、片山さんはあのお部屋で、一人で暮らしていたんでしょうか」

隣で聞いていて、奈緒は「上手い」と思ってしまった。

水山の表情が、微妙に歪む。

「……と、仰いますと」

「誰かと同居していたとか」

「なぜ、そんなことを……」

その表情から察するに、事務所側が希莉と後輩の同居を承知していたことは間違いない。ひょっとすると、事務所側はそのことを快くは思っていないのかもしれないが、今それはどうでもいい。

芭留もこれで、切り出しやすくなったに違いない。

「片山さんは、大学の演劇部の……」

ところが、芭留がそこまで言ったときだ。

あちこちから「ちょっと」とか「おい」とか「ヤマグチさんッ」といった大声が聞こえ始め、すぐにフロア全体が騒がしくなった。受付担当の女性も「なんだろう」という顔で奥を覗き、廊下の先、右の部屋から出てきた人が左の部屋に入っていったり、手前の部屋から出てきた人が階段に向かい、一段飛ばしで駆け上がっていったり、にわかに会社全体が、緊急事態に陥ったかのような有り様になった。

水山も「失礼」と断わって内ポケットに手を入れる。携帯電話を取り出し、通話状態にする。

「はい、もしもし……いえ、受付にいますけど、何か……えっ、そんな、嘘でしょ……分かりました、今すぐ」

水山は携帯電話から耳を離すと、

「すみません、ちょっと……片山の話は、また後日ということで、今日のところは、失敬」

反対の手で詫びて、奈緒たちの返事も聞かず、そのまま階段の方に小走りで行ってしまった。

彼に行かれてしまっては、奈緒たちももう、どうしようもない。とてもではないが、他の誰かが奈緒たちの相手をしてくれるとも思えない。

唯一、同じようにぽかんとしている受付担当の女性に向かって、

「ありがとう、ございました……失礼します」

「失礼します」

芭留と、なんとなく挨拶をして、エレベーターの方に向かうしかなかった。

すぐに来たエレベーターには、デライトの社員らしき人が四人も乗っていたので、下手なことは言えなかった。彼らもなんだか、妙に緊張した面持ちで黙り込んでいた。

ようやく話せる感じになったのは、デライトが入っている第三新宮ビルを出て、二十メートルほど歩いた頃だった。

「……なんだったんでしょう、今の」

芭留も眉をひそめる。

「あんなに、会社を挙げてみんながテンヤワンヤするようなことで、突発的なことって、なんだろうね。社長が脱税かなんかで逮捕されたとか、そういうことかな」

「だとすると、ウチだったら清水さんの出番ですね。元捜査二課ですから」

でも実際は、そんな冗談を言っている場合ではなかった。

渋谷駅に着いて、ホームで待っている間は、少なくとも奈緒は気がつかなかった。でも山手線に乗った辺りから、なんとなく周りの空気が変だなと思い始めた。特に、友達と一緒にいる高校生とか、大学生くらいの若い人たちが、携帯電話を見ては何かに驚いている。喜んでいる感じではない。よくない感じで驚いている。

口々に「嘘でしょ」と。

まるでオフィス・デライトの、あの水山のように。

奈緒も調べようと思ったが、芭留の方が早かった。

「……嘘でしょ」

見つけたそれを、奈緒にも見せてくれる。

【女優・真瀬環菜さん死去。殺人事件の可能性も】

思わず「えっ」と声が漏れた。真瀬環菜といったら、希莉と同じオフィス・デライト所属の女優だ。他の芸能人だったらともかく、希莉の口から「真瀬環菜のいる事務所」と聞いていたので、間違いないと思う。

自分でも調べて、詳しく読む。

【映画『ゼロの追憶』などで知られる女優、真瀬環菜さんが二十五日、自宅で亡くなっていたことが分かった。関係者から通報を受け救急隊が駆け付けたが、搬送中に真瀬さんの死亡が確認された。警視庁麻布警察署は自殺と事件の両面での捜査を進める方針だ。】

真瀬環菜は芸歴こそ長いが、年齢は確か希莉や奈緒とそんなに変わらないはず。下手したら同い年かもしれない。

真瀬環菜の死は、奈緒にとっても普通にショックではある。だが今はそれ以上に、これまで以上に、希莉のことが心配で堪らなくなった。

環菜と同年代の、同じ事務所に所属する片山希莉が、行方不明になっている。その偶然の一致が黒い霧となり、奈緒の思考を覆い始めている。

希莉。あなたは今、一体どこにいるの。

14

死んだのが猫一匹なら仕方がない、などと言う気は毛頭ない。

しかし、またさらに二匹、しかも同時に発見されたとなると、さすがに希莉も黙っていられなくなる。黙ってというか、じっとしていられなくなった。

猫の死体が入った白いレジ袋、二つ。報道では、民家の玄関前に置かれていたとしか言っていなかったが、これも『エスケープ・ビヨンド』のストーリーに沿った犯行だとしたら、その二匹の死因は窒息ということになる。

レジ袋に無理やり入れて、その上から何枚も重ねて口を縛り、窒息死するのを待つ。数時間経ったら、新しい袋に入れ替える。内側から引っ掻いて破れた袋では漏れてしまう可能性があるからだ。

何が。

死んだ猫の体液が、だ。

新しい袋に入れたら、その状態で腐敗するのを待つ。全体が、染み出してきた体液に浸るくらいの日数だ。作中の描写では一週間。当たり前だが実際に試したわけではないので、その期間が妥当かどうかは希莉にも分からない。分からないが、一週間も経つと、外からでは中身が何かは判別できなくなる、パッと見は煮魚でも入っているように見える、とは書いた。

ひと言で言うと、作中に設定した犯行動機は「恨み」だ。

犯人はもともと猫好きだった。「地域猫」活動に熱心で、餌やりや清掃も積極的に行っていた。だがどうしても近隣からの理解が得られず、また本人の内向的な性格もあり、次第に地域で孤立、近隣住民への恨みを募らせていく。日々「ゴミ屋敷」「野良猫屋敷」と揶揄《やゆ》する声に悩まされ、また一方には経済的な行き詰まりもあり、最終的には猫たちとの無理心中を決意。だがその前に、どうしても近隣住民への恨みを晴らしたいと思い、犯行に踏みきる――。

ただし、この犯人の境遇に同情の余地があると分かってくるのは物語の後半で、現在配信されている第三回までの描写では、犯人はただひたすら猫を殺している狂人に過ぎない。そうとしか読めないように、あえて希莉は書いたのだ。

ところが、だ。まさかそれを、まさに文字通り、真に受けて実行に移す狂人が現れるとは予想だにしていなかった。

警察がこの動物虐待事件をどのように見ているのかは分からない。最初の事件があったのは桶川市、管轄は上尾警察署。今回の発生現場は川島町《かわじままち》、捜査を担当するのは東松山《ひがしまつやま》警察署になるという。

地図で確認すると、桶川市と川島町は隣接している。事件現場の住所が分からない現状、二つの地点がどれくらい離れているのかは不明だ。何キロも離れているのかもしれないし、実は徒歩圏内なのかもしれない。

仮に徒歩圏内だとしたら、どうなるだろう。

犯人は、二つの現場の中間に近いエリアに住んでいると推測できる。少なくとも千葉県や神奈川県から、埼玉県の桶川市と川島町の民家に猫の死体を捨てに行ったりはするまい。

ここまでは、もちろん警察だって考えつくと思う。ただ、考えついたとしても、だ。二つの現場の中間エリアで、しかも管区の異なる上尾署と東松山署が合同で、大々的な聞き込み捜査など実施するだろうか。三匹の、殺された猫のために。

それはないと、希莉は思う。

警察は、捜査などしない。

でも希莉は、調べたいと思う。

しかも、警察にはない「強味」が、希莉にはある。

それは、このストーリーを考えたのは他でもない、希莉自身だということだ。

ひょっとしたら警察は、まだこの犯行が、目下配信中の小説の模倣犯罪であることに気づいていないのかもしれない。だとすれば、容疑者を絞り込む重要な要素も、警察は把握していないことになる。

犯人は、小説の著者とされている女優、真瀬環菜の、熱狂的ファンである可能性が極めて高い。そうなると、犯行動機も自ずと絞られてくる。犯人の目的は、環菜の小説の注目度を上げることだ。模倣犯まで現われるような衝撃作として、世間の耳目を集めることだ。

ということは、犯人はファンとしての「足跡」も、必ずどこかに残しているはずである。今までは、なんとなく「真瀬環菜って綺麗だな」くらいにしか思っていなかった人が、『エスケープ・ビヨンド』を読んだ途端、「自分の手を汚してでもこの女優の小説を有名にしてみせる」とまで思い込むとは考えづらい。

犯人には、もともと「その」素地があったはず。狂信的と言っていいほどの、真瀬環菜ファンだったはず。

そして最も恐ろしいのは、この犯人が、今後も『エスケープ・ビヨンド』のストーリーに沿って、犯行をエスカレートさせていくことだ。

作中の犯人は、もちろん主人公ではない。小説の主人公は、無自覚ではあったが犯人を迫害していた近隣住民の一人、五十代の独身女性――でもなく、彼女のところにたまたま遊びに来ていた双子の姪っ子、この二人が主人公だ。厳密に言えば、双子の姉が真のヒロインだ。

作中の犯人は、物語中盤からいよいよ殺人に手を染める。まず、双子の叔母である五十代の独身女性を殺害する。それを見た双子の姉妹は森に逃げ込む。だが行く先々で近隣住民の死体を目にする。あるいは、助けてくれた人が目の前で惨殺される。クライマックスでは双子の妹も命を落とす。

現時点で猫を三匹殺している埼玉の犯人が、小説の通り殺人を実行に移すかは分からない。でも今なら、その可能性をゼロにすることができる。小説の犯人が人殺しを始めるのは第四回の配信分から。ということは今この時点で、埼玉の犯人は、その殺人シーンを読めていないはずなのだ。

一応、配信自体を止めてしまってはどうか、とも考えた。だがそれを提案したところで、あの鴻巣が受け入れるだろうか。猫が殺されたくらいでガタガタ言うなと、気にも留めないのではないか。

やはり、この犯行を喰い止めることができるのは、現時点では希莉以外にいそうにない。希莉が自らの手で、なんとしても阻止しなければならない。

どうせ自分は「巻き込まれ」タイプだとか、せめて「傍観者」でいたいとか、そんな呑気《のんき》なことを言っている場合ではなさそうだ。自ら「ヒーロー」として立ち上がる、今はそういうときだ。正しくは「ヒロイン」だとか、そういう細かいことも気にしない。

もう一つ。これは小説の実作者の勘だが、埼玉猫殺しの犯人は、最終的には真瀬環菜を殺そうとするような気がしてならない。真のヒロインは双子の姉だが、本当に可愛いのは、健気で優しくていい子なのは、実は妹の方なのだ。演者として「オイシい」のは妹役だ。だから危ないのだ。

犯人が真瀬環菜にやらせたいのは、双子の妹役。その妹を自らの手で仕留め、『エスケープ・ビヨンド』を現実の事件として完成させる——。

希莉自身、考え過ぎだとは思う。思うけども、でも万が一にでもそんなことが起こったら、「マズい」なんて言葉では済まされない。これは実に由々しき事態だ。

希莉はまず、【真瀬環菜】と【エスケープ・ビヨンド】【猫】を関連付けて発信しているSNSを徹底的にチェックした。

猫殺しについて誰がどんなコメントをしているのか、事件現場を特定している人はいないか、そこの写真を上げている人はいないか。

犯人の目的は注目を集めることだから、何かしらの形で必ず情報発信をしているはずなのだ。

すると、ある程度の傾向が見えてきた。

メディアに猫殺しのニュースが流れてから、三十分以内に『エスケープ・ビヨンド』との共通点を指摘したアカウントは、希莉が見つけただけでも二十二あった。便宜上、これを二十二人と数えておく。この二十二人が、自分でニュースを見て、自分で『エスケープ・ビヨンド』と結びつけたかどうかは分からない。誰かがそう書いたのを読んで、でもそうとは書かず、自分で思いついたかのように書いた人もいるかもしれない。その手の「カンニング」

の有無は判定のしようもないので、今は「ない」と考えておく。三十分以内に書いたのは二十二人。これが一時間後には数百まで拡散する。ちょっともう、希莉一人では追いきれない数になる。

　これが二件目の猫殺しになると、最初の三十分で百件を超えてしまう。希莉も、四十件まではメモを取ったりアカウントのリストを作ったりしていたが、その後はもう流し読みするだけになってしまった。だがこの百件、百人には、最初の二十二人の内の十三人が含まれていた。

　二度の猫殺しについて、両方とも三十分以内に書き込んだのは十三人。この十三人は注目に値する。

　次に希莉は、この十三人が日頃どんなことをＳＮＳに上げているのかを、具にチェックしていった。

　希莉が抱く「真瀬環菜ファン」のイメージは、大きく三つに分けられる。一つは、真瀬環菜になりたいタイプ、あるいはなりきりタイプの女性ファン。これが一番多い。次に多いのは、真瀬環菜を理想の女性として崇める男性ファン。そして三つ目、絶対数は少ないが、でもそこそこいるのが子供のファンだ。環菜は昨年まで、ＮＨＫの幼児番組にレギュラー出演していたので、案外子供にも人気がある。だが、そんなお子ちゃまが自分でＳＮＳのアカウントを持つことは、全くないわけではないが、でもやはり少ない。

注目の十三人の内訳は、八対五で「なりきりタイプ」が優勢。お子ちゃまファンは、予想通りゼロだった。

この十三人の身元が分かれば一番いいのだが、それは非常に難しい。警察ならSNS運営会社やプロバイダに情報開示を求めることもできるだろうが、希莉にそんな権限があるわけもない。ハッキングの技術も、もちろんない。頑張ってなんとかなりそうなのは、それぞれのSNSに上がっている文章や写真を分析して、一人ひとりの居住地なり、行動範囲なりを推測することくらいだ。

環菜が利用した店舗、たとえば中目黒《なかめぐろ》のカフェや麻布のレストラン、渋谷のバー、銀座《ぎんざ》のブランドショップ、六本木《ろっぽんぎ》のセレクトショップ。そういった「聖地」には、環菜がSNSに書き込んだ当日に行ったのか、それとも何日かあとで行ったのか。何を買ったのか、何を食べたのか、アルコール類は口にしたのか。そういった点をチェックしていくと、東京都二十三区内に居住しているのか、都下や近県に住んでいるのか、あるいは簡単には東京に出てこられない地域にいるのか。ぼんやりとではあるが、見えてくる。

「……うー、疲れた」

ちなみに、ミッキーは朝から大学に行っていて留守だ。なので朝食はなし。昼食は一人でカップラーメンを食べた。ちょい足しもしなかった。

だがそういったインターバルが、ふいにモノの見方を変えさせてくれることがある。気づかせてくれることがある。それは脚本のネタのときもあるし、推理小説のトリックのときもあるし、ミッキーにも作れそうな料理のレシピのときもある。

そのとき希莉が気づいたのは、プレゼントの当選者だった。

環菜が出した二冊目の写真集には、ファンクラブ限定で販売された特別カバーのバージョンがあったらしい。通常版のカバー写真は夕陽を浴びながら髪を掻き上げる環菜のアップだが、限定版は白いドレスのまま夜のプールに浸かっている環菜のバストアップになっている。これに環菜の直筆サインを入れてプレゼント、という企画が、第二弾写真集発売時にあったらしい。

このサイン入り特別カバーの写真集が「当たった」と喜んでいる人が、先の十三人の中に、なんと三人もいたのだ。

他の十人は分からない。

でもこの三人の住所なら、調べようと思えば調べられる。


希莉は、間違いなくオフィス・デライト所属のタレントではあるのだが、今のところ専属マネージャーは付いていない。水山邦彦という統括プロデューサーの下に八人のマネージャーがいて、その内の一人の徳永春奈《とくながはるな》が、一応、連絡窓口ということになっている。

徳永の歳は、三十二か三くらい。背が低くて、ちょっとコロッとした体形の、いかにも体力がありそうな、「動ける」タイプの人だ。連絡してくるときはたいてい会社の固定電話からなので、わりと社内にいることが多いのだろう、と思っていた。

今回は、そこを利用させてもらう。

事務所を訪ねて、まず徳永のいそうな四階に上がった。

「おはようございまぁす……」

一番奥にいるのが部長で、その隣の空席が水山のデスク。部屋の中央には四つずつ事務机を固めて作った島が三つ。あとは壁際に、バイトみたいな人が使うカウンターデスクが二ヶ所ある。

希莉レベルのタレントが入ってきたところで、事務所スタッフはまず見向きもしない。バイトの子が一人「ああどうも」みたいな顔をしただけだ。

徳永は、左奥の島でパソコンに向かっていた。

希莉は正面まで行って、屈んで顔を覗き込み、

「徳永さぁん、おはようございまーす」

小さく手を振りながら呼びかけた。

すると徳永は、バッと音がするほどの勢いで顔を上げ、引き千切るように両耳からイヤホンを抜いた。

「い……あ、希莉か。びっくりした。なに」

希莉が滅多に事務所に顔を出さないのは事実だが、だからってそんなに驚かなくてもいいだろう。それとも何か、他人に知られては困るようなものでも聞いていたのか。

「すみません、急に……あの実は、ちょっと調べたいことがありまして。といっても私ではなくて、環菜さんに関することなんですが」

徳永の目は、再びパソコンのモニター画面に向いている。

「へえ、希莉が、環菜に。へえ。なに」

「あの、環菜さんの、直筆サイン入り写真集が、ちょっとよくないサイトで、高値で取引されそうになってるんですけど」

徳永は「よく分からない」というように、片眉だけをひそめてみせた。

「それを、なに。希莉が止めようっていうの？」

「はい、できれば」

「そんなの、下の法務担当にやらせりゃいいじゃん」

法務関係の担当者は、この下の三階にいるらしい。

「いや、その業者そのものが、環菜さんのファンクラブ会員という可能性もありそうなので。だとすると、ちょっと面倒なことになりそうじゃないですか」

「なんでよ。別に転売屋だったら、ファンクラブ会員だろうとなんだろうとアウトなんだから、面倒もクソもないじゃん」

仰る通りです。

「もちろん、そうなんです。基本的には私の取り越し苦労なんだと思うんですが、でもちょっと、その代表の名前が、演劇関係で見たことのある奴でして。完全にブラックってわけではないんですが、白とは到底思えない上に、どうも中国とも繋がってるらしくて……まあ、そんなことはないとは思うんですけど、でもその中国企業が、環菜さんの名前で勝手に特許を取っちゃうとか、海賊版を出しちゃうとか……ないとは思いますよ、ないとは思いますけど、でもそれに近いことが、演劇関係で実際、四年前くらいにあったんですよ。一度やられちゃうと、引っ繰り返すのに二千万とか、三千万とか、かかるらしくて」

徳永が、両眉を思いきりひそめる。

「……なんか、よく分かんないんだけど」

希莉も、自分で言っていてよく分からない。

「とにかく、環菜さんのファンクラブ会員の名簿と、この前の写真集の、限定カバーにサインして送った人のリスト、確認させてもらえませんか。その中に私の知ってる名前がなかったら、私もそれで安心できるんで」

「あっそう……なんだったら、その名前、小山《こやま》くんに言って調べさせれば」

なぜそんな、余計なことを思いつく。

「いえ、いいです、私の心配性が出ちゃっただけなんで、自分で調べます。私の勘違いだったら、それに越したことないんだし、小山さんだって……ね、いろいろ忙しいし」

近くにいた、希莉よりちょっと年上の小山がこっちを向く。

「えー、俺、全然やりますけど」

下手にやる気出されたらかえって迷惑なんだよ、こっちは。

「んー、じゃあリスト出すだけ、お願いしようかな。ほんとそれだけでいいんで」

「マジっすか……はい、じゃ、今すぐ出します」

なんとか、小さめの陰謀論をでっち上げることで、希莉は目的のリストを入手することができた。

真瀬環菜セカンド写真集『予感』、ファンクラブ限定バージョン特別カバー、直筆サイン本プレゼント、当選者。

その五十名の中に、埼玉県在住は二人しかいなかった。

一人は谷野愛実《やのまなみ》、三十七歳、埼玉県秩父市《ちちぶ》。

もう一人は日枝雅史《ひえだまさふみ》、二十五歳、埼玉県北本市《きたもと》。

地図で確認すると、秩父市は埼玉の最も西に位置しており、長野県や群馬県と接している。

一方、北本市は、

「……こっち、かな」

桶川市のすぐ北にあり、一部は川島町とも接している。

後ろから、希莉の手元を覗き込んでいた小山が手を伸ばしてきた。

「確か、その辺っすよね」

っていうか、他人のケータイ勝手に覗くなよ。

「その辺って、何が」

「環菜さんの出身って」

なんだそりゃ。

「その辺、ってどの辺」

「この辺っすよ」

小山が指差したのは、埼玉県北本市の辺りだった。

「そうなの？」

「なんか、浦和とか大宮とかじゃないから、カッコ悪いとか思ってるんすかね。プロフィールには埼玉県出身としか載せてないっすけど、でも確か、この辺っすよ。なんかで俺、高校の名前かなんか見て、この辺なんだなって、思った記憶ありますもん」

その話、もうちょっと詳しく聞かせてください。

埼玉県北本市本宿《もとじゆく》。

いま考えれば、なんのプランもなくこんなところまで来るべきではなかった、と分かる。

渋谷駅から北本駅って湘南新宿《しょうなんしんじゅく》ライン一本で行けるんだ、ラッキー、などと軽く考えては絶対にいけなかった。

でも希莉は、そう考えてしまった。そして実行に移してしまった。

日枝雅史という、二十五歳の男が住んでいるはずのその地域は、田んぼとか畑とかの農地と、東京よりは若干大きめの一軒家が並ぶ宅地とが、概ね半々——そんな感じの土地柄だった。それでも、希莉が生まれ育った辺りよりは住宅が多い。道路もそんなにヒビ割れていなくて、田舎のわりには小綺麗な印象だった。

日枝雅史が、ファンクラブ入会の際に登録した住所を訪ねてみると、隣近所よりは明らかに立派な構えの家だった。なんとなく、アパートで独り暮らしをしているイメージだったので、これは意外だった。

敷地全体がブロック塀で囲ってあって、奥には重そうな瓦屋根の日本家屋がある。右手にはもう少し今風の一軒家が、左手にはガレージもあって、高そうな外車が駐まっている。建物以外の場所には、曲がりくねった松の樹とか、真ん丸く剪定されたツツジとかが植わっている。シンプルに「田舎の金持ち」。それ以外の感想は持ちようがない。

道を渡って向かいの土地は金網で囲われており、中には、低い樹が妙に規則正しく並んでいる。イメージ的には果樹園だ。あっちも日枝家の所有地だったりするのだろうか——なんてことを、呑気に考えている場合ではなかった。

ふいに声がし、振り返ると、そこそこ背の高い男が立っていた。

黒いフリースに、下はピンクのジャージ。素足に白かグレーのクロックスを引っ掛け、タバコを銜えている。髪は寝癖だらけ。目もパッチリとは開いていない。歳の頃は三十前後といった印象だが、実はもう少し若くても、希莉は別に驚かない。

つまり、彼が日枝雅史、二十五歳という可能性は、充分ある。

彼は眠そうな目のまま、もうふた言発した。

「……あの、何か」

「……あ、片山希莉だ」

私も有名になったな、などと喜んでいい場面ではない。

15

ランチ客が落ち着いた辺りで、芭留から電話をもらった。

希莉ちゃんいたよ、撮影だったみたい、とか、舞台の稽古で忙しかったみたい、とか、そんな報告が聞ければ一件落着。ありふれた日常に、また各々が戻っていくだけ。そうなるよう琴音は願っていた。

だが現実は、もう少し性悪だった。

『琴音、テレビ見てる？』

「んーん。ウチほら、お店にテレビ、禁止だから」

それも静男の拘りだから。

『そっか。じゃあ、ケータイで見てもらえれば分かると思うけど、女優の真瀬環菜、死んだらしいの』

急に、なんの話が始まったのかと思った。

「は？」

『女優の、真瀬、環菜。知らない？』

真瀬環菜は知っている。出演しているドラマも見たことがあるし、彼女がＣＭをやっているシャンプーも一時期使っていた。

「知ってる、けど……それが？」

『真瀬環菜って、希莉ちゃんと同じ事務所なの。しかも、殺された可能性もあるみたいで』

ザラザラッ、と顔中の血液が首の後ろの方に回って、そのまま背中に流れ落ちていった。携帯電話を握る手も、少し冷たくなったような。そんな感覚があった。

「……それで、希莉ちゃんは？」

芭留が『ああ』と低く漏らす。

『事務所の人にも訊いたんだけど、ここ三日か四日、その人も連絡とれなくなってるって。本当はもっと詳しく聞きたかったんだけど、なんか事務所全体が、急に騒がしくなって、私たちの相手なんて、誰もしてくれない感じになっちゃって。で奈緒ちゃんと、しょうがないねって、帰ってきたんだけど……駅に着いてケータイ見てみたら、真瀬環菜死去、ってニュースが出てて。これか、あの騒ぎの原因は、って分かって。そりゃ、看板女優が死んだってなったら、テンヤワンヤにもなるよね、って』

それは、その通りだと思うが。

「真瀬環菜が亡くなったのと、希莉ちゃんと連絡がとれないのには、何か関係があるのかな」

『分かんない。希莉ちゃんに関しては、事務所はほとんど何も把握してないみたいで。私も会社に帰って、所長に相談してみようと思ってる。最初の印象より、ちょっと事件性高くなってきてるから』

芭留の言葉が、いつもより重く、耳に残る。

事件性って――。

それより前に、一つし忘れていることを思い出した。

「ねえ、奈緒ちゃんは近くにいるの？」

『うん、いる。隣に』

「希莉ちゃんの実家の住所とか、電話番号とかって分かるかな」

『あ、そうだよね。ひょっとしたら、そっちに帰ってるだけかもしれないもんね。待って……』

ガサゴソ、と二秒の沈黙。

『……もしもし、代わりました奈緒です』

「ああ、希莉ちゃんの実家なんだけど」

『私も、実家の番号まではケータイに入れてなくて。でもウチの実家に訊けば分かるんで、またご連絡します』

いったん切って、奈緒からメッセージが入ったのが二十分後くらい。希莉の実家の電話番号と住所が記してあったが、それに併記された文章が、またちょっと気になった。

【私が今かけてみたところ、留守でした。実は希莉、実家とはあんまり上手くいってないみたいなんで、帰ってる可能性は低いかな、とは思うんですが、念のため。 奈緒】

そうはいっても実家は実家だ。もし希莉が何か困った事態に陥っているとしたら、最初と最後に頼るのは実家、やはり家族だと思う。

琴音も、奈緒からもらったメッセージにある番号を直接タップし、希莉の実家にかけてみた。確かに、そのときは留守なのか応答がなかった。もう少し待ってかけてみても、まだ状況は変わらなかった。

まもなく客がひと組入り、

「いらっしゃいませ。こちらのテーブルで、いかがでしょうか」

お薦めの豆や淹れ方の説明をし、

「では、グアテマラを『最強の静男』でお一つ、マンデリンを『休日の静男』でお一つ、ということで……かしこまりました」

いつも通りの淹れ方でコーヒーを出した。ちゃんと、お茶請けクッキーも添えて。

客の前で電話をするわけにもいかないので、せめてと思い、希莉の実家の番号を紙に書き出しておいた。あとで、店の電話でもかけられるように。

やがて、客が「ごちそうさま」と席を立つ。

「すごい美味しかったです。コーヒーなのに、香りがすごく甘くて。ふわっと、なんかこう、口から頭の中に、広がっていくみたいで。苦みも、こう、気分が落ち着く感じで」

「ありがとうございます……ではこちら、九十六円のお返しになります。またぜひ、こちらにいらっしゃいましたら、お立ち寄りください。ありがとうございました」

客の車を見送って、テーブルを片づけたら、再度トライだ。

少し時間を置いたのがよかったのか、それとも店の固定電話でかけたからか。理由は分からないが、呼び出し音が途切れると、

『はい、片山でございます』

かなり「上流」な感じの、女性の声が応えた。

「もしもし。突然のお電話で、失礼いたします。私、中島と申します。希莉さんが東京に行かれる前に、親しくさせていただいていた者ですが」

『……はい』

この返事一つで、なんというか、琴音は凍りついてしまった。

声の低さ、冷たさ。あなたがどこのどなたかは存じませんが、希莉について話をする気はございません、ご免あそばせ。そんなふうに、琴音には聞こえてしまった。

だからといって、このまま切るわけにもいかない。

「あの、不躾《ぶしつけ》を承知で、お尋ねいたしますが……希莉さんは今、そちらにお帰りには、なっていませんか」

『いいえ』

帰ってはいるが、希莉が「帰ってきてることは誰にも言わないで」みたいに言っている、という可能性はないだろうか。

「そうですか。実は、何人か東京に行っている共通の友人が、希莉さんと連絡がとれなくなっているというので、それでちょっと心配になって、お電話させていただいたのですが」

『左様ですか』

数秒待ってはみたが、それに続く言葉はない。

「……所属されてる事務所の方も、連絡がとれてないみたいで」

『左様ですか』

なんなんだ、この態度は。歳の感じからてっきり母親だと思って琴音は話していたのだが、違うのか。あるいは、母親は母親でも継母とかか。

「あの……もし、希莉さんから連絡がありましたら」

知らせてくれ、と言っても無駄かな、とは思ったが、それでもダメモトで頼んでみよう、という琴音の「思いきり」は、無残にも打ち砕かれた。

『希莉は東京に行ったきり、一度もこちらには帰ってきておりませんし、連絡してくることもありません。もしお気にかかるようでしたら、捜索願でもなんでもご自由に、警察にお出しになってみてください。まあ、こちらは警察からご連絡いただいたところで、何も分かりませんとしかお答えのしようはありませんが』

完全に、親子関係が壊れている。

そう判断するしかなさそうだった。

ぼちぼち、手が空いた時間に携帯電話を弄り、ニュースを拾い読みしてみた。

どうやら芭留の言った通り、女優の真瀬環菜が死亡したのは間違いなさそうだった。

速報が流れたのは今日の昼前。その後にも警察は記者会見をしたようで、速報にはなかった情報が夕方頃にはいくつも出回ってきていた。中にはデマも含まれているかもしれないから、テレビ局とか新聞社とか、主要メディアによる報道のみを信じるとして、要はこういうことなのだろう、と琴音は解釈した。

今朝、わりと早い時間に事務所関係者が連絡を入れたところ、環菜からの反応がなかった。不審に思った関係者が自宅を訪ね、合鍵を持っていたのかどうかは分からないが、中に入ると、ベッドで環菜が仰向《あおむ》けで倒れていた。すぐに救急車を呼び、緊急搬送したが間に合わず、環菜の死亡が確認された。首には絞められたような痕があり、警察は事件の可能性もあるとして調べを進めている。

速報の段階では自殺説もあったらしいが、今では完全に「殺人事件」ということになっている。

そもそも琴音が気にしていたのは、例の電話だ。雨の中、ドミナン二号店を訪ねると連絡しておきながら、来なかった女性の存在だ。

彼女は琴音に、片山希莉に関して話がある、と言った。雨風で聞き取れない部分もあったので、一言一句そうだったとは言いきれないが、でもそういう内容だった。

だがその希莉と連絡をとろうとすると、できない。誰も行方を知らない。挙句、わざわざ事務所まで確認に行った芭留と奈緒は、看板女優の真瀬環菜が死んだらしいと知らせてくる始末。

一体、何がどうなっているのだろう。

そんなことを考えていたら、ごっとん、ごっとん、と階段が鳴り始めた。

叶音だ。

「おね……お姉ちゃんッ」

家の中ではもう松葉杖を使わないので、一歩一歩の足音がとにかくうるさい。

「なに」

階段を見上げると、まず見えてきたのはグチャグチャに汚れたギプスだ。奏にクレヨンで散々落書きされ、もはや地獄絵図のような色合いになっている。そのギプスとも今週、晴れてお別れなのだという。

「ヤバい、ヤバいって。真瀬環菜、殺されたんだって」

そう言うと思っていた。

「知ってる。なんか芭留から連絡あった」

「ちょっと、落ち着いてる場合じゃないって。だって真瀬環菜って、希莉さんと同じ事務所なんだよ」

「だから、知ってるってば」

「じゃ、なんでそんなに落ち着いてるのよ」

「私が騒いだって仕方ないでしょうが」

「……ま、そりゃそうだけどさ」

案外簡単に納得したなと、そっちの方が琴音には驚きだ。

サンダルを履くのが面倒なのだろう。叶音は店の、土足スペースまでは下りてこない。

「お姉ちゃん、どうすんの」

「だから、私にはどうしようもないって」

「希莉さん、行方不明なんでしょ」

「連絡がとれないだけで、行方不明かどうかは……」

分からないよ、と言おうとしたのだが、電話がかかってきてしまった。

「……はい、カフェ・ドミナンです」

『恐れ入ります。そちらに、市原琴音さんは、いらっしゃいますでしょうか』

もう、その声と「市原琴音」でピンときた。

「はい、私です、市原琴音です。あの、赤十字病院の」

『ええ、お名刺をお預かりいたしました、看護師長のマエダでございます。昨日搬送されてきました女性、ミズタマリさんについてなのですが』

面と向かって話しているかのように、なぜだか顔まではっきりと思い浮かべられる。

「はい、その後、いかがですか」

『今日のお昼頃ですか、意識が戻られまして。まだ、立って歩いたりするのは難しいですが、比較的意識ははっきりされていますし、会話も問題なくできているので、市原さんについてもお話ししたところ、ぜひ、ご連絡したいと』

「そうですか、ありがとうございます」

『いかがしましょうか。携帯電話は事故で故障したのか、通じないようなので、本人が公衆電話まで歩いてこられるようになるまでには、少し時間がかかると思うんですが』

壁の時計を見る。夕方の四時半。和志と奏はもうすぐ帰ってくる。

「面会時間は、何時まででしょうか」

『夜八時までになります。本来はご家族のみですが、市原さんは特別ということで』

琴音は「七時までには伺います」と言って電話を切った。

帰ってきた奏をお風呂に入れて、夕飯を食べさせて。

留守番は和志に頼んで。

「琴音さん、本当に一人でいいの？」

「うん。パパは奏といてあげて」

今回は自分で運転して、赤十字病院まで来た。

実のところ、琴音は車の運転があまり得意ではない。たとえば、駐車場の様子が分からないところにはできるだけ運転していきたくない、そういうレベルだ。だが昨日、ここには和志に運転してきてもらって、わりと余裕のある駐車場だというのは分かっていた。なので、今回は自分でも大丈夫だろうと考えた。

思った通り、駐車場には楽勝で駐められた。

正面玄関を入り、受付で「ミズタマリさんのお見舞いに」と告げると、やはり看護師長のマエダが出てきてくれた。

「わざわざご足労いただき、申し訳ありません」

お互い、深めにお辞儀を交わす。

「いいえ、こちらこそご連絡、ありがとうございました。それで、ミズタさんのご様子は、いかがですか」

「ええ。もう夕食も済ませまして、だいぶ落ち着いていらっしゃいます。頭と、右肩、左腰から下を強く打っておりまして、自由になるのは左手くらいなんですけど、でも、お若いから。けっこうケロッとされてます」

そのまま、三階の病室に案内された。

「ミズタさん、入りますよ」

「はーい」

確かに。予想外に声は高く、明るい。

部屋に少し入ったところで、またマエダが声をかける。

「市原さんがお見えになったから、入っていただいていい?」

「はい、お願いします」

マエダに促され、琴音も個室の中ほどまで入った。

ミズタマリは、右手のベッドで上半身を起こしていた。

「初めまして、市原です」

すると、

「……琴音さん」

急に泣き顔をされ、琴音もどうしていいか分からなくなった。

さっきマエダが「お若い」と言っていたが、でもこんなに若いとは思っていなかった。どう見てもまだ十代だろう。二十六の琴音が言うのもなんだが、それくらい「今どきな子」という印象を受ける。

何がって、とにかく顔が小さい。ちょうど帽子と同じ形で包帯が巻いてあるのもあるだろうが、それにしても小顔だと思う。

その小さな顔に、すっきりと切れ長の目、整った形の鼻、山のくっきりした唇が収まっている。白い布団の盛り上りから察するに、かなり脚が長い。ということは背も高い。この小顔で高身長だとしたら、とんでもなくスタイルがいいことになる。

そんな子が、なぜ琴音を見ただけで泣く。


彼女が落ち着いた辺りで、マエダは勤務に戻っていった。

二人になると、すぐにミズタは話し始めた。

「私、今年の四月からずっと、希莉さんのアパートに、居候させてもらってるんです」

そういえば、芭留も同居人の女の子がどうとか、言っていた気がする。つまり、この子がその同居人というわけか。今は十月だから、希莉とはもう半年以上一緒に暮らしていることになる。

「それで、どうしてウチの店に来ようと思ったの？」

この子、パッと見はカッチリめの顔だと思ったけど、喋る前に必ず口角を上げるので、それだけで表情が明るくなって、すごく可愛く見える。

「あの、実は希莉さん……自分の書いた小説、盗まれたっていうか、取り上げられちゃったっていうか」

「誰に？」

「なんか、怪しいプロデューサーと、真瀬環菜に」

いま琴音は、反射的に変な顔をしなかっただろうか。逆にこの子は、真瀬環菜が殺されたことを知っているのだろうか。それとなく見回してみたが、この病室にテレビはない。彼女の携帯電話は事故で壊れたらしいので、知らない可能性の方が高いように思う。

ここは、知らないものと仮定して話を進めよう。

「うん……それで？」

「その小説、真瀬環菜が書いたことにして、発表されたんですよ。何かの連載で。そうしたら、その小説の通りに、猫が殺される事件が起こっちゃって」

「えっ……」

「しかも、二回も」

小説の通りに、猫が殺される事件が、二件。

「それ、ニュースとかになったの？」

「はい、ネットで調べれば出てきます。それで、希莉さんショック受けちゃって。でも希莉さん強いから、自分で犯人捜すって、いろいろ調べ始めて。私も、できるだけ協力しようとは思ったんですけど、その日は、どうしても朝から大学に行かなきゃいけなくて。で、夕方帰ってきたら、部屋が暗くて、希莉さんはいなくて……でも希莉さんが、お腹空かして帰ってきたら可哀相だから、私、料理下手だけど、親子丼作って待ってて……」

よほど心細かったのだろう、また彼女は泣き始めてしまった。

ボックスティッシュが近くにあったので、三枚抜いて、左手に持たせた。

「すみません……で、待ってても全然、希莉さん帰ってこなくて。ケータイにかけても、出なくて。次の日になっても、まだ帰ってこなくて……私、よく考えたら、希莉さんが『ボス』って呼んでる、ハマヤマダさんの連絡先も知らないし、事務所は、なんかその、怪しいプロデューサーとか、真瀬環菜とかがいるから、怖いところかもしれないし……希莉さんの、実家の番号も分からないし、でも、でも希莉さんが、いっつも、実家の方に、ドミナンってお店があって、すごくレモンスカッシュが美味しくて、琴音さんって人が優しくて……いつも希莉さん、その話すると泣いちゃうから……泣いちゃうくらい、琴音さんのこと、好きなんだなって思って……で、ネットで調べて電話して」

昨日か。

「そしたら、オジサンが出て」

本店の方にかけちゃったのか。

「それは、私の父親かも」

「はい。私も気づいたんで、二号店の方だって思って、電話したら、通じなくて」

「え、出たよ私、昨日の午後でしょ？」

彼女は、少し恨むような目をして首を横に振った。

「違います。その前の、日曜日です」

なるほど。日曜では、店電は出なかったかもしれない。

「ごめん、ウチ、日曜定休日だから」

「いえ、わたし馬鹿だから、それ気づかなくて。だったらもう、直接行っちゃえって、それで、琴音さんに相談に乗ってもらえばいいやって思って」

あの雨の中、訪ねてこようとしたわけか。

「そうしたら、事故に遭っちゃったんだ」

「はい。手が濡れてたからか、ケータイがツルッてすべって、あって思ったら、足もすべって転んじゃって、そこに車が……」

怖い。交通事故って、やっぱり怖い。奏がそんなことになったらと、考えるだけで脚に震えがくる。

こっちからも少し話そうと思い、琴音は「ミズタさん」と呼びかけた。

するると、彼女はハッと息を呑んだ。

「あの……私のことは、ミッキーって呼んでください」

そんな、いきなり。

「えーと、それはまた、どうして」

「私、ミズタマリって名前、嫌いなんです。当たり前ですけど……母親が離婚して、再婚した相手が『ミズタ』って……もう、イジってくれって言ってるも同然じゃないですか。娘のことも少しは考えてよ、って話ですよ……で、モデルデビューするときに『アマノミキ』って名前にしたんです。天国の、野原の『ノ』に、美しい『ジュ』って書きます。個人的には、ディズニーランドのイメージです」

天野美樹で、どの辺がディズニーランドなんだ？

「……なるほど。そこから」

「みんなにも『ミッキー』って呼んでもらってます。ミッキーマウスも大好きなんで」

だから初対面の琴音にも、そう呼べと。

「そっか……いや、あのね、東京に行ってる私の友達も連絡とれなくて、希莉ちゃんのアパート見に行っても、戻ってないみたいで。事務所の方も、なんかあんまり行動把握してないみたいで……で、その猫の事件の犯人捜しなんだけどさ、希莉ちゃん、具体的には、何をどうやって調べてたのかな」

ミズタ、ではなく「ミッキー」が、左手の人差し指を立てる。

「それは、だから、あれです、ネットです」

意外とお手軽。

「希莉ちゃん、ネットで犯人捜ししてたの？」

「元ネタがSNSなんで、それをいろいろ読んで分析してました。あと、犯人は埼玉にいるって、絶対に埼玉在住だって言ってました」

その信憑性《しんぴょうせい》については、琴音はなんとも言えないが。

「他には？」

うーん、とミッキーは首を傾げる。

「でも、ずーっとネットで犯人捜ししてて、それで急に希莉さん、いなくなっちゃったんですよ。だから履歴とか見たら、希莉さんがパソコンで何を調べてたのか、どこまで犯人を絞り込んでたのか、分かると思うんです」

そこ、大いに疑問がある。

「ちなみにミズタさんは」

「ミッキーです」

「ミッキー……ちゃんは」

「呼び捨てでいいです」

「……ミッキー、は、希莉ちゃんがパソコンでなに調べてたのか、見てみたの？」

それには首を横に振る。

「私、パソコン全然使えないんで。希莉さんに見てって言われて、表示してもらった物しか見れないです。琴音さんは、パソコン使えますか？」

自慢ではないが、経理にチラシ作り、ドミナン公式サイトの作成から運営まで、全て琴音が一人でやっている。

「うん、まあ、ネットの調べ物くらいは、普通にできるけど」

「じゃあ……すみません、ちょっとそのバッグ、取ってもらっていいですか」

窓枠に置かれているバッグ。実はさっきから、琴音はちょっと気になっていた。たぶん「ケイト・スペード」の、ミントグリーンのサッチェル。最初は「生意気な」と思ったが、プロのモデルということなので、むしろ今は「当たり前か」と思う。

「うん、これ」

「開けてください」

「いいの？」

「はい。開けて、その……ジッパーのないポケットに、鍵が入ってます」

まさか、とは思ったが、そういうことのようだった。

「琴音さん、その鍵で希莉さんの部屋に入って、希莉さんのパソコン、調べてもらえませんせんか。希莉さんが何を調べてたのか分かれば、希莉さんがどこに行っちゃったのかも分かると思うんですよ。お願いします。琴音さんだったら、希莉さん、部屋に入っても絶対怒らないと思うんで」

希莉が怒るとか怒らないとか、そういう問題ではなくて。

私には夫も子供もいて、今は碌《ろく》に歩けない妹まで家にいて、その上で、明日もお店を開けないといけないんですよ。

16

できる範囲で和美の生活をサポートするのと、芸能人である「真瀬環菜」の面倒を全て引き受けるのとでは、根本的に意味合いが違ってくる。

これまでにも、部屋に泊まった次の朝は和美を起こしてあげていた。一人のとき、和美がどれくらい寝起きが良いのか、悪いのかは分からない。でも起こしてくれる人がいると、和美みたいな性格の人は必ず甘える。

「んん……わか……わか……た……起きる」

いや、起きない。そこから五分、十分は当たり前。二十分、三十分経っても支度が始まらない日もある。

「大木《おおき》さん、じゃあ最後の一杯って……言ってからが、長いんだよな、あの人」

永和書店第一図書編集部の編集長、大木征志郎《せいしろう》。彼が「最後の一杯」と言って赤ワインを頼んでから、また一時間半くらい話が弾んだのは事実だ。しかし、大木がその一杯を飲む間に、和美は焼酎のロックを四杯オーダーしている。和美が次々と追加などしなければ、大木だってその一杯をグッと呑み干して終わりにできた。大木は大木なりに、和美のペースに合わせて飲んでいただけだと思う。

「でも大木さんて、なんかいいよね……小説やってるときは、直木賞だっけ？　何冊も担当したんでしょ。写真集もさ、あれ、誰だっけ……森佑子か、あの人のとか作ったんでしょ……何十万部って言ってたっけ……凄いよね。羨ましいわぁ」

早くシャワー浴びて、と浴室に連れていく。終わったらバスローブで包んでドレッサーまで誘導して、顔だけは自分でやらせて、こっちはこっちで髪を乾かす。

「大木さん、たぶん四十前後だよね……離婚したって言ってたっけ。言ってたよね？　ありだな。全然ありだよ、あれくらいのオジサンだったら」

大木は四十四。和美とは二十一歳差になる。

「え、そんなに？　そっか、そんなに違うか……じゃ、ちょっと考えちゃうわ。考えちゃうって……別になんにも、誘われてもいないけど」

出版社の社員が女優をどうこうしようなんて、普通は考えないと思うが、それは言わずにおいた。

これも以前は知らなかったことだが、和美は現場に出ると、マネージャーという「影」を巧みに利用し、「真瀬環菜」という存在がより浮き立つよう、輝くよう演出する傾向があった。

大御所の前では、とにかく謙虚に見えるよう心掛ける。

「あ……加藤さん、車の鍵貸して。お弁当のバッグ、車ん中に忘れてきちゃった……いいのいいの、自分で行くから。それより差し入れ、スタッフさんにお渡ししといて。早くお出ししないと、スタントの方、もう上がられちゃうから」

弁当といっても、自分で食べるためのものではない。諸先輩方に、ロケ弁では野菜が足りなくなるだろうからと、このときは煮物を作って持ってきたのだ。むろん、和美がそれらを自分で作ったことなど一度たりともない。

和美よりキャリアの浅い、これから伸びてきそうな若手には別の顔を向ける。

「ああ、緊張する……やっぱりさ、本条《ほんじょう》さんと同じシーンで、台詞噛《か》んだり飛んだりでNGなんて、絶対に出せないじゃない。絶対、やっちゃ駄目じゃない。私なんか昨日、もう緊張で眠れなくて。寝たら寝たで、台詞入ってないのに本番、みたいな夢見ちゃって、うなされて起きて……ね、加藤さん。今朝わたし、顔めっちゃ腫れてたよね。あのまんまだったらどうしようかと思った……あー、緊張する。めっちゃ緊張する」

これを散々聞かされた若手女優は、和美の目論見《もくろみ》通り本番でNGを連発。その日、現場から大泣きして帰った。ちなみに、そのシーンで最初にNGを出したのは和美本人。それについて、傍から見ててもしつこいと思うくらい本条清貴《きよたか》に謝りまくり、その後は一転、NGなしの完全芝居で挽回してみせた。隣にいた若手の彼女をまんまと萎縮させ、NGの泥沼に陥れることに成功した、というわけだ。

ドラマや映画の、撮影終わりの打ち上げでは、監督よりプロデューサーを捕まえて話し込むことが多い。今後も使ってもらいたいと考えるなら、そうする方が効率的なのは言うまでもない。

「物凄く勉強になりました。ありがとうございました……いえ、そんなことないです。アクションとか、めっちゃやりたいです。正直、運動神経がいい方とは、胸を張っては言えないですけど、でも体を動かすのは好きなんで……えー、ヒドーい。私、中学高校ってバスケ部だったんですよ……本当ですって。ずっとレギュラーで、試合も出てたんですって……あー、ヒドい。それはヒドいです」

高校ではバスケなどほとんどやってなかったが、そんなことをマネージャーがわざわざ言う必要はない。

それくらい、言われなくても分かっている。

「私も、ポロッと中高でどうだったとか言っちゃったけど、ああいうとき、知った顔して相槌打ったり、絶対にしないでよね。私、過去とか穿《ほじく》られんの、一番嫌いなんだから。なんだったら、昨日のことだって言われるの嫌なんだから。過去は過去、終わったこと。終わったことはもういらないの。私のピークはまだまだこんなもんじゃない。昨日より今日、今日より明日。もっともっと、私は高いところに上るの。過去なんて下らないものを振り返ってる余裕なんてないの。過去なんて、捨てるためにあるようなもんなんだから」

分かってる。和美のことなら、なんでも——。

またこっちとしては、一緒にいる時間が長くなれば、同じものを見聞きする機会も増えるので、ＳＮＳの代筆も楽になるだろうと思っていたが、そんなことはなかった。

むしろ、なまじ知っているだけにリアリティがあり過ぎ、そこはもっとボカせとか、それじゃあの小娘が調子に乗るだけだとか、和美からの注文はむしろ増える傾向にあった。

「コスメ関係は書いてもいいけど、今日の現場のことは書かないで」

だが、その日に撮った写真は共演者とのツーショットないしスリーショットのみ。コスメ紹介に使える写真は撮っていなかった。

「そんなの、今からだっていいじゃない。適当にブツ撮りして載せといてよ……あでも、吉川美沙《よしかわみさ》と撮ったのは載せといて。別に褒めなくてもいいから、わーい、ツーショット、的なノリで。あの子、私のこと大好きだから。あちこちにめっちゃ書くし、めっちゃ話すから。目ぇ光らしといて」

デライトとの事務連絡、デスクワーク、各種手続き、スケジュール調整に、現場への同行。食料品など生活必需品の買い出しとは別に、リクエストされるものの調達もしなければならない。言うまでもなく、今まで通りに炊事、洗濯、掃除もしなければならない。はっきり言って、水商売をしている頃の方が体は断然楽だった。

でも、分かるのだ。和美の気持ちは、分かり過ぎるほど――。

和美は今、前だけを向いている。周りは敵だらけ、現場に出たら一瞬たりとも気を抜くことはできない。気を抜いていいのは、行き帰りの車の中と、部屋にいるときだけ。頼っていいのは、マネージャーを兼務するようになった家政婦――つまり、私だけ。

過去の全てを把握し、現在の公私全般を管理するようになった私にしか、和美は気を許すことができない。思えば窮屈な生活だ。それでも和美は前を向いている。上を見ている。私が和美の「盾《たて》」にならなくてどうする。私以外の誰が、和美を守ってやれる。

睡眠不足なんて、別につらくもなんともない。

「ちょっと、勘弁してよ……あんたの居眠りなんて、誰も見てないと思ってんでしょ。けっこう見られてるからね、気をつけてよ」

東京での運転も、かなり慣れた。

「あれ、今なんか、カツン、っていわなかった？　いったでしょ。どっか、ぶつけたでしょ……こすっただけ？　大丈夫なの、ほんとにもう……勘弁してよ」

生理なんて逆に、毎月来なくなって助かってるくらいだ。あんなのは三ヶ月か四ヶ月置きで充分。なんなら半年に一回でもいい。

そうはいっても、人間の体のことなので。あるべき物がなかったり、ないはずの物があったりするのは、やはり良いことではない。

来年刊行を予定しているエッセイ集の打ち合わせをしていたら、永和書店の大木に言われてしまった。

「あの、余計なことかもしれないですけど……もしかして体調とか、よくなかったりします？」

そんなに顔色、悪いですか。

「顔色というか、ちょっと疲れていらっしゃるのかな、と」

ええ、実は――などと仕事の場で、軽々しくプライバシーを明かすようなことは絶対にするな、と言われている。

エッセイ集の話をしましょう。

「すみません、余計なことを申しました……そうですね。改めて、SNSを初期の頃から読み直してみたんですけど、いいですね、非常に。環菜さん、プライベートでは物凄く女子力高いし、載せてある写真もセンスがいい。そのギャップが、フォロワーに受けてるんでしょうね……いや、メディアに出てるときは女子力低そうとか、そういうことじゃなくてね。もっとセレブ感があって、同年代の女性の憧れ的なイメージの方が強いと思うんですが、実はそうでもない。プライベートはもっと庶民的で、親しみやすい。それでいて、居住地を特定されるような情報は、本当に綺麗に載せてないんですよね。このバランス感覚は凄いと思う。写真を使わせていただくにしても、安心感がありますよ」

どんな状況であれ、自分の仕事を褒められるのは嬉しい。

しかも、その道のプロに。

「あと……そう、文章もね。初期はまあ、文章量自体が少なめでしたけど、徐々に増えていって、技術的にも急速に磨かれてきてますよね。表現のバリエーションが格段に増えたし、丁寧語とか、尊敬語の使い方も自然で、全く嫌味がない。今って、丁寧語とか謙譲語が、笑っちゃうくらい過剰じゃないですか。それと比べると、環菜さんの言葉遣いは意外なくらい整ってる……あれですかね、リアルタイムで話すのより、実は、ある程度時間をかけて文章を考える方が、得意なタイプなんですかね……いや、そんなこともないか。前にお話しした矢崎《やざき》監督なんて、芝居の瞬発力が凄いって言ってたもんな。そういうことじゃ、ないんだよな」

和美をベタ褒めされ、自分の仕事も想像以上に評価され、一気に頭に血が昇ってしまったのかもしれない。

直後に、スワーッと、意識に黒い幕がかかるのを感じた。

鈍く、平べったい衝撃音と共に、おでこが何かに当たったのは自分でも分かった。だがそれ以外はよく分からなくなり、痺《しび》れが全身に回るというか、体を自由に動かすことができなくなった。視界も、寝る前の部屋みたいに暗くて、でもそれが、かえって心地好かった。

どれくらい、そんな状態だったのかは分からない。次に見た風景が、たとえば部屋の壁紙が全く違う柄になっていたりしたら、相当驚いたと思う。だがよく似た眺めだったので、白い壁紙、灰色の会議テーブル、足元はブルーのカーペット、どれも直前の記憶と無理なく繋がったので、さほど慌てることはなかった。

ただ、何かが少しずつ違う。

そう、テーブルが遠くなっている。キャスター椅子ごとテーブルから離れて、壁に当たるまで後ろに下がっている。そして、誰かに支えられている。抱きすくめられている。

「……あ、気がつきましたか」

耳に優しい、低い、男の声。糊《のり》の利いたワイシャツの匂い。それとは別に、肌の匂いもした。皮脂と、汗と、ちょっとしたぬくもり。骨と筋肉の硬さ。逞しさ。

あっ――。

「急に立たない方がいいです。このまま、少し座って休んでてください。今、水か何か持ってきますから」

まもなく大木は、ペットボトルに入ったミネラルウォーターを持って戻ってきた。ちゃんと、紙コップも添えて渡してくれた。

一杯の水を、こんなにも美味しいと感じたのはいつ以来だろう。

「いや……加藤さん、実はちょっと、頑張り過ぎてるんじゃないかなって、思ってたんですよ。飲みに行ったりするのも、加藤さん、全部付き合うじゃないですか。そんなマネージャーさん、滅多にいないですよ。最初は、何か事情があって、デライトがそうさせてるのかなって、勘繰ってましたけど、最近はむしろ、環菜さんがそう望んでるのかなって、思えてきて……違いますか。違ってたら、ごめんなさい」

いいえ。すみません、ご心配おかけして。

「もし、体調とかよくないんだったら、言ってくださいね。こちらとの打ち合わせでしたら、刊行までまだ期間がありますし、延期しても問題ないですから。なんなら、済ませられることは、メールで済ませても、こちらはかまいませんから」

その日、和美は翌月から始まる舞台の稽古が夜九時まで入っており、こっちは、終わり時間に合わせて東新宿まで迎えに行けばいいことになっていた。

大木との打ち合わせが終わったのが、夕方の五時半。

「加藤さん、このあとは」

九時に、東新宿まで迎えに行くだけです。

「じゃあ一杯……ってわけには、いかないか。車ですもんね。だったら、ご飯とかどうですか。何か精のつくもの食べないと、また貧血起こしちゃいますよ」

貧血は、もう大丈夫です。慣れてますから。

「鰻とかどうですか。近くに、よく作家さんなんかをお連れする専門店があるんですよ。加藤さん、一人だったら絶対軽く済ませるでしょ。コーヒーとドーナツ一個とか、栄養補給ゼリーとか」

さすがに、そんなことはないです。

「いや、あるな。もう見るからに、食べなくて済むなら食べないタイプですもん。よくない。よくないですよ、そういうのは。行きましょう、鰻。それとも、トンカツみたいな方がいいですか」

結局、鰻をご馳走になることになった。

二人でノンアルコール・ビールを飲みながら、和美についていろいろ話した。

「そういえば加藤さんって、どういう経緯でデライトに入られたんですか？　珍しいですよね、いきなり女優の専属マネージャーなんて。前は、どんなお仕事されてたんですか」

いいじゃないですか、私のことなんて。

「いや、興味あるな。いつも一緒にいる私の部下の、松尾《まつお》。あれも、不思議がってましたよ。加藤さんって、なんか謎めいてますよね、って」

真瀬環菜とは知人を介して知り合い、気に入られ、本人に誘われてデライトに入社した、というストーリーを共有するよう、和美には言われている。

「そうなんですねぇ……だったら益々、興味あるな。他所でマネージャー業をやってたとか、そういうことではないんですか」

ご想像にお任せします。

「たぶんね、違うと思ってるんですよ、僕は。むしろ秘書とか、そういう仕事をされてたんじゃないですか？　違いますか」

さあ。

「そうならそうって、ちゃんと言ってくださいよ……そうか。秘書じゃないとすると、なんだろうな。でもまだお若いから、前のお仕事っていったって、そんなに長くはやってらっしゃらないですもんね……デパートの、化粧品売り場の人とか」

違います。

「ビューティーアドバイザー、みたいな」

違いますって。もうやめましょう。

「分かってます？　そうやって誤魔化そうとするから、みんな余計に興味を持つんですよ、加藤さんに……でも、嘘もつけないんですよね、たぶん、あなたは……分かります。郵便局員でしたとか、ホテルのフロントに立ってましたとか、デタラメ言ったっていいのに、それは言えないんですよね」

そんな。嘘もデタラメも――。

「じゃあ、興味持ちついでに、僕の推理も一つ、聞いてもらっていいですか」

推理？

「はい。実はですね……もし違ってても、気を悪くしないでもらいたいんですが、環菜さんのSNS、ね。あれ実は、加藤さんが全部書いてるんじゃないかって、僕は疑ってたんですけど、どうですか」

それは――。

「もしそうだったとしても、出版にはなんの支障もありませんから、安心して、そうならそうと仰ってください……僕はね、なんていうのかな、あなたの立ち居振る舞いとか、言葉の選び方とか、空気感みたいな……もし、環菜さんしか知らなかったらね、こんなことは考えない。疑ったりもしない。でも、僕はあなたを知ってしまった。SNSを一冊にまとめる形で本を出しませんかと提案し、そのときの……その瞬間に気づいたわけじゃなくて、でも本にしようと、そういう目線で読み直していたらね、あのSNSに、妙にあなたを感じてしまったんだな。それで思い出したんです。僕が、SNSを本にしようと言ったときの、あなたの顔を。あのとき、あなた物凄く喜びましたよね。見たこともない笑顔で、ほんとですかって、僕に訊きましたよね」

それは環菜にとって、写真集以外での、初めての本になるから。

「そうかな。僕はあのSNSに、環菜さん以外の、誰かの視線を感じるんだな。『存在』と言い替えてもいい。環菜さんを愛してやまない、一ミリも傷つけまいとする、慈愛に満ちた視線を。手触りみたいなものを……そんなの、あなたしかいないじゃないですか。加藤さんしかあり得ないですよ」

それは、買い被りです。

「買い被りじゃないです。環菜さんは、大変な女優さんです。逸材です。地上波連ドラにはそれなりの距離感で、文芸作品の映画化ならそれに相応《ふさわ》しい『間』と『奥行』で、舞台なら……なんていうのかな、何かこう、強く大きくしなる、鞭《むち》のような存在感がある。でもそれだけに、コントロールは難しい。環菜さんのマネージャーって、けっこう短期間のうちにコロコロ代わってるでしょう。僕が知ってるだけでも、加藤さんで三人目ですし。正直、よくない噂だってありますよ。でも、そんなのは気にする必要ない。スキャンダルや警察沙汰はさすがにアウトですけど、『本当は性格が悪い』みたいなヤジは、全く聞く必要はない。売れっ子になれば、誰だって一度は言われます。逆に、そう言われるくらいの毒っ気は魅力の一つです。男でも女でもね」

気にするなと、本人にも言ってはいるんですが。

「それでいいと思う。いいと思うし、加藤さんは、とても上手に環菜さんをコントロールしてますよ。いったん全部受け止めて、優しく返すっていうかね。たとえば……って言って野球の喩えをすると、オヤジ臭く聞こえるから嫌なんですけど」

いえ、そんなことないです。

「そうですか？　じゃあ……つまり、そこそこ投げられるようになった、小学生の息子とキャッチボールをする、お父さん的な……両方男になっちゃって、どっち道、下手クソな喩えですけど。でもなんか、あんな感じがするんですよね。思いっきり投げてくるのを、暴投だろうとドストライクだろうと、きっちり受け止めて、『ナイスボール』って言って、山なりに投げ返す、あの感じ。本当は手が痛かったり、取るのに無理してジャンプして、足首捻挫《ねんざ》しちゃったりね。それでも、笑っていられるうちはいいですけど」

大木が、急に真顔になる。

「僕は、けっこう本気で心配してます。加藤さんのこと……ちょっとつらいな、って思ったら、遠慮なく、相談してください。こう見えても、顔だけは広いんで。お役に立てると思うんですよ」

そんな言われ方をしたのは初めてだったので、どう答えていいのか、私にはまるで分からなかった。

17

その夜は、なんとなく「一緒にいよう」ということになり、奈緒は初めて芭留の部屋に泊まることになった。

「お邪魔しまぁす……わっ、きれぇー」

実に芭留らしい部屋だと思った。

白と淡い緑のインテリアで統一されたリビングダイニング。奥にもまだ部屋がありそうだから、寝室はそっちにしているのだろう。だから、間取りはたぶん1ＬＤＫ。

フロアテーブルやサイドボードの上には小さな鉢植えがあり、フォトフレームや、傘がステンドグラスになったランプなんかも置いてはあるけれど、でも目につくのはそれくらい。不要なものは一切ない、実に潔いレイアウトの部屋だった。玄関ドアを開けた段階でこれだから。そもそも「散らかる」ということ自体が、このお宅にはないのだと思う。

「奈緒ちゃん、そのままシャワー浴びちゃいなよ。タオルとか着替えとかは適当に持っててあげるから」

「え、でも」

「いいからそうして……はい、はいはい」

有無を言わせない、とはこのことだろう。つまり、この清潔な部屋にいるのに相応しい状態に、奈緒自身もならなければならないというわけだ。

「じゃあ、すみません……お先に」

「シャンプーとかトリートメントとか、あるものは適当に使って」

「はい、ありがとうございます……」

もちろん浴室だって、清掃後のホテルの客室並みに綺麗だった。蛇口もシャワーノズルもピッカピカで、水撥ねの跡なんてどこにも見当たらない。芭留は毎日、ここを一人で磨き上げているのだろうか。だとしたら、若干怖いような気も、しないではない。

とはいえ、清潔なお風呂に入るのはやはり気持ちがいい。

用意されていた、ちょっといい匂いがするジャージとTシャツも、遠慮なくお借りする。

「すみません、お先にいただきました」

「はーい」

弄っていた携帯電話をテーブルに置いて、芭留が「じゃあ、私も浴びてきちゃうね」と浴室に行って、五分くらいした頃だろうか。

芭留の携帯電話が、テーブルでジージーと這い回り始めた。

ている。

見るつもりはなかったが、でも目に入ってしまった。ディスプレイには【中島琴音】と出ている。

「あらあら……」

慌ててすくい上げ、浴室に持っていく。

「芭留さん、芭留さーん」

最初はシャワー中で聞こえなかったようだが、

「……ん？　はい？」

まもなく水音は止まったが、同時に電話も留守電モードになってしまった。

「あの、琴音さんからお電話だったんですけど、今、留守電になっちゃいました」

「あー、じゃあゴメン、急ぎだったらなんだから、奈緒ちゃんかけてあげてくれる？」

「はい、分かりました」

リビングに戻り、自分の携帯電話でかけると、琴音はすぐに出た。

『はい、もしもし』

「遅くにすみません、奈緒です。いま私、芭留さんのとこにいて」

『私も、ちょうど今かけたんだけど』

「ええ、芭留さん今お風呂なんで、代わりに私が」

『あ、そうなんだ……うん。いや、あのね』

また『長くなるけど』と断わったわりに、琴音は実に簡潔に要点を話してくれた。

ドミナンに「片山希莉について話したい」と連絡を入れ、その後事故に遭った女性は希莉の部屋の同居人だった。彼女は希莉の部屋に入り、希莉がパソコンで何を調べていたのかを調べ直してほしい、と言っているらしい。

「でも、部屋には……」

『そこよ。私、その子から合鍵預かっちゃってさ』

「あー、じゃあ郵便か何かでこっちに」

『でもそうしたら、また二日か三日かかっちゃうじゃない。その間に希莉ちゃんに何かあったらって考えると』

「確かに。だってもう、四日……」

『だから私、明日、鍵持ってそっちに行くよ』

思わず「えっ」と言ってしまった。

「だって琴音さん、お店とか、奏ちゃんとか」

『お店はしょうがない、臨時休業にする。奏は旦那がどうにかするって言ってくれた。今、叶音もこっちに帰ってきてるし、いざとなったら隣にお祖父ちゃんお祖母ちゃんもいるし、なんとかなると思う。それよりも、今は希莉ちゃんだよ。あの子、良くも悪くも思いっきりのいいところあるからさ。無茶しないでくれてるといいんだけど』

それはほんと、そう思います。

所長には朝一番で連絡を入れ、

『……まあ、致し方ないでしょう。くれぐれも、無茶はしないように』

朝九時、東京駅まで琴音を迎えに行った。

待ち合わせは丸の内北口改札前。あまりに大勢の人が吐き出されてくるので、奈緒はちゃんと琴音を見つけられるか不安だったが、グレーのパンツスーツを着た琴音が歩いてくるのは、意外とすぐに分かった。

芭留が呟く。

「……私、スーツの琴音なんて初めて見た」

「私もです」

だから逆に、すぐ分かったのかもしれない。琴音は細いけど均整がとれているので、なんでも綺麗に着こなしてしまう。女性として、非常に憧れる。

人がバラける辺りまで芭留と進む。

「琴音、お疲れ」

「ごめんね、わざわざ来てもらっちゃって」

二人が軽く両手を握り合う。

隣で奈緒が会釈すると、琴音が肩の辺りに軽く触れてくる。

「奈緒ちゃん、なんか、早くも東京の人っぽくなってない？」

今朝、自分の部屋に戻っている時間はなかったので、いったん水道橋の事務所に寄って着替えてきた。常に、張込み用にふたセットくらい置いてあるので、こういうときには便利だ。

昨日と同じネイビーのスーツに、たまたま新品のままロッカーに入れていた白いカットソー、というコーディネート。

「全然そんな、普段着ですよぉ、イヤだなぁ……それより琴音さん、迷いませんでした？」

琴音がふざけたように口を捩《ね》じ曲げる。

「私だって一年、東京に住んでたんだからね。東京駅で迷ったりしませんよ」

「そうでした。これは失礼いたしました」

「浪人中退なんで、なんの自慢にもなんないけど……」

そう言って、琴音が脇に抱えた黒いレザートートに手をやる。

「で……さ」

芭留が「ん？」と小首を傾げる。

琴音が、チクリと眉間に力を入れる。

「ここでね、合鍵を渡して私は帰る、ってことも、できなくはないんだけど。でも一応さ……ミッキーから鍵預かってきたのは、私なんだし」

希莉の同居人は「天野美樹」という芸名のファッションモデルなのだという。

「希莉ちゃんの部屋で、こんなふうに調べて、こうなりました、っていうのは、ちゃんと言えるようにしておきたいっていうか、見届けたいっていうか」

芭留が、半笑いを浮かべて頷く。

「琴音らしい……分かった、じゃあ一緒に行こう。でもドア開けた途端、いきなり変質者が跳びかかってきても、私は助けらんないかもよ」

「えー、そこは芭留が守ってよ。格闘家、八辻孝蔵《こうぞう》の娘でしょ」

妹の圭ほどではないにせよ、芭留も柔術はかなりできると聞いている。女性で、しかも警察での勤務経験がないにも拘わらず和田徹事務所に採用されたのは、その辺も大きかったらしい。

芭留はまだニヤニヤしている。

「私は琴音みたいに、とっさに誰かの身代わりにまでなる自信は、ないからなぁ……背中、バッサリやられたら怖いし」

目をまん丸く見開き、芭留を指差した琴音がこっちを向く。

「ねえ、聞いた？　この人、ときどきこういうこと言うの。ヒドいと思わない？」

思います。けっこう遠慮ないですよね。

阿佐ケ谷の希莉のアパートまでは四十分で来られた。

むろん、琴音がここを見るのは初めてだ。

「わりと、お洒落なのね」

「芭留さんのとこは、もっとお洒落ですよ」

「奈緒ちゃん、余計なこと言わないの」

三人で、手摺りが鋳物になっている例の階段を上り、二〇一号室の前に立つ。

芭留が手で促す。

「琴音先生、よろしくお願いします」

「なにそれ」

琴音がバッグから鍵を出し、ドアノブの上にある鍵穴に挿す。

解錠自体は、特に問題なかった。

「はい……じゃあ八辻先生、お願いします」

「ふざけないで」

「どっちがよ」

立ち位置を入れ替わり、芭留がドアノブを握り、捻る。

慎重に、引き開ける――と、異様な臭気が漏れてきた。

芭留が顔をしかめる。

「……なに、このニオい」

あえて言葉にするなら、生臭さ、埃臭さ、あと若干のタバコ臭さ。

琴音が頷く。

「あの、ミッキーって、ちょっと天然っぽい子だからさ。ひょっとしたら、ゴミとかちゃんと片づけないで、ウチを訪ねてきて、で事故に遭って入院だから……ちょっと、ヤバい感じになっちゃってる可能性は、あるかも」

案の定、中はそんな感じだった。

十月も下旬なので、生ゴミに蠅《はえ》がたかって蛆《うじ》が湧く、なんてことにはなっていなかったが、でもそこそこ、希莉の部屋は「ヤバい感じ」になりかけていた。そもそも芭留の部屋と違って、お世辞にも「片づいている」とは言えない状態だ。

間取りは2Kになるだろうか。入ってすぐのところがキッチン、その奥にユニットバス、右手に洋室がふた間、という構造。ふた間は引き戸で仕切られているだけなので、開けてしまえば大きなひと部屋として使うことができる。実際、奈緒たちが入ったとき、二つの部屋は完全に繋がっていた。

そのあちこちに、脱いだものが落ちていたり、開いたまま伏せた雑誌があったり、最後まで飲みきっていないコーラのボトルが立っていたりする。

芭留が自分の鼻を摘む。

「奈緒ちゃん、窓開けて、窓」

「はい」

その後はしばらくお掃除タイム。でも、潔癖症の芭留と主婦の琴音という「片づけ上手」が二人もいるので、奈緒は言われたところを雑巾で拭くくらいしかやることがない。

だったら。

「あのぉ、私、先に希莉のパソコン、下調べしておきましょうか」

セミロングの髪を、後ろで一つに括った芭留がこっちを振り返る。

「うん、お願い」

琴音も「よろしく」と合わせる。

そういうことであれば、遠慮なく。

希莉は玄関に近い方を仕事部屋にしていたようで、小さめのフロアデスクと座椅子が壁に向けて置いてあり、そこにノートパソコンと本が何冊か載っていた。パッと見、プリンター等の周辺機器はない。そういえば、希莉は高校時代もプリンターが壊れてるから印刷できないとか、そんなことを言っていた記憶がある。

とりあえず、画面を立てて電源を入れる。

パスワードは設定されていない。そのまま使えそうだった。

「……じゃ、失礼しまーす」

奈緒は、よほどの必要性がなければ写真など他のフォルダーは開かないつもりだ。琴音の話では、希莉は真瀬環菜絡みのSNSを中心に調べていたという。まずはその履歴から当たっていこうと思う。

なんでも希莉は、自身の小説を真瀬環菜名義で発表することを承諾させられ、さらに連載が始まると、そのストーリー通りに猫が殺される事件が続けざまに発生し、相当落ち込んでいたという。奇《く》しくもそれは、張込み中に芭留が「気になる」と言っていた、あの埼玉の事件のことだった。

「うーわ……待ってちょっと……こんなに」

インターネットサイトは閲覧者が思いつくまま、あちこちを自由自在に飛び回ることができる。それは間違いなく素晴らしい特徴であり、最新テクノロジーの多大なる恩恵に他ならないのだが、あとでその意図を閲覧履歴から察しようとすると、なかなか骨が折れる。

「これはなに、どういう……」

どういう絞り込み方をしたのかは分からないが、最終的に希莉は【ひろせ】【ZOOMI】【まりものま】という三人に狙いを定め、SNSを読み込んでいたようだ。

これは、同じように奈緒も読んでいくしかなさそうだ。

「……奈緒ちゃん、どう?」

掃除を終えた芭留に声をかけられたが、とりあえず「大丈夫です」と答えておいた。何が大丈夫なのか、自分でもよく分からないが。

最初に読み始めた【ひろせ】は女性のようだ。かなり熱心な真瀬環菜ファンのようで、環菜がSNSで紹介した店には漏れなく足を運んでいる。

【西麻布のフレール、めっちゃいいお店。環菜様の残り香すら感じるわ。】

カフェ、フレンチレストラン、美容室、ネイルサロン、ペットショップ、釣具店、書店。とにかく環菜のあとを追い、環菜の存在を身近に感じることに日々血道を上げている。こんなことを毎日のようにしていて、生活費は一体どうしているのだろう。ちゃんと働いているのだろうか。実は結婚していて、旦那様はけっこうな稼ぎがある上に寛容な方で、奥さんが「環菜様の聖地巡礼」に時間とお金を注ぎ込むことを全面的に許してくれているのであれば、なんの問題もないだろうが。

次の【ZOOMI】は、やや判断が難しい。男性のようにも、女性のようにも読める。環菜の聖地巡礼をしているのは【ひろせ】と同じ。でもネイルサロンは外観をチェックしただけ。セレクトショップでも、環菜と同じ商品を買うまではしていない。むしろファンクラブ会員限定の、サイン入り写真集が当たったことを大喜びしている様は――。

「……ん?」

この表紙になっている、服を着たまま夜のプールに浸かっている環菜の写真、どこかで見たことがある。

「えー、どこだっけ……どこでしたっけ」

琴音がコーヒーを出してくれた。

「ここ置くね」

「すみません……あー、いい香り」

「朝一で淹れてきたんだけど、さすがに香りが飛んじゃってるね」

「そんなことないです。これはやっぱり、ドミナンの香りです……あっ」

分かった。【ひろせ】のSNSだ。

でもちょっと、琴音をビクッとさせてしまった。

「なに？」

「いえ、一つ、思い出したことが……」

案の定、読み返してみると【ひろせ】もファンクラブ会員限定サイン入り写真集を獲得しており、通常版のと並べて撮った写真をSNSにアップしていた。ということは、【まりものま】も同じ写真集を持っているのだろうか。

そのようだった。【まりものま】も【家宝にする！】と、写真集の周りを生花で飾り、祭壇のようにして撮影した一枚をアップしていた。まあ、仏壇でなくてよかった。今、仏壇は洒落にならない。

芭留がモニターを覗きにくる。

「奈緒ちゃん、何か手伝うよ。大変でしょ、そんなにあるんじゃ」

琴音も頷く。

「うん、言って言って」

「えっと、じゃあ……ここら辺のアカウントで、この、サイン入り写真集について……」

芭留と琴音には、他にも希莉が重点的に読んでいたであろうSNSを、二十人分ほどチェックしてもらった。だが、その人たちは違ったようだ。ほとんどの人はサイン本について言及しておらず、はっきりと【サイン入り写真集ゲットならず！　無念！】と書いていたのは、たったの一人だったという。

仮に希莉が、この「サイン入り写真集の当選者」という三人の共通点に着目していたのだとしたら、どうなるだろう。これ以上、どうやって絞り込んだだろう。

それとは別に、SNSを読んでいて気になったことがある。

希莉が真瀬環菜に譲渡する破目になった『エスケープ・ビヨンド』とは、一体どういう小説なのだろう。

それを調べること自体は難しくない。このPCの中核ともいうべき【ドキュメント】フォルダーを開き、タイトルを検索すればたぶん出てくる。だがそれよりも、むしろ友人のPC内を無断で「家宅捜索」するという、罪悪感。そのことの方が奈緒には応える。【ドキュメント】内の【作品】と題されたフォルダー。その中から、生原稿に近い状態の【エスケープ・ビヨンド】を探し出す。もう、気分は完全にハッカーか泥棒だ。

だが、それでも読んでみる価値はあった。

「あ、これかぁ……」

確か、当時はタイトルが違ったと思う。でもこれは、高校時代に希莉が書いていて、途中まで奈緒に読ませてくれた、あの作品に違いなかった。

一人暮らしをしている叔母の家を訪ねた双子の少女は、ある朝、郵便受に押し込まれていた首のない猫の死骸を発見する。翌日は、レジ袋に入れられて腐乱した死骸。やがて双子は切り刻まれた叔母の死体も発見し、泣きながら裏山の森に逃げ込む——。

なるほど、そういうことか。

ようやく奈緒は、希莉が何を危惧していたのかを理解した。つまり希莉は、埼玉猫殺しの犯人が、いつか人殺しまでするのではないかと、そのことを案じたわけだ。

それを阻止するために、希莉は——。

また一つ思い出した。

「琴音さん」

「はい」

真後ろに座っていた琴音が、膝歩きで寄ってくる。

「なに?」

「希莉は、犯人は絶対に埼玉在住だ、って言ったんですよね」

「って、ミッキーは言ってたけどね」

「分かりました」

「何か手伝うこと、ない？」

「今……は、いいです。ありがとうございます」

だとすれば、刑事事件の捜査手法に当てはめていけば、必ず希莉と同じ答えに行き着くはずだ。

ネットで調べたところ、最初に猫殺しがあったのは桶川市、管轄は上尾警察署。次は川島町で、管轄は東松山警察署。桶川市と川島町は隣接している。これが仮に殺人事件だったとしたら、県警本部から捜査一課の強行犯係が派遣されてきて、上尾署と東松山署との共同捜査本部が編成され、二つの事件現場を中心に「地取り」と呼ばれる聞き込み捜査を行うことになる。

同じような聞き込みを奈緒がすることはできないので、ここはネット情報に頼るしかない。少なくとも希莉は、ネット情報だけで犯人の居住地を「埼玉」と特定したのだ。奈緒にだって、同じことができないはずがない。

そこからはもう、時間と根気の勝負だった。

奈緒が、こんなに何時間も集中してモニター画面を見続けたことなど、これまでにあっただろうか。

芭留が心配そうに覗き込んでくる。

「奈緒ちゃん、目ぇ真っ赤になってるよ」

「いえ……大丈夫です」

「目薬は？」

「今、ちょうど切らしちゃってて」

「じゃ、買ってきてあげる。奈緒ちゃん、コンタクトでしょ？　気に入ってるのとかってある？」

「ああ、じゃあ、すみません……」

いつも使ってるやつを、芭留に買ってきてもらうことにした。

琴音も「私も何かするよ」と言ってくれる。

「じゃあ……琴音さん、このマークがなんだか、調べられますか」

「えーと、どうしたらいいんだろ」

「ここから、琴音さんのケータイに画像送りますんで」

「オッケー。それならできる」

そうしたら、自分はこっちの調べを進めよう。

かなり前の書き込みまでさかのぼって読んだのだが、どうも【ひろせ】と【まりものま】

は東京在住のような気がしてならない。環菜の投稿に反応して現地にたどり着くまでの時間や、それ以外でも、生活感みたいなものが「東京臭い」のだ。

だが【ZOOMI】だけは、ちょっと違う。正直、生活感が「田舎臭い」。しかもこの人だけは、読めば読むほど男性のように思えてくる。環菜のことが好きなのは他の二人と同様だが、でもその眼差しが「憧れ」とか「尊敬」というより、「監視」もしくは「束縛」に近い気がするのだ。

あと、この人だけは自ら車を運転する。ときどき車内から風景を撮影したりもしている。自動車そのものが好きなのだろう。前や後ろから撮った写真を、一々ナンバープレートにボカしを入れてSNSにアップしている。気持ちは分かる。見るからに高そうな左ハンドルのスポーツカーだから、それは自慢したくもなるだろう。でも色が黒なので、奈緒には——さすがに「巨大なゴキブリ」とまでは言わないが、でもそんな感じに見えてしまう。

しかし、奈緒が気になったのはそのスポーツカーよりも、むしろ背景だ。

「なんだ、これ……」

右手にガレージが写っていて、中央にその車、左手には道路が写り込んでいる。道路を渡ったところにはフェンス、その向こう側は広く開けており、何かの樹が規則正しく植わっている。

「琴音さん、これってなんですかね」

「なんだろ……果樹園かな」

やはり、果樹園に見えるか。

また他の写真には、遠くの空に「くすり」と書かれた、青い巨大看板が写り込んでいる。

「芭留さん、この看板って、何ドラッグでしたっけ」

「それ、は……あれだよ、『まつだ薬局』だよ」

主に関東でチェーン展開しているドラッグストア「まつだ薬局」は、埼玉県内に三十二店舗を展開――というのは芭留が調べてくれた。

ふいに琴音が声をかけてきた。

「奈緒ちゃん、これって『ランボルギーニ』のエンブレムみたいよ」

「……え、なに、ギーニですか？」

「ランボル、ギーニ。世界的に有名なスポーツカーだけど、知らない？」

「知らないですね。私がいた署の管内には、そんな車持ってる人いなかったんで」

「そういう問題かなぁ」

まあいい。【ZOOMI】が乗っている車は、そのランボルギーニというわけだ。

それはそれとして、埼玉県内にある「まつだ薬局」の店舗の外観を一つひとつ、ネット地図に紐付けられた現地写真で確認していく。これもまた、骨の折れる作業になるものと思われた。

とはいえ、何も事件現場から遠い店舗を当たる必要はない。桶川市内と川島町内の店舗を最初に当たり、これという店がなければ、そこから範囲を広げていけばいい。

するとあった。

桶川市の真北、川島町の北東に位置する、埼玉県北本市。ここにある「まつだ薬局」は二軒。そのうちの一軒が、どうもそれっぽい。

大きな二階建ての店舗建物、その屋根から飛び出た、青く四角い看板。この店舗がそうだとすると、その「くすり」の文字の向いている方、地図上でいうと南南東に、さっきの果樹園があるはずなのだが。

「……あった、タカギ果樹園」

であるならば、果樹園の西側の道を渡ったところに、そこそこ大きなガレージのあるお宅がある、ことになる。

ネット地図から航空写真、紐付けられた現地写真と、徐々にその焦点を絞っていく。

すると、ドンピシャだった。

「……琴音さん、芭留さん、分かりました」

二人が「えっ」と寄ってくる。

「これです、ここ。たぶん、希莉はこの家に向かったんだと思います」

ほら、ここに「巨大なゴキブリ」も、ちゃんと写ってます。

18

ドミナン事件を、ある種の成功体験と思うのは間違いだったのかもしれない。

あの事件の犯人に様々な質問をぶつけて真相を聞き出したのは、間違いなく希莉だった。

だがその一方で、琴音が背中を切りつけられるという実被害も発生した。最終的に犯人を捕り押さえたのは盲目の格闘家、八辻圭だった。

次に何かあったら、自分一人でもなんとかできる。そういう思い込みや慢心はなかっただろうか。「英雄願望」なんて自分の中には微塵もなかったと、果たして言いきれるだろうか。

希莉は埼玉県北本市在住の、日枝雅史を訪ねた。

彼が猫殺しの犯人であると、そう確信するに足る根拠はなかった。熱狂的な真瀬環菜ファンで、いち早く『エスケープ・ビヨンド』と埼玉猫殺しを関連付けてSNSで発信し、たまたま限定サイン入り写真集を獲得していたため、日枝の住所は特定することができた。その住所がなんと、二つの猫殺し現場の近くだった。

もし彼の身辺を探り、彼は猫殺しの犯人ではないとの確証が得られたら——何を以《もっ》てして

「犯人ではない」と断定するのか、その辺の基準も曖昧ではあったが、でももし違うと分かったら、大人しく引き下がるつもりだった。その後は他の写真集当選者を当たるとか、別の切り口で犯人を捜すつもりだった。

しかしそれは、あくまでも希莉が思い描いたプランであり、日枝には日枝の考えや、事情があって然るべきだった。

「あ、片山希莉だ」

突如、背後に現われた銜えタバコの男にそう言われ、希莉はどう返答すべきだったのだろう。

「ああ、はい……」

男はタバコを足元に落とし、薄汚れた白いクロックスの左足で踏み消した。アスファルトが、やけに砂っぽかった。

身長は百八十センチくらいありそうだ。眠そうな目で、ずっと希莉を見下ろしている。

「マジで。片山希莉が、なに」

男は驚いている。それは分かる。でも初対面なので、それが彼にとってどれくらいの驚きなのか、どういう種類の意外性なのかが、希莉には分からない。

それとは別に、こっちだけ名前を知られているというのは、決してフェアな状況ではない。

「失礼ですが、日枝雅史さん、ですか」

「なに。なんで俺の名前知ってんの」

やっぱり、こいつが日枝雅史なのか。

「いや、あの……いつも、真瀬がお世話になっております」

「別に、俺は環菜たんのお世話は、してないけど……逆に俺は、日々環菜たんのお世話になってるけど」

半歩、日枝がこっちに踏み出してくる。

「だからさ、なんで片山希莉が、俺んとこに来るの」

「それは、その……ファンクラブの、会員の方で」

「それでお世話になってるとか言うんだったら、お前じゃなくて環菜たんが来てよ。意味ねーじゃん、片山希莉じゃ」

この男は、なぜ希莉を常にフルネームで呼ぶのだろう。

「そう、なんですが、これには事情がありまして」

「あそう。こんなとこじゃなんだから、入れよ。中で聞くよ」

「いえ、ここでけっこ……」

「入れって。俺ちょっと、ションベンしてーし」

「でしたら、後日改めて……」

「いいから入れって。中、覗いてたろうがよ」

「それは、その、呼び鈴はどこかな、と」

「呼び鈴は中だよ。玄関のところだよ。いいから来いって」

肘を掴まれた瞬間に悲鳴をあげて、助けを求めればよかったのだろうか。見た感じ、声の届く範囲に人影はなかった。車も通りかからなかった。だとしても、大声は出すべきだったと、今なら思える。騒がれたというだけで、日枝は態度を変えたかもしれないではないか。希莉を強引に敷地内に引きずり込み、正面の重そうな瓦屋根の家ではなく、右手の今風の家に連れ込むなど、しなかったかもしれないではないか。

日枝は曇りガラスの引き戸を開け、希莉を玄関内に押し込んだ。いや、ほぼ突き飛ばされたような恰好だった。

「イッタ……」

お陰でよろけて、上がり框《かまち》の角に膝をぶつけてしまった。

背後に、この玄関と外界を隔絶する、情け容赦のない音が響いた。

ガシャン。

さらに、鍵も閉められた。

「ほら、上がれよ」

えらく高いところから声が降ってくる。

「いや……」

「靴脱いで」

「いえ」

「上がれって、遠慮しないで」

「でも、あなたとは、友達でも、なんでもないんで」

「分かってるよそんなことは。お前、片山希莉だろ？　だから上がれって言ってんだよ」

「なんでですか。私が片山希莉だと、なんで上がらなきゃならないんですか」

「うるせえなバカッ」

ガツン、とグーで頭を殴られた。

浜山田のゲンコツより、断然痛かった。


小突かれながら、突き飛ばされながら、希莉はリビングのような部屋に連れ込まれた。壁際に大画面のテレビ、中央にはテーブルとソファがある。まず、そのテーブルとソファがそうなのだが、それ以外の調度品も、なんというか、全体的に古臭い。年寄り臭いと言ってもいい。二十代の男性の趣味というよりは、お祖父《じい》ちゃんからもらった家具をそのまま使っている、そんなイメージだ。

「何しに来たんだよ、お前」

それを、何度も訊かれた。いろんな言い回しで訊かれた。最初はなんとか誤魔化そうと、希莉もそれっぽい理由をいくつか考えた。でも「それっぽい理由」なんて、そういくつもありはしない。百歩譲って希莉が事務所のスタッフだったら、真瀬環菜ファンクラブの会員のところを訪ねてくることも——普通はないけど、絶対と言っていいくらいあり得ないけども、でも屁理屈レベルでよければ、捻り出せたと思う。しかし、希莉はスタッフではない。しかも日枝は、希莉の名前も顔も把握していた。事務所スタッフを装うという手は、最初から使えなかった。

「何しに来たんだって訊いてんだえッ」

日枝渾身の回し蹴りが、希莉の座らされているソファの背もたれを直撃した。けっこうな衝撃だった。おしっこチビるかと思った。

だがそれは、日枝も同じようだった。

「……ちっと、ションベンしてくっからよ。オメェ、逃げたり、余計なことしたりすんじゃねえぞ」

逃げたりしないし、他に何もしたりしませんよ、と言ったら、日枝はそのままトイレに行ってくれたのだろうか。いや、そんなことはあるまい。

日枝は希莉の両手首、両足首をガムテープでぐるぐる巻きにし、もう一枚千切って、口に貼りつけてから希莉に背を向けた。

ここまでするって、どういうことだ。よほど希莉に、というか真瀬環菜の関係者に訪ねてきてもらっては困る事情が、彼にはある。そういうことなのか。

本当にトイレだったらしく、

「……おら、こっち向けよ」

二分くらいして戻ってきた日枝は、まだ半分濡れた手で、希莉の口に貼ったガムテープを引き剥がした。

「ンぶッ……」

鼻下の無駄毛もいっぺんに抜けるくらい、一気にやられた。

日枝は、庭に面した窓にカーテンを引いてから、希莉の正面に腰を下ろした。

「だからよ……なんで俺のところに来たんだって。理由を言え、理由を」

またしばらく尋問が続いたが、でも、それだけと言えばそれだけだった。

これは、不幸中の幸いと言っていいだろう。日枝は決して、希莉を直接傷つけるようなことはしなかった。後ろから押したり、グーで脳天をゴツン、くらいはしたけれど、でも刃物を使うとか、無理やり服を脱がすとか、そういうことは一切しなかった。

理由は二つ考えられる。

一つは、刑事罰を受けるようなことはしたくないと日枝は考えている、という可能性だ。いま希莉が置かれている状況が「監禁」に該当するならば、それだけですでに刑事罰の対象だとは思うが、でもまだ何かしらの言い訳が利きそうではある。でも刃物で切りつけたり、性的な暴行を加えてしまったら、さすがに言い逃れの余地はない。だからそこまではしない。そう、日枝は考えているのかもしれない。

もう一つは、希莉が、全く日枝の好みではないという可能性だ。日枝は、真瀬環菜のようにスラッと背の高い正統派の美人が好きなのであって、希莉のような——自分でそうと認めるのは甚だ不本意ではあるが、つまり、わりと小柄で、言ったら「個性派」の女性は、正直あまり心が動かないというか——まあ、そういうこと、なのかもしれない。

とにかく、日枝が希莉に乱暴を働くつもりがないというのは、好条件と捉えていいと思う。実際、希莉が「トイレに行きたい」と訴えると、また「余計なことすんなよ」とは言うものの、ちゃんと手足のガムテープは剝がしてくれた。「聞こえたら恥ずかしいから離れてて」と言えば、ちゃんとトイレのドアから離れて待っていてくれた。もちろん、用が済んだらまたガムテープは巻かれたが。

これくらい時間が経てば、あるいは状況が吞み込めてくれれば、希莉にもいろいろと考えが浮かんでくる。

日枝とは、どういうスタンスで向き合うべきか。

事件について喋らせるには、何を糸口にすべきか。

彼のことは、なんと呼ぶべきか。

「あの、日枝さん」

西日の当たるカーテンを睨みながら、ひたすらタバコを吸い続けていた日枝が、さも面倒臭そうに「あ?」とこっちを向く。

「……なんだよ」

「日枝さんは、この近くで、猫が殺される事件が起こっているのを、ご存じですか」

分かりやすく、眉をひそめる。

「それがどうした」

「ご存じですか」

「ご存じですよ。地元の事件だからな」

充分、想定内の回答だった。

「ここからは、ちょっと離れてますけどね」

「桶川、だったっけな」

「ええ。最初の事件は桶川市、次は川島町。最初の事件は上尾署の管轄区域で、二番目の事件は東松山署の管轄です。ちなみにここは鴻巣《こうのす》警察署の管内ですね」

個人的には「鴻巣か」とも思うが、今あのインチキプロデューサーのことを考えるのはよそう。

口を半開きにした日枝が、小首を傾げる。

「……だから？」

「けっこう、遠いですよね」

「ちけーよ、桶川も川島町も」

「猫殺しのニュースが耳に入るくらい、近いですかね」

「殺してねーし」

嘘でしょ、と思った。

日枝が、そんなに簡単に白状するなんて、希莉は思っていなかった。大きく想定外だった。

彼自身も、しまったと思ったのではないか。

「……猫は、もともと死んでたのかもしんねーだろうが」

確かに。報道されていたのは「猫の死骸が見つかった」ということだけで、その猫が「殺された」とはどこにも書いてなかった。

しかし、だ。

「いや、そんなに都合のいいことなんて、ありますかね。猫の死骸が民家のポストに押し込まれてたんですよ。猫って、死ぬ間際になると姿を隠すって言いますよね。死んでる猫を見つけるって、けっこうな偶然がないとあり得ないんじゃないですかね。しかも、それを二回連続でですよ」

「ペットのブリーダーだよ」

これまた、全く想定外の単語だった。

「……ブリーダー？」

「ペットのブリーダーの中には、売れなかった犬猫を、殺処分する奴らがいるんだよ。その大量の死骸の中から、いい頃合いのやつを盗んできて、そこらの家のポストに突っ込んどけば、辻褄《つじつま》は合うだろうが」

日枝は、いま自分が何を言ったのか、分かっているのだろうか。

「……辻褄って、なんですか」

「あ？」

「悪徳ブリーダーから猫の死骸を盗んできて、民家のポストに遺棄することで、なんの辻褄が合うっていうんですか」

いつのまにか、立場が逆転したようになっていた。

希莉が訊いても、日枝は答えず、黙り込む。

そんな時間が、しばらく続いた。

まさか、そんなに何日も留め置かれることになろうとは、希莉は思っていなかった。いや、それは日枝自身も同じか。希莉をどれくらい監禁して、その後どうしようかなんて、何も考えていなかったに違いない。そのことを一番よく理解しているのは、他でもない希莉だったと思う。全く皮肉としか言いようがないが、これは日枝と希莉、双方にとって想定外の事態だったのだ。

　日枝は、希莉をある程度丁寧に扱ってくれた。食事もさせてくれたし、ソファでだが、睡眠もとらせてくれた。枕と毛布も貸してくれた。風呂だけはどうしても許可が出なかったが、それには別の理由があるようだった。

「……覗いたとか、思われたくねーし」

　思わないから浴びさせて、と言っても駄目だった。意外と生真面目な性格なのかも、と思ったりもした。

　だから、日枝が風呂に入っているときが最大のチャンスだった。

　手足の拘束を解いて逃げられればベストだったが、それが叶わないなら、せめて外部の誰かと連絡をとりたかった。

　希莉の携帯電話のある場所は分かっていた。隣の和室の床の間に飾られている、大きな壺の中。そこまで静かに両脚ジャンプをしていって、転ばないように姿勢を保ったまま、壺の中に両手を入れる。これがなかなか、体勢的に難しい。前につんのめりそうになる。それでもなんとか、携帯電話の電源を入れてミッキーにメッセージを送り、また電源を切って壺に戻した。あとはもう、ミッキーがどうにかしてくれるのを待つだけだった。

　だが、その「どうにか」が一向にやって来ない。

そして、それが何日目の何時頃に始まったのかは、希莉もよく覚えていない。ただ、昼過ぎだったのは間違いない。

日枝の、長い長い告白――。

聞いているうちに、強烈な西日がカーテンに当たり始めた。

それだけは、よく覚えている。

「……可愛かったんだよ、本当に。子供の頃から、彼女は」

日枝雅史の歳は真瀬環菜の二つ上。本人も「嘘みたいだろ」と言っていたが、遅くとも小学校三年から、日枝は「環菜ひと筋」だったのだという。

まあ、普通に気持ち悪い話ではある。

「最初は、同級生の妹って目で見てたけど、でもほんと、あの子の周りだけ、空気の色が違って見えたもんな。一応、俺も幼馴染みなわけだから、学校の廊下とかで、目が合ったら、ニコッとしてくれるし……学年違うから、クラスに好きな男子とかいるのかなって、気になって覗きにいったりさ……よくしてた」

ある意味、大ベテランのストーカーというわけだ。

この、小学校時代の思い出話だけで、二時間半くらい費やしたのではないか。

そして日枝が中学三年になったとき、環菜も同じ中学に入学してくる。

「あの頃、ズミはバスケやっててね。あんまり上手くはなかったけど、でもそんなの、全然関係なかった。もう映画よ、完全に。青春映画のワンシーンよ。彼女がゴール決めると、グワァアーッてね、体育館が揺れるくらい盛り上がったよね。可愛かったな……綺麗だったな、ズミ」

それ、ちょいちょい気になってた。

「その、ズミ、ってなんですか」

「ああ、彼女のニックネームだよ。本名が『カズミ』だからさ、その下だけとって『ズミ』ってね、呼ばれてたの。それも中学くらいからだったよね、確か」

そうか。だからこいつ、SNSで【ZOOMI】ってハンドルネームにしてたのか。

なぜだろう。日枝は話の途中で、急に「風呂入れば」と言い出した。希莉もいい加減、体のあちこちが痒《かゆ》くなってきていたので、そこは遠慮せずに甘えさせてもらった。

覗かれるのも嫌だけど、脱いだものを持っていかれるのも嫌だったので、全部持って浴室に入って。ササッと汗を流して、本当は嫌だけどまた同じ服を着て、元の部屋に戻った。

風呂を浴びたら何か状況が変わるのかも、と期待していたのだが、何も変わらなかった。日枝はきっちり、希莉の手足にガムテープを巻き直し、さっきの続きから話し始めた。

「……モデルとかやり始めたのは、高校くらいからかな。でも、学業との両立も、段々難しくなっていったんだろうね。高三の途中で、東京の高校に転校することになってね。いよいよ、勝負に出るんだなって、思ったよね」

思った「よね」の辺りが、非常に共感しづらい。

「なるほど……」

「そのあと、だろうな。カズミから、どんどん『真瀬環菜』になっていったのは。あんなに可愛かったのに、あんなに綺麗だったのに、あれでまだまだ、芋虫だったんだね。急に脱皮してさ、ワサッて、七色の羽を広げるようにしてさ」

蛹《さなぎ》になるプロセスはどうした、というのは言わずにおく。

「感動するよね。あんなに綺麗な目ぇした人、いる？　あんなに完璧な曲線、輪郭、つるっとしたおでこ、ほっぺた、ある？　首なんて、こんなに細くてさ。鎖骨とかさ、なんていうの……悲しくなるくらい、綺麗じゃない。それでいてさ、胸の谷間なんて、芸術的じゃない。柔らかそうで……腕もさ、脚もさ、すぅーって真っ直ぐで。肘にも膝にも、皺なんて一本もないんじゃない？　ねえ、ないんじゃないの？　なかったでしょ、マジで」

皺がなかったら、皮膚が突っ張っちゃって曲がんないけどね。肘も膝も。

「ほんと、環菜って天才だからさ」

出演したドラマ、映画、表紙を飾ったファッション誌、爆笑をかっさらったトーク番組でのやり取りに至るまで、よくまあそれだけ見てたなと、もうこっちも感心するしかなかった。バラエティ番組のゲームで蹴ったボールが外れて、セットの電球が一個割れたのが何年何月何日の何曜日かまで、よく覚えているなと。もう希莉は感心し過ぎて、一周も二周も回って、やっぱりこの人気持ち悪いな、という結論に落ち着くしかなかった。

しかも、話の一つひとつが長い。

「SNSもさ、自然体で、飾らない感じがいいよね。俺なんかはさ、むしろ環菜っていうよりは、カズミを感じられて嬉しいっていうか……ひょっとして、俺に語りかけてるのか、くらいに思うわけよ。あの頃を知ってるわけだから。まだちっちゃなね、こんな赤ちゃんみたいだった頃から、少しずつ、女になっていくカズミを、俺は見つめ続けてきたわけだから」

なんだろう。日枝の目が、急にパッチリと大きくなったように、希莉には見えた。

「……だから、分かるわけ、俺には。カズミが恋をしてることも。誰かを好きになったなって、分かっちゃうわけ」

徐々に、希莉に聞かせるために話しているのかどうか、怪しくなってくる。

「分かるんだよ、俺にはカズミのことが全部。なんだよ、俺じゃない誰を好きになるっていうんだよ。え？　ちょっと待ってよ、そこは俺でしょ。こんなにちっちゃな頃から君だけを見つめてきた俺以外に、君を愛せる男なんていないんだってば。ねえ、そうじゃない？　ねえ、俺は君が発信するものは全て受信してきたよ。全てを受け入れてきたんだよ。初めてのキスシーンだって、自分の唇を嚙み千切って我慢したじゃない。耐えてきたんじゃない、カズミ、君のために。君が書いた小説だって」

来た。

「もっと話題になるように、ハナヤマのところから盗んできた猫の死骸で、ニュースまで作ってあげたじゃない。俺、頑張ってたじゃない。なのに、なのに……どうして」

ハナヤマというのは、どうやら日枝の地元の先輩らしい。一時期は日枝も、その男のペットビジネスを手伝っていたという。だが、その商売があまりにあくどいので嫌気が差し、関係を断った。そして今回、環菜の小説に猫の死骸が出てきたことで、これは一石二鳥と、小説の模倣犯罪を思いついたのだという。

他にもまだ、日枝に訊きたいことはいくつもあった。

だがこの「章」も、いよいよ終わりに近づいているようだった。

もう夜だというのに、呼び鈴が鳴った。

これまでにも、宅配便やら出前やらで呼び鈴が鳴らされることはあった。でもこの時間に、というのは初めてだった。今は出前も頼んでいない。今日の夕飯は、買い置きのカップラーメンでもう済ませていた。

「……あんだ」

日枝は立ち上がり、いつものように、希莉の口にガムテープを貼りつけた。

「ちっと、待っててな」

そしてゾンビのように、さも怠《だる》そうな足取りで玄関に向かう。リビングのドアは開けたまま、まだ。

廊下の先、玄関の方に明かりが灯り、ガラリと、ガラス引き戸を開ける音がした。来たのは誰だったのだろう。宅配便か、あるいは近所の誰かか。隣にある大きな瓦屋根の家には、もう何ヶ月も顔を合わせていない両親が住んでいるという。ひょっとして、それか。だとしたら、いま大声を出したら、両親は気づいてくれるかもしれない。この状況を打開してくれるかもしれない。

だが、希莉がそれを実行に移すより前に、

「希莉イィイーッ」

よく知った声が玄関の方から聞こえた。

「おい、テメェ」

「どいてよ」

「あんだコラッ」

「よしなさい、あなた」

「なんだオメェは」

「テアッ」

ドタン、とか、バサッとか、怒声とか、いろんな音が入り交じって聞こえ、床が木でできた廊下に、明らかに土足で上がってくる足音が響いた。

希莉は立ち上がろうとし、でも足の痺れからバランスを崩し、そのままつんのめってテーブルに乗り上げてしまった。コップとか灰皿とか、載っかっていたものを辺りに蹴散らしてしまった。

その音が、聞こえたのだろう。

リビングの戸口に、ひょこんと誰かが顔を覗かせた。

見慣れないスーツを着てはいるが、でも、実によく知った顔だった。

よく知っているというか、親友だった。

「希莉ッ」

もお、奈緒、遅いよ。

19

奈緒が割り出した、埼玉県北本市の住所に電車で向かう途中、琴音の携帯電話に知らない番号から着信があった。かけ直さないでいたら、今度は同じ番号からメッセージが送られてきた。

【ミッキーです。今病院に交換の携帯が届いたら希莉さんのメッセージが届いてて、希莉さんは埼玉県北本市本宿※－▲▲、日枝雅史の家に監禁されているみたいです。】

そのまま見せると、奈緒は口を真一文字に結んで頷いた。

「……ドンピシャですね」

あとはもう、突撃あるのみだった。

北本駅からはタクシー。乗車時間はちょうど十分。

琴音が後部座席の奥に座っていたというのもあるが、

「払っとくから、早く行って」

着いたら解決能力のありそうな二人を先に降ろし、料金は琴音が払ったが、

「お釣りいいです、どうもッ」

琴音が追いついたときには、

「テアッ」

もう芭留が、背の高い男を投げ飛ばしているところだった。

そのままうつ伏せに押さえ込み、男の腕を捻り上げる。右膝で男の後頭部を踏みつけ、身動きを取れなくする。

奈緒は、もう家の中に入ったのか？

琴音は、何をしたらいいのだろう。

「えっ、なに……警察、呼ぶ？」

芭留がこっちを見上げる。

「まだ状況が分かんないから、それは待って」

そう言ってすぐ、組み伏せた男に目を戻す。

「……抵抗するようなら、この腕を折ります。大人しくしてれば、これ以上は痛くしません。分かりますか」

男は返事も、頷きもしない。

「分かりますか、って訊いてんですけどッ」

芭留が、クッと手に力を入れる。

男の下半身がビクリと跳ねる。

「イギッ……分かり、ました……」

また芭留がこっちを向く。

「中、行ってあげて。ここは私一人で充分だから」

「ほんと？　大丈夫？」

「いざとなったら折るだけだから。折るのは一瞬だから……いいから早く」

「うん」

言われた通り玄関に入り、上がったところの床を見ると、明らかに奈緒のものと分かる小さな靴跡がある。いいのか。自分も土足で上がって。

いい、ことにしよう。

上がって、左手に続く廊下を見ると、一つ開いているドアがあり、そこから明かりが漏れている。その光景を見て、琴音は芭留が「行ってあげて」と言った意味が初めて分かった気がした。

希莉を助けに行くためとはいえ、知らない家に上がり込むのは怖い。勇気がいる。間取りも家族構成も分からない以上、こっちは誰がどこから出てくるのか予測もできない。

奈緒ちゃん、どこ。喉元までそう出かかった。

だが幸い、小さく声が聞こえた。

「……大丈夫？」

「うん、なんとか無事」

声のしたドア口まで行き、中を覗くと、まさに希莉が、両手に巻かれたテープを奈緒に剝がしてもらっているところだった。

「希莉ちゃん」

希莉もこっちを向く。

「……あ、琴音さん」

立ち上がり、でもすぐによろける希莉。

琴音は思わず駆け寄り、手を伸べた。しっかりと、両腕で希莉を抱き止めた。

見たところ、ゆったりめのニットにも、タイトめのロングスカートにも乱れはないけれど、希莉はすでに泣き顔だ。

「琴音さんが……琴音さんが、来てくれるなんて……おも……思わなかったです……すみません」

希莉は、歩けないほどダメージを負っているわけではなく、両足首にガムテープを巻かれていたため、単に血流が滞って痺れた状態になっていただけらしかった。

奈緒と琴音で肩を貸し、希莉を玄関まで連れていく。

出てすぐのところには芭留がいる。

「芭留さんも……」

片膝をついたその下には、日枝雅史がうつ伏せに押さえ込まれている。

芭留の表情が、異様に険しい。

「希莉ちゃん、こいつが真瀬環菜を殺した犯人ってことで、間違いない？」

すると、希莉は「エッ」と言って両手で否定した。

「違います違います、その人、実は猫も殺してなくて、死体をそれっぽく利用しただけで、だから、真瀬環菜を殺した犯人は別にいるんです」

奈緒が「ハ？」と希莉を見る。

「どういうこと？　それって、ちゃんと確かめたの？　この人は猫も環菜も殺してないって、その証拠はあるの？」

痺れが抜けたのだろう。希莉は奈緒と琴音から手を離し、自分の足でタタキに下りた。

「猫は、すみません、この人が違うって言うから、そう信じただけですけど、真瀬環菜は完全に違います。この人はシロです。だってこの人、ここ何日も、ずっと私と一緒にいたんですもん。環菜が殺されたって知ったの、昨日の昼頃なんですけど、その前からずっと一緒にいたし、殺されたって分かったらこの人、突然、環菜との思い出話をし始めて……この人、真瀬環菜の幼馴染みで、小三のときから彼女に片思いし続けてきたんです」

芭留が眉をひそめる。

「じゃあ、どうすんの、この人」

「どう、しましょう……琴音さん」

希莉ちゃん、それ私に訊く？

これは、一種の取調べなのだろうか。

日枝雅史を、さっきの部屋の隣の和室に正座させ、尋問する。訊くのは主に希莉の役目だが、ときどき芭留も補足するように質問を挟む。奈緒はＩＣレコーダーでそのやり取りを録音している。琴音はただ、その様子を見守っている。

希莉はなんと、五日もこの家に監禁されていたらしい。ただ食事も睡眠もとれており、一度は入浴もさせてもらったという。

腕を組んだ芭留が、「この腕を折ります」と言ったのと同じ口調で訊く。

「……そもそも、どうしてあなたは彼女を監禁したりしたの」

正座した日枝が深く首を垂れる。半分土下座したような恰好だ。

「なんか、推理小説とか書く、変わった女優だっていうのは、知ってたから……」

「知ってたから、なに」

「知ってたから、こ……怖くて」

「何がッ」

「俺が、猫……猫の死骸を使って、環菜たんの小説の、事件の真似をしたの、見抜かれたんじゃないかって……」

芭留が「だからッ」と、苛立ったように畳を踏み鳴らす。

「だからって、なんで監禁なんかしたのッ」

「だから……いま騒がれたら、この先、計画が、続けられなくなると思って……連載の、第四回が配信されるまで、俺は、次に何をしたらいいのか、分かんないから……」

希莉が首を傾げる。

「もし、次の第四回で犯人が人殺しをしてたら、どうするつもりだったの」

日枝が、わずかに視線を上げる。

「えっ……」

「あのあと、あの小説の犯人は、合計五人も人を殺すんだよ。それ全部、あなたは真似て実行するつもりだったの？」

表情をなくした日枝が、ふるふると首を横に振る。

「う、嘘だ、そんなの」

「なんでよ」

「環菜たんが、そんな残酷な物語を書くわけがない」

「まあ、どっち道もう死んじゃったけどね」

するとまた、首が抜け落ちるくらいの勢いでうな垂れる。

「……環菜たん」

奈緒が希莉に視線を送る。

「とりあえず、こんなもんでいいんじゃないの。証拠写真は充分過ぎるくらい撮ったし、あとは念書を書かせて、署名させて押印させれば、後日でも訴えることは充分可能でしょう……猫の死骸に関する廃棄物処理法違反も、希莉に対する逮捕・監禁罪も懲役刑があるから、ひょっとしたら何年か、刑務所暮らしになるかもね」

日枝は、完全に土下座の形に突っ伏して泣き始めた。吠えるというか嘶《いなな》くというか、とにかく人とは思えない、珍妙な獣の声での慟哭《どうこく》だった。

希莉が頷いてみせる。

「私は、決してあなたを赦すわけじゃない。赦すわけじゃないけど、今日あなたを警察に引き渡してしまったら、私も今日、事情聴取を受けなきゃいけなくなる……よね？」

奈緒が頷く。

それを受け、希莉が続ける。

「それは、ちょっと困る。私は、猫殺しの犯人がいずれ環菜も殺すんじゃないか、って思ってた。でも違った。環菜を殺したのはあなた以外の誰かだし、そもそもあなたは、環菜を殺すつもりなんてなかった。それは分かる。それだけは私が、警察だろうと法廷だろうと、ちやんと出るところに出て証言してあげる。だから、日枝さん……もうおかしな真似はやめて、心を入れ替えて、真っ当に生きて。環菜はもう、あなたの手の届かないところに行っちゃったんだから、あなたはあなたで、あなたの手の届く範囲にある、小さくてもリアルな幸せを探して。あなたがそうしてくれるんだったら、私、このことは警察に届けないかもしれない」

芭留も奈緒も、「えっ」という目で希莉を見た。

でも琴音は、なんとなくそんな流れを予測していた。

さっきの、奈緒にガムテープを剝がしてもらっていたときの、希莉の顔だ。全然、怒っているようには見えなかった。琴音を見て涙ぐんだくらいだから、不安はあったのだろうけど、でも怒りの色は、その目の中にはなかった。

やっぱり、不思議な子だな、と思う。

こんなことをされても、希莉って本気では怒らないんだ。

五日間も監禁されていた友達を、電車で連れ帰るというのも奇妙な話だ。

幸い、四人で向かい合わせになれるボックスシートに座れた。希莉が疲れているなら寝かせてあげてもいいし、小さな声でなら、多少は込み入った話もできる。

一応、ミッキーについては琴音から説明しておくべきだろう。

「実は、雨の日にね……」

ミッキーが事故に遭い、意識を取り戻して琴音が合鍵を借りるまでの顚末《てんまつ》を話し終えると、希莉は瞬《まばた》きも忘れたように目を見開いて固まった。

「なんだろ、それって……ミッキーのお陰、だったのかな。あの子が、もうちょっと慎重に行動してくれてたら……」

それを言ったら可哀相だ。

「可愛いじゃないの、あの子。私の顔見て、いきなり泣いたんだよ。で、合鍵渡して、これで希莉さんが調べてたこと、調べ直してくださいって。希莉ちゃん想いの、いい後輩だよ」

希莉が深く頭を下げる。

「そうでした……みなさま、このたびは、大変なご迷惑とご心配を、おかけいたしました」

奈緒が「そういえば」と希莉の膝を叩く。

「希莉ってさ、前にもなんか、監禁されてたことなかったっけ」

その手を、逆に希莉が叩き返す。

「ないよ……ってかそれ、あれじゃない？　ずっと前に私がやった、女子高生が教師にストーカーされた事件の再現ドラマ、あれとごっちゃになってない？」

「えー、そうだっけ」

希莉が再現ドラマの仕事をしてたなんて、琴音は初めて知った。

奈緒が「それはそうと」と琴音の方を向く。

「琴音さん、さすがにもう帰れないですよね。どうしますか」

芭留が「そうだよね」と腕時計を覗く。

「こんなに遅くなるなんて、思ってなかったもんね……奏ちゃん、大丈夫？　日帰りって約束だったんじゃないの？」

「別に、約束してたわけじゃないけど、でもなんか、さっき電話した感じでは、案外平気そうだった。あとでもう一回かけてみるけど」

奈緒が、今度は琴音の膝に手を置く。この子、人の膝を触るのが好きなのだろうか。

「じゃあ琴音さん、今夜は芭留さん家に泊まりましょうよ」

芭留は「ちょっと」と抗議の目で見たが、奈緒は聞かない。

「芭留さんの部屋、すっごい綺麗なんですよ。モデルルームみたいなんです」

「全然そんなことない。めっちゃ汚い。散らかってる」

「嘘です嘘です。ドラマのセットかよってくらい、お洒落なんです。ほんと」

「奈緒ちゃんッ」

芭留が潔癖症なのはなんとなく分かっていたので、芭留の部屋に泊まるつもりはない。琴音一人ならビジネスホテルでも、なんならカプセルホテルでもいいと思っていた。

だがどうも、奈緒はそういう気分ではなかったようだ。

あと、希莉も。

「だったら、みんなで私の部屋に来ませんか。ミッキーもいないんじゃ寂しいなって、ちょっと思ってたんです」

奈緒が「賛成」と手を挙げる。

だが琴音は、芭留と顔を見合わせてしまった。

「……どうする？」

「うん、どうしよっか」

希莉が眉をひそめる。

「え、なんですかそれ。なんで私ん家だと、ちょっと微妙な空気になるんですか。めっちゃテンション下がってませんか」

芭留が「だってぇ」と希莉の膝を叩く。そう思って見ると、確かに希莉の膝頭には、ペンッと叩きたくなる妙な丸みがある。

「お宅の片づけしたの、私と琴音だよ。なんか、あちこちに食べ残しとか飲み残しとか放置されてるし、脱ぎっ放しで洗濯してない服も散乱してるし、なんか臭いし。私がビックリしたのは、あれだよ。ラップでぐるぐる巻きにしたボールみたいなのがあって、剝いたら何が出てくるんだろって思ってたら、乾涸《ひから》びた焼きそばパンだからね。なにあれ。なんであいうことするの？」

希莉はしばらく腕を組み、うんうん唸りながら考えていた。

もういいから、芭留に謝っちゃいなよ。


琴音も、芭留も奈緒も、希莉の部屋に泊まることになった。

「ただいま……わー、すっごい綺麗。見違える。他所ん家みたい」

「琴音さんと芭留さんが、お掃除してくれたんだからね」

「その間、奈緒は何してたの。見てただけ？」

「なに言ってんの。希莉のパソコン調べて日枝の住所割り出したの、私だからね」

なんにせよ、無事でよかった。

まずは、そう。希莉を風呂に入れる。

「じゃ、すみません、お先に」

「どうぞ、ごゆっくりぃ」

その間に、三人でヒソヒソ話を済ませる。

「日枝とは、ほんとに何もなかったのかな」

「なかったと思いますよ。あの様子からすると」

「でも実際、そんなことってある？　希莉ちゃんだって、けっこう可愛いじゃない」

「琴音さん、希莉ちゃん『だって』って、いま言っちゃいましたね」

「それは、ほら……言葉の綾《あや》よ」

そんな話は短めに切り上げ、あとは、帰りに買ってきた食材で簡単な夕飯を作り、希莉が風呂から出てきたら、とりあえず乾杯だ。

奈緒がこっちを手で示す。

「じゃ、琴音さんから……」

「えー、そういうのは芭留から」

「うん、分かった。じゃ、希莉ちゃん無事でよかったね、乾杯ッ」

「かんぱーい」

そうは言っても、実際に作ったのは油揚げと大根の味噌汁と、海藻サラダくらい。鶏の唐揚げとエビチリはお総菜コーナーのサービス品、ご飯はチン。あとはワインと缶チューハイ。

ひと息つくと、今までしなかった話も、いろいろと出てくる。

その一つが、奈緒の謝罪だ。

「本当は、ネットの閲覧履歴だけのつもりだったんだけど、ごめん……ドキュメントのフォルダーも開いちゃって、小説もちょっと、拾い読みしちゃった」

希莉が「全然」と扇ぐように手を振る。

「そのパソコンはミッキーも使うから、まあ、言ったら家族の共用みたいなもんだから、全然大丈夫。見られて困るもんなんて、なーんも入ってない」

琴音が聞いているのと、そこはちょっと違う。

「でもミッキー、自分はパソコン使えないって、私には言ってたよ」

「ああ、使えるかって言ったら、使えるウチには入らないですけど、でもネットくらいは見てますよ。まあ、見たら見っ放しですけどね。電源は入れられるけど、切るのはできない、みたいな」

なるほど。そういうレベルか。

半分くらいまでワインを飲んだ芭留が、こっちを向く。

「……そういえば琴音、お家に電話した？」

「電話はしてないけど、いろいろ送られて来てた。今夜は旦那と実家に泊まるみたいで、それはそれで奏は喜んでるみたい。お祖父ちゃん、お祖母《ばあ》ちゃんも。あと、なんか動画も来てたな……」

それをみんなに見せようと思い、琴音は携帯電話をバッグから取り出した。

電源を入れ、メッセージに添付されていた動画を開こうと思ったのだが、その前に、最新ニュースの欄にある【環菜】の文字に目が行ってしまった。

ひょっとして犯人が逮捕されたのか、と思ったが、そういうことではなかった。さっと斜め読みしたところ、特に新しい情報は盛り込まれていなかった。

ただ、琴音が初めて知る情報が一つだけあった。

「へえ……真瀬環菜って、本名は『加藤和美』っていうんだ」

ごく普通にニュースとして載っているので、みんなも知っていることかと思った。芭留は知らなかったようだが、でも「へえ、意外と地味」と興味薄な反応だった。奈緒は知っていたようだが、エビチリを口に入れたばかりだったからか、小さく頷くだけだった。

しかし、希莉は違った。

「えっ……ちょっとそれ、見せてもらっていいですか」

もちろん、どうぞ。

20

体調がよくなることは、残念ながらなかった。

遅れがちだった生理はむしろ過多、過長になり、腰痛や腹痛、便秘にも悩まされるようになっていった。

だがそれを、和美には言わなかった。

言えなかった。

「ほら、羽邑紗由美《はむらさゆみ》が今度の九月で『シルキーナイト』降りるじゃない。あれの後釜に、鴻巣さんが私を推すって言ってくれてるんだよね……どう思う？」

いいじゃない。人気番組だし。

「でしょう？　ここさ、勝負処だと思うんだよね。歴代、みんな三年か四年はやるでしょ。帯で三年も四年もって、正直、収録でスケジュール動かしづらくなるのは痛いけど、でもそれ乗り越えればさ、ステイタス上がるじゃない。しかもさ、そのあとで必ず、ＭＥＣのＣＭオファーがくるじゃない。デカいよね」

そう、だね。

「なに、ちょっとどうしたの。顔色悪いよ」

んーん、なんでもない。

「ねえ、最近なんなの。言いたいことあるんだったら言いなよ。そういう態度でいられると、めっちゃテンション下がるのよこっちは。ねえ」

ごめん、気をつける。

「ほんと、頼むよマジで……あー、鴻巣さん。あの人使えるわぁ」

仕事中は気が張っているからか、なんとかなった。収録現場で待っている間も、スタッフの邪魔にならない隅っこで、壁に寄り掛かっていればどうにか耐えることができた。

怖いのは、車での行き帰りだ。

「ねえ、また後ろ、こすったでしょ。左後ろ」

ちょっと、コンクリートの柱が邪魔で、見えづらくて。

「この前もさ、私が言わないであのまま行ってたら、正面衝突だったたんだからね。ほんとさ、あんたと心中とか洒落んなんないから。車の運転だけは気をつけてよ」

車の運転以外も、ちゃんと気をつけます。

「ねえ、どうしてそういう口答えするの？　車の運転だけは、って言って、本当に車の運転だけ気をつければいいなんてことあるわけないでしょ。ねえ、じゃあ現場の端っこでしゃがむのやめてとか、出かける前に長くトイレにこもるのやめてとか、そういうことも全部一々毎日毎回私が言わなきゃいけないの？　ねえ、そういうのがどれだけ私の負担になってるか分からない？　ねえ、分かりませんか？　分からないんですか？」

分かります。すみませんでした。

その日、和美は山梨県のロケ現場に泊まりがけで行っていて、私は私で会議と引越しの段取りが都内であり、それらを済ませてから山梨まで迎えに行く予定になっていた。

和美はよく引越しをしたがる。二年契約の満了までいる方がむしろ稀で、ほとんどは一年未満、最短だと二ヶ月半で引越したこともあった。

当の和美に物件を見て回る時間はない。候補の選出も下見も全ては私の役回り。物件内の様子は当然として、物件周辺の雰囲気も分かるように動画を撮り、候補を二つにまで絞って和美に見てもらう。その内のいい方を実際に和美が見に行って、気に入れば決定。気に入らなければまた一からやり直し。

その日に見に行った物件は、なんとなく気に入ってもらえる気がしていた。わりと自信があった。だから、運転をしていても気持ちは軽かった。いいじゃん、次の休みに見に行くよ、不動産屋にそう言っといて。そんなふうに、明るい声で言ってもらえるのを楽しみにすらしていた。

だが、山道に入った途端だった。下腹部にあるものを、丸ごと全部鎖でぐるぐる巻きにされ、真下に引きずり出されるような激痛に見舞われた。

只事ではない。それはすぐに分かった。

車を端に寄せて、しばらく休まなきゃ。でも道が細くて、停まって休めるようなスペースがなかなかない。顔から首から、脂汗がたらたらと胸元に伝い落ちていく。頭の中心は熱いのに、顔の表面は痺れるほど冷たい。早く停まって休みたいのに、道幅はいつまでも狭いまま。右にカーブしても、左にカーブしても、目に入るのは全く同じ風景。薄暗い森に挟まれた、夕暮れどきの山道。

あっ、と思ったときには遅かった。

車体の左側が、斜めに落ち込み――。

気がついたら、点滴の針やら、心電図のセンサーやらを付けられて、病院のベッドに寝ていた。病室の照明は明るかったが、眩しくないようにカーテンが引かれていた。周りには誰もいなかった。

しばらくぼんやりしていたら、女性看護師が様子を見に来てくれた。

「……あ、お気づきになられましたね」

優しい声だった。何も心配しなくていいんだ。怒られないいんだ。一瞬、そんな安堵を覚えた。

いや、そんなはずはない。そう、私は和美を迎えに行かなければならないのだった。こんなところで寝ている場合ではない。

しかし、担当医だという男性医師は、そんなことは絶対にさせられないと捲《まく》し立てた。

「よくもまあ、こんな状態で日常生活が送れていましたね。貧血とか、ヒドかったでしょう。運転なんて以ての外ですよ、あなた。事故を起こしたのが山の中だったからよかったようなものの、高速道路だったらとか、街中だったらとか考えたら、もうゾッとしますよ。何人轢き殺したか、何台巻き込んだか分からないんですからね」

どういう、ことですか。

「全く、身に覚えはないんですか」

何がですか。

「ですから、貧血とか腰痛とか腹痛とか、過多月経とか過長月経とか、いろいろ大変だったんじゃないですか？」

まあ、多少は。

「多少なはずないでしょう。じゃあなんですか、あなたはこんなになるまで、婦人科に診察に行ってもいないんですか」

はい。

「呆れたな……もうね、一刻を争う事態なので、包み隠さずお話しします。加藤さん、あなたの子宮筋腫は、非常に深刻なレベルまで進行しています。筋腫は複数確認しましたが、中でも、粘膜下筋腫の一つが非常に大きい。とてもではないが、もう薬物療法でどうにかなる段階ではないです」

と、言いますと。

「残念ですが、全摘出する必要があると、言わざるを得ません」

何を、摘出するのですか。

「……子宮です。おつらいのは分かりますが、でも今、大切なのはあなたの命です。精密検査をしなければ断言はできませんが、悪性腫瘍の、子宮肉腫である可能性も、否定はできませんので」

これを不幸中の幸いと言っていいのかは分からないが、事故自体は単独だったため、また傷つけたのは道を外れたところに立っている杉の樹四本だけだったため、車は廃車になったが、それ以上の大事にはならずに済んだ。

本当なら、いの一番に連絡すべきは和美だった。そうでなければデライトの誰か。可能なら、撮影現場にいるプロデューサーにも連絡した方がよかったとは思う。

だが私が連絡したのは、違った。

永和書店の大木だった。

『分かりました。関係各所には、私から連絡を入れておきます。あなたはそのまま、そこで治療に専念してください』

　子宮筋腫についても、彼には話した。

『やっぱり。だから言ったでしょう、無理しないで相談してくださいって……分かりました。明日、私がそっちに行きます』

　そこまで甘えるわけにはいきません。

『いろいろ必要なものだってあるでしょう。それに、だったらなんで私に電話してきたんですか。他に頼れる人がいなかったからじゃないんですか』

　大木の心遣いが、嬉しかった。良し悪しの問題ではなく、大木に甘えたい。そう思ってしまった。

　翌日、大木は編集部の女性に頼んで、着替えやその他の生活必需品を買い揃えて、山梨県内の病院まで来てくれた。

「……まったく。どこまで頑張り屋さんなんですか、あなたって人は」

　それらを然るべき場所に収めると、ベッド脇に丸椅子を持ってきて、腰を下ろす。

「何か食べたい物とか、欲しい物とか、ありませんか」

　いいえ。他にはもう、何も。

「手術、明日ですって？」

　はい。

「心細かったら、また明日来ますけど」

　大丈夫です。一人で、大丈夫です。

「そういうところですよ。あなたは、いつも一人で頑張ってしまう。それが結局、あなた自身を苦しめる結果になってしまう」

　大木が、点滴の入っていない方の手を、そっとすくい上げる。

　両手で、優しく包み込む。

「でも……大事に至らなくてよかった。事故がきっかけで、病気のことも分かったわけですから、幸運だったと思いましょう。これくらいのことがないと、あなたは立ち止まることを知らないから……立ち止まって、自分の周りを、よく見てみるといい」

　点滴も、事故であちこち怪我もしていたけれど、決して身動き一つできなかったわけではない。顔を横に向けるくらいはできたし、本当に嫌なら、その手を払い除《の》けることだってできた。

　要するに、受け入れたのだ。

　私は。

　大木の想いを。


　事故による怪我もあったので、入院は少々長引き、退院できたのは事故の九日後だった。

その間、和美からの連絡は一切なかった。

マンションに帰っても和美はおらず、電話をかけても出ない。メッセージを送っても返信はない。

和美が部屋に帰ってきたのは退院の一週間後だった。

「……ああ、帰ってたんだ。どう、調子は」

もう、大丈夫。ご心配おかけしました。

「別に心配なんてしてないけど。どうなの、動けるの、駄目なの。駄目ならはっきりそう言って。今まで通りできないんだったら、いま代わりに付いてくれてる谷崎《たにざき》さんに引き継いでもらうし。いきなり元通りが無理だって言うんなら分担してやってもらうし。なんか、私がこき使ってたから事故ったとか病気になったとか言われるんじゃ堪んないからさ。そんなんだったらもういいから。代わりはいくらだっているんだから」

いいえ、やります。大丈夫です。

「ほんとに？　やるんだったらしっかりやってよ。こっちは遊びじゃないんだから」

手術に関する詳細は、和美には話さなかった。話したところで心配させるだけだし、憐《あわれ》みの目で見られるのも嫌だった。ひょっとしたら、大木がそれとなく話したかな、とも思ったのだが、どうやらそれはなさそうだった。

そう。口ではあんなふうに言ったが、和美は和美なりに気を遣ってくれていた。

「今日はもう、先に帰っていいから。終わったら私、ちょっと寄るところあるし」

「たまには、あんたもどっか遊びに行けば。明日は私も、一人でのんびりしたいし」

「明日、打ち合わせで抜けるんでしょ。だったらもう、そのまま帰っていいから。平間《ひらま》さんの個展に顔出して、ご飯くらい行くかもしれないし」

だが、急に自由時間をもらっても、持て余すだけだった。

ふいに連絡をして会ってくれる相手なんて、私には、大木くらいしかいなかった。

「……へえ。じゃあちょっと、解放された気分なんだ」

すみません、急にお電話してしまって。

「全然。むしろ、光栄です」

そんなに多くを望むつもりはなかった。大木は離婚して、今はフリーだというし、こっちはこっちで、病気のことも和美のことも全て分かってくれているという安心感があった。

結婚なんて、夢見る資格すら私にはないから。せめて、こんなふうに女になれる時間がたまにでもあったら、充分、それだけで私は生きていける。和美を支えて、一緒に頑張っていける。

そう、思っていたのだが。

「鴻巣さんがなんか、あんたにも話があるんだって。明日の現場終わり、三人でちょっとご飯行こうって」

鴻巣清継は、以前は「プロジェクト・タラス」という制作会社にいたが、いったん退社してフリーになり、現在は「ＡＸＬプロモーション」という、やはり制作会社に籍を置いている。イベントや映像の企画を、右から左に、左から右に、あっちからこっちに——要はどこの誰と何をやっているのかよく分からない、でも業界内に妙な人脈を持つ、一種の「芸能ブローカー」みたいな男だ。

鴻巣の名前は、和美も以前から口にしていたし、その他の関係者から聞かされてもいたので、食事に行くくらい問題はないと思っていた。しかも「三人で」ということなので、基本的には仕事の話なのだと理解していた。

いや、仕事の話というのは、別に間違いではないのだが、まさかこういう内容だとは思わなかった。

「今度さ、環菜の名前で、小説を出そうと思って」

もう、話の入り口から意味が分からなかった。

なぜ、ですか。

「面白いかな、と思って」

環菜の名前で、ということは、本当は環菜が書くわけではない、ということですか。

「そりゃそうよ。だって、書けないでしょ？　君には」

「無理無理。書けない書けない」

「読むのも無理なんだから、書くなんてできるわけないよな」

「鴻巣さん、それは言い過ぎ。読むくらいはできます……難しいのじゃなければね」

和美が書くのではない、とすると、誰が書くのか。

まさか、私か。

「片山希莉っていう、ちょっと変わった舞台女優がいてさ。その子、才能はあるんだけど、華がないんだよね、いろんな意味で。舞台の脚本も書くしさ、小説も書いてるんだけど、今一つね、突破力がないのよ、突破力が」

その、片山希莉という人に書かせるんですか。

「いや、もうあるの、作品は。それをちょちょいと手直しして、環菜の名前で出すの。それが売れたらさ、片山希莉にとっても成功体験になるわけよ。作品が悪いんじゃない、チャンスさえあれば私の作品も売れるんだって、自信が持てるわけ。で、環菜は環菜でさ、ぶっちゃけバカそうじゃん、こいつ」

言いながら、環菜の頭をぐりぐりと撫でる。

「鴻巣さん、言い方」

撫でられた環菜も、満更ではなさそうだった。

そういうこと、なのか。

「こういう女優が小説出すって、ちょっと面白いじゃん。しかも、内容がちゃんとしたサスペンスになってるなんて。だからって、別に環菜が続けて小説を出す必要なんてないわけ。一回、ちょっとイメージチェンジの材料になればそれでいい。今のおバカなイメージの、ほんの数パーセントでいい。ちょっとだけ賢いイメージが付けば、それでいいの。この手の話題作りって、ずーっと仕掛け続けていかなきゃならないのよ、この業界で生き残っていくためには。私はこれでいい、この路線でいく、なんて安定志向に陥ったら、もうお終い。そんなの安定志向じゃなくて、ただの思考停止だから。でもそういうアイデアを、女優一人に出し続けろってのは土台無理な話。だから、環菜にはブレーンが必要なわけ……俺みたいなね」

そこまでは、理解できた。大きく異論はなかった。

ただその続きは、容易《たやす》くは承服しかねた。

少なくとも、その場では。

「この話、永和書店の大木さんに持ってってたら、いいねいいねって、すぐ乗ってきたよ。ちょうどエッセイを出そうと思ってた枠があるから、それをこの企画にシフトさせちゃおうってさ」

嘘、だって大木が、そんなこと——。

21

奈緒は口が一杯だったため頷くことしかできなかったが、真瀬環菜の本名が「加藤和美」であることは、何かの報道で目にしていた。芭留と同じく、意外と地味な名前だと思った記憶もある。

それと比べたら、なるほど「真瀬環菜」という名前には一文字一文字「華」がある。そこに色を示す要素は一つもないが、なんとなく奈緒は、この四文字から「赤」と「黒」を連想してしまう。フラメンコを踊る女性が着るドレス。あんなイメージだ。

希莉が慌てたように口を押さえ、反対の手を琴音に向けて出す。

「えっ……ちょっとそれ、見せてもらっていいですか」

「もちろん、どうぞ」

琴音が苦笑いで差し出したそれを、希莉は喰い入るように見る。

まさか、とは思うが。

「希莉、真瀬環菜の本名、知らなかったの？」

口にあったものを飲み込むついでのように、希莉が頷く。

「……うん、知らなかった」

「同じ事務所なのに？」

「知らないよ、本名なんて一々。そんなに興味もなかったし」

芸能人同士なんて、そんなものか。

「……で、なんでそんなに驚いてるの」

「いや、確か環菜のマネージャーが、『加藤さん』だったと思うんだよね」

芭留が小首を傾げる。

「さして珍しい名字でもないから、まあ、かぶることもあるんじゃないの？」

しかし、見る見る希莉の眉の角度は険しくなっていく。目はすでに、琴音の携帯電話ではない虚空を睨んでいる。

「あれ、なんだっけな……」

それはこっちが訊きたい。

「なに、今度は」

「なんだろ。すっごく重要な、これに関する何かが、頭のここら辺に、引っ掛かってる気がする」

頭の、右斜め上辺りにか。

かと思うと、

「あ、そうだ……これどうも」

希莉は琴音に携帯電話を返し、今度は自分のを構えて弄り始める。またネットで何か調べるのかと思ったが、すぐさまそれを左耳に当てる。

「……あー、もしもし、片山です。さっきまであなたに監禁されていた、片山希莉です」

なんと、希莉は日枝にかけたらしい。確かに別れ際、携帯電話番号を聞き出してはいたが。

「あなたさ、真瀬環菜を、つまり加藤和美をさ、最初は同級生の妹としか見てなかったとか、なんかそんなこと、言ってなかったっけ」

加藤和美が、同級生の妹？　日枝の？

「……そんな細かいことはいいから。どうなの……だよね。その同級生って男子？　女子？……名前は……リエ。加藤リエ。字はどう……っていうか、いつの同級生よ……だから……そのお姉さんも環菜も、ってこと？……うん、それで漢字は……卒業アルバムとかないの。ずっと地元に住んでるんだから、あるでしょ……じゃあ今すぐ実家行ってきてよ。実家行って調べてきてよ、それくらい……ああ、じゃあ警察行く？　今から私が、埼玉県警に通報しましょうか？……はい、急ぎでお願いしまーす」

改めて聞かなくても、話の内容は充分わかった。

でも、希莉自身は説明したそうだった。

「なんか監禁されてるときに、環菜、っていうか和美のことを、同級生の妹だった、みたいに日枝が言った気がしたんだよね。よかった、覚えてて……私の記憶力も、まんざら捨てたもんじゃないよね。ね？　奈緒」

そんなことを言っている間に、折り返しかかってきた。

「意外とすぐだな……はい、もしもし……サトに、英語の『エイ』……英語の『エイ』？　間違いない？……あっそう。それはなに、卒アルかなんか見てるの……じゃそれ、写真撮って送ってよ……分かってるよ。だから和美じゃなくて、里英《りえ》か、お姉さんの方……いいの、里英で……いいから、そうしてってば……はい、お願いします」

電話を切り、一、二分待っていると、また希莉の携帯電話が何かを受信した。

「来た」

送られてきたのはおそらく、「加藤里英」なる女性の卒業アルバム写真。日枝の同級生であり、真瀬環菜こと加藤和美の姉と思われる人物。

「やっぱりそうだ」

希莉が携帯電話をこっちに向ける。

制服姿のバストアップ写真。黒髪をおさげにし、ぎこちない笑みを浮かべている女の子。高校生だから、おそらく化粧はしていない。それもあり、顔全体の印象は薄い。特に眉が薄い。でも目はパッチリしているので、化粧映えはすると思う。顔全体の印象は、やや面長。

そういった意味では、あまり真瀬環菜とは似ていない。彼女はもっと今っぽい、短い卵形の顔をしていた。

希莉が力なく頷く。

「……この人です。環菜のマネージャーの、加藤さん……実のお姉さんだったんだ」

実姉でマネージャーでは、今頃、さぞ大変な思いをしていることだろう。


翌朝、四人一緒に希莉のアパートを出て、四人で一緒に電車に乗った。

琴音は、

「ほんと、ちゃんと東京駅くらい分かるから」

送らなくて大丈夫だと言うが、希莉はそうはいかない。

「いえ、ミッキーの着替えまでお願いしちゃってるんですから、せめて、せめて新幹線乗り場まで送らせてください」

最初は奈緒たちも東京駅まで行くつもりだったのだが、琴音があまりにも「大丈夫だから」と繰り返すので、最後は芭留が根負けした。

「じゃあ、私たちは水道橋で降りるから」

「うん、そうして。仕事あるのに、いろいろありがとね」

即座に希莉が反応する。

「みなさま、このたびは大変申し訳ありませんでした。全ては私の、不徳の致すところで……」

希莉が謝ると、三人揃って「よし」と頷く。もうそういう流れが、昨夜から完全にでき上がっていた。

「いや、ほんと……もう勘弁してください」

水道橋に着いた。

芭留が短く手を振る。

「じゃ、また連絡するね」

奈緒も二人に手を振った。

「琴音さん、お気をつけて」

「うん、ありがと」

自動ドアが閉まり、琴音と希莉を乗せた車両が動き出す。琴音は最後まで手を振っていた。

希莉は何か口を動かしていたが、何を言っているのかは全く分からなかった。

芭留が小さく溜め息をつく。

「行っちゃったね」

「はい」

「じゃ、我々も行きますか」

「はい」

水道橋駅を出て、事務所に着いたのは九時五分前。

「おはようございます」

社名の入ったドアを開けると、すでに和田、大倉、清水、中尾の四人は自分の席に着いていた。島本だけ、まだ来ていないようだ。

「おはようございます……おはようございます」

挨拶をすれば、それぞれが「おはよう」と返してくれる。今のところ、特に誰が機嫌を損ねているとか、怒っているとかいう感じはない。

自分の席にバッグを置いたら、芭留と二人で和田所長のデスクまで行く。

まず芭留が、警察官の礼式に倣った「十五度の敬礼」でお辞儀する。

「所長、おはようございます」

奈緒もこれに合わせる。

「おはようございます」

デスクから顔を上げた和田の表情は、比較的明るい。

「はい、おはよう……まあ、よかったですね。お友達は無事だったということで」

和田には昨夜のうちに、芭留が報告の電話を入れていた。

芭留が「はい」と頭を下げる。

「相手の男性も反省している様子でしたし、被害に遭った彼女も、本当にこのまま不問とするのかは分かりませんが、昨日の段階では、警察には届けないつもりであると、申しておりました」

和田が頷く。

「とはいえ、男性が猫の死骸を不法投棄し、女性を監禁したのは事実だからね。不問に付すのが正しい判断なのかどうか」

「はい。それは私も、疑問に思っております」

「森くんは」

芭留に倣い、奈緒も一礼する。

「私も、それに関しては、判断が難しいと、感じました」

両手を組んだ和田が、短く息を吐く。

「そうね……これが警視庁管内の事件なら、事の大小に拘わらず、関係部署に直接、何かしら、一報を入れておきたいところではあるんですが……何せ、埼玉ですからね、この件は。間に何人か入ると、実際には些細《ささい》なことでも、まるで大事みたいになってしまうこともあるので、こちらとしても……まあ、今回は静観ということでいいのかな、とは思うのですが」

芭留が「はい」と頷く。

するとと和田が、ニヤリと頬を持ち上げる。

「その一方で、女優の真瀬環菜さんが殺されるという痛ましい事件が起こった。これの犯人はまだ捕まっていない。警視庁も今のところ、これという見解は示していない。君たちはこれについて、どう思う」

さっきよりは間を置いてから、芭留が答える。

「はい……真瀬環菜さんに関して、私たちが重要な情報を持っているというのは、ありません。容疑者の心当たり、みたいなものもありません。ただ監禁されていた後輩、片山希莉が、真瀬環菜名義で発表された小説の、実作者であるというのは事実です。ゴーストライターというか、秘密で作品を提供したというか」

和田が、苦笑いしながら眉をひそめる。

「それは、何やらニオいますね……その、実際には片山さんが書いた小説の通りに、猫殺しは起こったと」

「しかしその犯人は、環菜を殺してはいませんでした。その時刻、というか環菜が殺される前後数日間、その男性はずっと、片山希莉と一緒にいたそうです。だとすれば、完全にアリバイありです」

「ちなみに八辻くん、森くん。その片山さんを救出したことに関して、お金は取れるのかね」

今それを言われるとは、奈緒は正直、思っていなかった。

芭留も息を呑み、即答できずにいる。

「……え、と」

「取る算段は、ついてないんだね？」

「……はい。今のところ」

「現時点で、昨日、一昨日の君らの働きは、なんの稼ぎにもなっていないと、そういうことなんだね？」

一瞬、和田ってそこまで言う人だっけ、と思った。初めて芭留に話を聞いたとき、和田は明らかに「損得勘定抜きの人」というイメージだった。

いや。それで間違いないようだった。

和田が思いきり両頬を持ち上げる。気持ち悪いくらいの、満面の笑みだ。

「じゃあ君ら、こんなところで油を売ってる暇は、ないはずじゃないか。真瀬環菜殺しの犯人を突き止めなきゃ」

また後ろで、椅子のキャスターが激しく鳴った。

大倉だ。

「所長」

和田が両手で、奈緒たちを「シッシッ」と追い払う。

「ほら、二人とも行きなさい」

「行きなさいじゃないですよ、所長」

「くれぐれも本職の邪魔はしないようにね。『立入禁止』のテープとか、跨《また》いじゃ駄目だからね」

気づいたら、芭留はもう自分のデスクにあるバッグを摑んでいた。

「はい所長、行ってきます」

ちょっと、芭留さん待って。


水道橋駅に戻る間中、芭留はずっとクスクス笑っていた。

「面白いでしょう、和田さん。ほんと大好き」

確かに、面白い人だとは思う。だが一方で、奈緒は大倉の気持ちも大いに理解できる。

「でもこれ、仮にですよ、私たちが真瀬環菜殺しの犯人を突き止めて、その情報を警視庁に提供するなりして、犯人逮捕に貢献できたとして、でもそれで、売り上げって上がるんですかね」

芭留は半笑いで首を傾げる。

「さあ。たぶん最大限に評価されても、ちょろっと謝礼金が出るくらいじゃないの？　一万円とか、三万円とか」

「そんなんじゃ、大倉さん納得しないんじゃないですかね」

「しないでしょ、絶対」

「それでいいんですか」

「よくは、ないよね」

「よくなかったら、駄目じゃないですか」

するとふいに芭留は笑みを引っ込めた。

鼻から、短く息を吸い込む。

「私ね……調査船に乗ってるときに、思ったの。何百万も、下手したら何千万もかけて海洋調査やって、仮に天然ガスだとか、レアアースが出るって分かっても、そういうのが実際にお金になるのって、もっともっと、ずーっと先の話なのね。そもそも船動かすだけで、一日何万円もかかってて……それが何日続くか、何週間続くかとか考えたら、普通は責任者の人、頭痛くなるよ。でもさ、そこはみんな、あんまり短いスパンでは考えないのね。むしろ、これは宝探しだ、って思ってるから、なんかキラッキラしてるわけ。レーダーに何か映ったり、採掘した泥に何か交じってたりするとね、ウォォーッて、みんな大はしゃぎするの」

ニッ、と芭留が頬を持ち上げる。

「私はそういう、未来に繋がる仕事がしたいです、って言ったら、和田所長、じゃあ採用だ、って言ってくれたの……一日いくらとか、考えなくていいから、あなたはあなたの思う通りにやってみなさいって。私はその、和田所長の言葉に、思いきり甘えることにしたの」

なるほど。奈緒が採用された経緯とは、何から何まで違うようだ。

それはそれとして、だ。

「ちなみに芭留さん。具体的には今日、何をするんですか」

すると急に、お腹でも痛くなったのかと思うくらい険しい顔をする。芭留って意外と表情豊かなんだな、というのも、一緒に働いてみて初めて分かったことだ。

「それよね。真瀬環菜が殺されたのって、自宅でしょ」

「はい。そう、出てましたね」

「ってことは、自宅は警察が張りついてるよね。あとマスコミもか」

「そうですね。現場検証はさすがに終わってると思いますけど、でも警備をつけて、立入禁止にしてる可能性は高いと思います」

たとえば、殺人現場が路上だった場合、警察は鑑識作業や現場検証を速やかに済ませ、交通を復旧させなければならない。しかし現場が私有地だった場合、またその場所を通常通り使用しなければならない特段の理由がない場合は、部外者立入禁止にし、充分な時間をかけて鑑識作業等を行うことができる。その後も現場保全を継続すれば、追加の捜査をすることもできる。

待て。その場所を通常通り使用しなければならない、特段の理由といったら――。

「芭留さん。環菜のマネージャーが実の姉だったとして、だったら二人は、どうやって暮らしてたんですかね。一緒に住んでたんですかね」

　芭留が「ああ」と宙を見上げる。

「一緒に住んじゃった方が、そりゃ、便利っちゃ便利だよね。ストレスも溜まりそうだけど」

　最後のひと言、ちょっと意外だった。

「芭留さんも、圭ちゃんと暮らしてたときって、ストレス溜まりましたか」

　それには、フッと小さく鼻で笑う。

「そりゃね、あったと思う。圭は十歳で目が見えなくなって、それから十年くらい一緒に暮らしたことになるけど、その頃は思わなくても、こうやって別々に暮らしてみるとね……ああ、こういうことって、圭と一緒のときはしなかったな、とか、こういう時間ってなかったな、とか、あとから気づいたりする。でもそれは、決して良いことばかりじゃなくて、ときどき、無性に寂しくなったりもするの。ああ、もう圭の分までお弁当作ってあげなくていいんだ、とか。圭が初めて行く場所に、一緒について行かなくていいんだ、とか。昔は、必ずあとを尾けていってたから……バレるけどね、あの子、勘がいいから。お姉ちゃん、また尾行してきてたでしょ、って」

　姉が甲斐甲斐しく、妹の面倒を見る。加藤里英と和美も、そういう関係の姉妹だったのだろうか。

「じゃあ、仮に一緒に暮らしてたんだとして……だとしたら、その加藤里英さんが、第一発見者って可能性、ありますね」

芭留が携帯電話で何かを検索し始める。

環菜殺しに関するニュース記事か。

「えーと……関係者から通報を受け、救急隊が駆け付けたが、搬送中に真瀬さんの死亡が確認された、ってなってるな。この関係者が里英だったのかどうか」

「一緒に住んでたんだとしても、さすがに寝室は別でしょうから、環菜は自分の部屋で寝ていて、殺されて、それを朝になってお姉さんが発見、通報したってことなんですかね」

芭留が首を傾げる。

「隣の部屋で妹が殺されてるのに、朝まで気づかなかったなんて、なんかイヤ……怖過ぎる」

「でも、病院への搬送中に死亡が確認されたわけですから、もしかしたら、発見時にはまだ息があったのかもしれません」

「どっちにしろ、環菜とお姉さんが住んでるところに、もう一人誰かがいた。常識で言ったら、男だよね。環菜が付き合ってる男。それが環菜の部屋に来ていて、加藤里英もそれは承知していたけども、あえて干渉はしなかった。お互い大人だし……ところが朝になって、起こしに入ってみたら、環菜の様子がおかしい、意識がない。で、救急車を呼んだ……みたいな感じかな」

非常に嫌な想像だが、奈緒は全く逆の可能性について考えていた。

真瀬環菜こと加藤和美と、姉の加藤里英。この二人以外に、その場には誰もいなかったという可能性だ。

あの、和田の言葉が脳裏をよぎる。

「殺人事件全体の半数以上が、実は親族による犯行だからね」

だとすると、加藤里英は今、どこにいる。

22

新幹線のホームまで、琴音を送っていった。

もう少しで列車が来るというタイミングで、琴音は少し声を低くし、希莉に訊いた。

「最近、実家帰ってる？」

そんなことを訊かれるなんて、まるで予想もしていなかった。

正直、面喰らった。

「……いえ。もうずいぶん、帰ってないです」

「たまには帰った方がいいよ」

「ああ、そう……ですね」

琴音が乗車するまで、ミッキーをよろしくとか、いろいろご心配おかけしましたとか、それまでにも言ったことを希莉は繰り返したが、でも頭の中に回っていたのは、その前に琴音に言われた言葉だった。

たまには帰った方がいいよ。

琴音はなぜ、あんなことを希莉に言ったのだろう。

無料でWi－Fiが使えるカフェに入り、遅めの朝食を摂ることにした。席を確保し、カフェオレをひと口飲んだら、すぐにタブレットのスイッチをオンにする。中断したままの原稿仕事も気にはなったが、でもどうしても、気持ちは真瀬環菜の事件の方に引き寄せられてしまう。ニュースサイトやSNSをハシゴして新しい情報がアップされていないか、ついついチェックしてしまう。

犯人はまだ逮捕されていないようだった。そればかりか、捜査の進捗について報じているサイトすらなかった。これはどういうことなのだろう。警察が報道規制をしているとか、そういうことなのだろうか。

他に何かないのか。そうだ、環菜のSNSはどうなっているだろう。

見てみると、最終更新は十月二十四日月曜日、九時七分となっていた。殺される前の日の朝だ。写真は赤い薄型のノートPCと、コーヒーの入ったガラス製のマグカップ。デスクは純白。PCの横には、青いガーベラの一輪挿しが写り込んでいる。

【今日は朝から原稿執筆です。

小説って、やっぱり難しいですね。

ブログやエッセイと違って、自分ではない、作中の登場人物として物事を感じ、考え、文章にしなければならないのですが、私はまだまだ初心者なので、もう頭の中で何回も何回も「五感」を捏《こ》ね繰り回さないと、その人物にぴったりフィットする「ひと言」が見つかりません。

でもぴったりな「ひと言」が見つかると、すごく気持ちがいいです。それってちょっと、ルービックキューブの面が揃ったときの感覚に似てるかもしれない。

私は、2面揃えるのが精一杯ですけどね。6面なんて絶対無理。】

驚いた。あの真瀬環菜が、エッセイと小説の執筆作法の違いを認識していたなんて。故人についてこんなことを思うのは甚だ不謹慎だとは思うが、希莉にとっては、こっちの方がよほど事件だ。

環菜って、意外と賢かったのかもしれない。

さらにさかのぼって読んでいく。写真も一々洒落ているが、それよりも何よりも、とにかく文章がよかった。

撮影現場でのエピソード、帰りの車の中で聴いたボサノヴァ、上手くできた炊き込みご飯、お気に入りのウイスキーでハイボール、先週見て泣いた映画、新たに名入りの包丁を購入、どんどん増えていく美顔ローラー、猫か犬を飼いたい、殺陣《たて》の練習で筋肉痛――。

もう、驚きの連続だった。

どの文章も非常に上品だし、語順が整っているのでとても読みやすい。句読点や改行がリズミカルなのもいい。また一文を長く取ったときも、文章に捩じれがほとんど生じていない。これは、かなりの文章力と言わねばなるまい。

これって本当に、真瀬環菜が書いた文章なのか？

試しに、今度は時系列順に読んでみることにした。とりあえず一年くらい前から、最終更新日に向かって読み進めていく。本当はこのSNSが始まった、三年半前の第一回から読めばいいのだろうが、でも一年前からでも、けっこういろんなことが分かって興味深かった。

もう、断言してもいいと思う。これを書いていたのは真瀬環菜ではない。加藤里英だ。加藤里英は真瀬環菜の実の姉であり、マネージャーだった。環菜こと和美の性格を知り尽くし、なお生活の全てを共にしていた。彼女ならこのように、真瀬環菜に関する全般を書くことも可能だったはず。

希莉自身、加藤里英についてそんなに多くを知っているわけではない。それでも文章から立ち上がってくる人物像は、真瀬環菜より明らかに加藤里英の方に近かった。嫌らしい言い方をすれば、加藤里英が真瀬環菜を演じているように読めてしまう。

なぜそんなふうに思うのか。

文章とは、言わば「論理的思考の結晶」である。「言語による感覚の再構築」と言ってもいい。意味が通じる文章を書くためには、書き手は読み手よりもさらに、その意味を正確に理解していなければならない。その上で、相手がどのように読み取るかという「解釈の幅」

を想定し、どの表現を用いるのかという選択をしなければならない。それを可能にするだけの語彙力もなければならない。

そんなことが、あの真瀬環菜にできるか？　あれは、そんな芸当ができる人間だったか？　環菜は希莉の書いた『エスケープ・ビヨンド』を読んで、「この作品大好き」「ドキドキしっぱなしで一気読み」などと、読んでなくても言えるような感想を平気で、しかも著者本人に面と向かって言うような女だった。もしあのとき、希莉が「どこが好きでしたか」「何にドキドキしましたか」「一番共感した登場人物は誰でしたか」などと訊いたらどうするつもりだったのだろう。「えー、名前が覚えきれなくて、今はちょっと、ちゃんとは言えないんですけど、でも面白かったです」みたいに、またどんな作品にでも使えそうな言い訳を並べるつもりだったのか。

だが、環菜名義のＳＮＳの執筆者が加藤里英だったとすると、ちょっと妙な話になってくる。

日枝雅史は、こんなことも言っていた。

「だから、分かるわけ、俺には。カズミが恋をしてることも。誰かを好きになったなって、分かっちゃうわけ」

もし日枝の推理が当たっていたのだとしたら、本当に恋をしていたのは、真瀬環菜ではない。

加藤里英だったということに、なるではないか。

残念ながら、どんなにSNSを読み込んでも希莉には分からなかった。環菜でも里英でもどっちでもいいのだが、SNSに上がっている文章から、執筆者が恋をしているか否かを感じ取ることはできなかった。

これは、どういうことだろう。日枝と違って、希莉は環菜にも里英にも興味がないから、だから分からないのだろうか。俗に言う「女の勘」より、この場合は「男の勘」の方が優れているということなのか。

あるいは、希莉に恋愛経験が少ないからか。いいや、それを言ったら日枝の方が絶望的に少なかったはずだ。あんな冴えない環菜オタクに、リアルな恋愛経験なんてそうそうあるわけがない。どちらにせよ低次元の争いだとは思うが、でも恋愛経験の数で自分があの日枝に負けるとは、希莉は思いたくないし、実際思わない。思わないけども、でも時間がないので、直接訊いてみることにした。あなたはあのSNSのどこを読んで、環菜は恋をしていると思ったのか。

ところが、日枝が電話に出ない。昨夜、埼玉県警に通報するぞと脅したのが意外と応えたのか。ひょっとして、急に罪悪感が芽生えて自ら警察に出頭し、今まさに取調べの最中だから電話に出られないとか、そういうことなのか。さすがにそれはないか。

日枝に訊けないとなると、もう心当たりは一人しかいない。全く気は進まないが、できることなら二度と顔も見たくはないが、でも事務所関係者以外で共通の知人となると、もうこの人しかいないのだから致し方ない。

『……はい、もしもし』

鴻巣清継。さすがに声が沈んで聞こえる。

「片山です。今ちょっと、いいですか」

『……なに』

「環菜さんについて、なんですが」

『それだったら……悪いけど、またにして』

「お気持ちは分かりますけど、でも、環菜さんを殺した犯人は、まだ捕まってないんですよ」

『分かってるよ。だから困ってんだろうが』

「え？　なんで、鴻巣さんが困るんですか」

『そりゃ、君……疑われてるから、ってことに、なるんだと思うよ。よく分かんないけど』

よく分からないのはこっちの方だ。

「鴻巣さん、警察に呼ばれたんですか」

『呼ばれてはいない。でも呼ばれるぞって、あちこちの関係者から脅されてさ。もう……呼ぶんだったらさっさと呼んでくれって話だよ。こっちは、釈明だってアリバイの証明だってする用意があるんだよ。なのに電話一本かかってこねえし、職務質問すらしにこない』

職質は、また別の話だと思うが。

「鴻巣さん、今どこですか」

『言えない』

「なんでですか」

『情報が漏れたら困るから』

「ご自宅じゃないんですか」

『自宅になんか帰れねえよ。マスコミがウヨウヨしてんだからよ』

確かに。その中には、警察も交じってるかもしれないし。

「でも、逃げ隠れするのは、かえってマズくないですか」

『人聞きの悪いこと言うなよ。逃げ隠れしてんのはマスコミからで、俺は、警察に話が聞きたいって言われたら普通に行くよ。事務所にも、警察から連絡があったら携帯に電話しろって言ってくれって言ってあるし。だから、君と長電話してる暇もないのよ。いつ警察からかかってくるかも分かんないんだから』

そりゃ大変だ。

「じゃあ、いくつか質問させてください」

『俺の話聞いてる？　早く切りたいんだよ』

「鴻巣さんは、環菜さんのマネージャーの加藤里英さんが、環菜さんの実のお姉さんだってことは、ご存じでしたか」

『……あ？　ああ。知ってるよ』

「それ、あんまり知ってる人、いなかったと思うんですけど、なんでですかね」

『そりゃ、環菜が嫌がったからだよ。あいつ、昔のこととかプライベートとか、詮索されんの大嫌いだったから』

もうすでに過去形か。なんと不人情な。

「ちなみに、環菜さんのＳＮＳ、あれを実際に書いてたのって、誰なんですかね」

鴻巣がひと息、嗤《わら》いを吐き出す。

『お前いま、なんでそんなこと……そんなの、加藤里英に決まってんだろ。一般のファンはともかく、環菜と加藤里英の両方と面識があって、環菜のＳＮＳを読んだら、たいていは気づくだろ。こんな流暢な文章、あの馬鹿に書けるわけがない。じゃあ誰なら書ける。こんなに毎日毎日、環菜のことを事細かく書いて写真も撮れるのなんて、加藤里英以外に考えられないだろ……って、それがなんなんだよ。もういいだろう』

「もう一つ」

鴻巣が、聞こえよがしに溜め息を吐きつける。

『なに……もういい加減にしてくれよ』

「加藤里英さんって、付き合ってる男性はいたんですかね」

一秒半、妙な間が空く。

『……それ、どういう意味よ』

「いや、そのまんまの意味ですけど」

『加藤里英の付き合ってた男が、環菜を殺したかもしれない、ってことか』

なに？

「私、そんな、そういう意味で訊いたんじゃないですけど」

『だったら、永和書店のオオキだよ。ほら、君の「エスケープ・ビヨンド」の配信を担当した……はぁん、そういうことか。それはまあ、ありそうっちゃ、ありそうな話だな』

それは一体、どういう話だ。


一般人が、いきなり出版社の文芸編集部に電話をしてくるケースは少ない。読んだ作品にクレームをつけたいとか、作家に直接会って感想を言いたいとか、中には対応の難しい電話もあるようだが、でも非常に少ないと、希莉は聞いている。

ただ希莉は一般人ではないので、一応、永和書店とも仕事をしたことがある「業界人」なので、堂々と電話していい、はずだ。

『はい、永和書店、第二図書編集部です』

「えっと、片山希莉と申します、お世話になっております。今日は、青山《あおやま》さんは、いらっしゃいますか」

『申し訳ございません。青山は「週刊モダン」編集部に異動になりましたので、そちらにお繋ぎいたします。少々お待ちください』

「恐れ入ります。お願いします」

本当は青山に用があるわけではないのだが、ものには順序というものがある。

『はい、青山です』

「ご無沙汰しております、片山希莉です」

二秒くらいの、微妙な沈黙。

『……あー、はいはい、片山さん。ええ、こちらこそご無沙汰しております』

こいつ、私のこと絶対忘れてるな、とは思ったが、希莉自身も、たまたま青山の名刺が見つかったから電話しただけなので、お互い様と言えばお互い様だ。

早速、用件に入ろう。

「あの、文芸編集部に、オオキさんっていらっしゃいますよね」

『正確には「第一図書編集部」ね。ええ、編集長のオオキ。おりますよ』

なんと。編集長だったのか。

「ちょっと、繋いでもらってもいいですかね」

『どういったご用件で？』

「前に青山さんとお仕事させていただいたときは、私、まだフリーだったんですけど、今はオフィス・デライトに所属してるんですよ。デライトってほら、今、真瀬環菜の」

『ああ、なるほどね。ちょっとお待ちください』

青山の『なるほど』がどういう類の納得だったのかは分からないが、でも結果オーライだ。

『……もしもし、お電話代わりました。オオキです』

初めまして。片山希莉と申します。


真瀬環菜について話がしたい。

希莉はそう、率直に伝えた。

青山同様、とりあえずは大木も「どういったお話で」みたいに訊いてくるだろう。そう思っていた。しかしその予想は外れ、大木はいきなり『会って話しましょう』と提案してきた。

それならそれで、希莉はかまわない。

場所は目黒駅近くの喫茶店。出版関係者も取材や打ち合わせでよく使う、談話室スタイルの店だった。

店員に待ち合わせであることと、相手は「オオキ」という名前であることを告げると、すぐ奥の方の席に案内された。

周りにあまり客がいなかったというのもあるが、遠目から見ても、あの人だな、くらいのことは思った。大木は大木で、希莉がどんな背恰好、どんな顔なのかくらいは調べてきたのかもしれない。希莉が近づいていく途中で立ち上がり、深々と頭を下げてきた。

「ご足労頂きまして、申し訳ありません。永和書店、第一図書編集部の、大木でございます」

差し出してきた名刺には、間違いなく【編集長　大木征志郎】とある。

編集部といえども「部」なのだから、一番偉い人は「部長」ではないのかと希莉はいつも思うのだが、どういうわけか、どこの出版社も「編集部」のトップは「編集長」としている。これも一つの「業界あるある」か。

「どうぞ、お掛けください」

「ありがとうございます」

大木は四十過ぎの、わりと細身の、まあまあの美男子だった。決して希莉の好きなタイプではないが、でもこういう、柴犬みたいな和風の顔を好む女子は少なくない。

希莉もホットコーヒーをオーダーした。

それが出てきた辺りで、大木が話し始めた。

「片山さんには、大変申し訳ないことをしてしまったと、思っておりました……申し訳、ありませんでした」

なるほど。そういう負い目があるから、大木は会って話そうと提案してきたわけか。

今日はその話がしたいわけではないが、前提条件としては悪くない。大いに利用させてもらおう。

「あの企画は、そもそもは誰の発案だったんですか」

大木の眉間に力みが生じる。

「それは、ですから……最初は、鴻巣さんからでした」

「手元にこういう作品があるから、真瀬環菜が書いたことにして発表しないかと、彼の方から提案してきたわけですか」

大木はしばし言い淀《よど》んだ。この期に及んでも、全ては鴻巣が仕組んだことだ、俺は関係ない、みたいに言うつもりはないらしい。大木征志郎とは、そういう人間ということか。

「それは、まあ……いろいろな可能性を、探っている中から、こう、いくつかのアイデアを縒《よ》り合わせて、条件等も、勘案した結果、これがベストではないかと」

「他に、どういうアイデアがあったんですか」

大木の、眉間の力みが強まる。

「それは……」

そんなに言いづらいことか。

じゃあ、少し話題を変えてあげよう。

「ちなみに大木さんも、環菜さんのSNSをお読みになったことは、ありますよね」

いや、意外とこっちが「ツボ」だったのかもしれない。

大木の目の動きが、急に鈍る。

「ええ……はい、もちろん」

「どう思われましたか」

明らかに、これまでとは顔つきが違う。

「いや、それは……はい、素敵だなと」

「それだけですか」

よほど口が渇くのだろう。大木がひと口、水を含む。

「……それだけ、というのは、どういった……」

「文章のプロとして、あれをお読みになって、どう感じられましたか」

大木の目が、木目調のテーブルの表面をさ迷う。

「それは……鴻巣さんから、お聞きになったんですか」

希莉は、SNSの文章を実際に書いていたのは加藤里英である、そのことは鴻巣から聞いて知っている、という意味で「はい」と答えた。

だが大木は、そのようには解釈しなかったようだ。

カクンと、力なくうな垂れる。

「……あれを元にして、エッセイ集を出す企画があったのは、その通りです。でもこっちにも、出版計画というものがありますから。真瀬環菜で、そんなに立て続けに本を出すわけにはいかない。とりあえずはエッセイか、小説か、どちらかに絞らなければならなかった……実作者の方を前にして、こんなことを申し上げるのは大変失礼だとは思いますが、一定の売り上げが見込めるのは、はっきり言ってエッセイです。でも、あの作品は小説として面白かった。真瀬環菜名義で出して売れない可能性も、もちろんありますが、私は、売れる可能性の方が高いと思った。賭けてみたいと思った。エッセイ集の出版を喜んでくれていた里英さんには大変申し訳なかったんですが、でも、チャレンジしたいと思ったんです。純粋に、私は、文芸編集者として」

そのチャレンジ精神、文芸編集者として「純粋」か？　という疑問はあったが、問題はそこではない。

「大木さんは、あのマネージャーのことを『里英さん』って呼ぶんですね」

明らかに、大木は「マズい」という顔をした。

ここが攻め処だろう。

「大木さん、正直に言ってください。真瀬環菜さんのマネージャーであり、実の姉でもある、加藤里英さんと交際していた男性というのは……大木さん、あなたですか」

大木の口が、パクパクと空を嚙む。

「……あなた、それ……どういう」

「どうなんですか」

「いや……」

「あなたはもちろん、あのSNSを書いていたのは加藤さんだって、知ってたんですよね。知った上でエッセイ集の出版を企画して、でも鴻巣さんから小説出版の企画を持ち込まれて、あっさりそっちに鞍替えした」

「あっさりじゃない」

そういう問題でもない。

「だとしても、あなたたちに一体、何があったんですか。あの小説を巡って何があり、結果、誰が真瀬環菜を殺したんですか」

私です、私が真瀬環菜を、殺しました。

もし大木にそう言われたら、希莉は——。

23

琴音が家に着いたのは、午後の三時頃だった。

店の前には臨時休業の看板が出ていたが、中に人影が見えたので、ドアを開けてみた。

「……ただいま」

すると、いたのは叶音だった。左足だけスニーカーを履いて、カウンターの前に立っている。松葉杖は二本まとめて手に持っている。

その横には、和志の妹の咲月がいる。

「あ、琴音さん、お帰りぃ」

「お帰り、お姉ちゃん」

叶音と咲月。琴音の実の妹と、義理の妹。ちなみに咲月は琴音より三つ年上だ。

さて。

「……なんか、珍しい組合わせ、だね」

叶音が嬉しそうに「うん」と頷く。

「昨夜は私も、あちらでお夕飯ご馳走になって。お義兄さんと奏は向こうに泊まるっていうから、じゃあって、咲月さんがこっちに来てくれて」

咲月も同じように頷く。

「そしたら、妙に意気投合しちゃって、ね。けっこう飲んじゃって……あ、琴音さんゴメン。そこにあったワイン、全部飲んじゃった」

全部、か。

「んーん、全然大丈夫。私こそ、急に留守しちゃってごめんなさい」

叶音が、途端に難しそうな顔をする。

「……で、希莉さんは、無事だったんだよね？」

「うん、奇跡的に無事だった。お陰さまで」

「五日も監禁されてたって、つまりその相手が、真瀬環菜を殺した犯人だったってこと？」

「それが実は、そうではなくて……まあ、詳しいことはあとで話すとして、私、先にお義母さんに挨拶してくるよ」

慌てたように、叶音が「あの」と待ったをかける。

「私これから、咲月さんに車で、病院に連れてってもらうから。今日、これ取る日だから」

そう言って、地獄色のギプスを指差す。

「あれ、それって今日だっけ」

「そう言ったじゃん」

「でも咲月さん、いいの？　配達とか」

咲月が親指で窓の外を指す。

「もう、積むだけは車に積んであるから。叶音ちゃんを病院で降ろして、三軒回って病院に戻ったら、たぶんちょうどくらいだから。そしたら、また一緒に帰ってこれるから」

叶音が、もう松葉杖なんて要らないんじゃないかというくらい、片脚でピョコピョコと跳ねてみせる。

「んもう、咲月さんがこんなに楽しい人だなんて、私、全然知らなかった。なんか、もう一人お姉さんができたみたい。こんなんだったら、もっと早く遊びに行けばよかった」

そっか。それは、よかったね。


隣の実家、中島商店の方にも挨拶に行く。

「すみませぇん、ただいま戻りましたぁ」

ガラス引き戸を開けたそこは、工場というほどではないが、でもけっこうな広さの作業場になっている。業務用焙煎機が二台と、個別包装をするパッキングマシーン、生豆の入った大量の麻袋、保管用冷蔵庫などが所狭しと並んでいる。

義父、宗行は焙煎機の前にいた。

「お義父さん、すみません、昨夜はお世話になりました」

宗行は口数の少ない、いわゆる職人気質の人だが、どういうわけか琴音には優しい。

「お帰りなさい。母さん今、買い物から帰ってきた」

「そうですか。じゃ、ちょっとご挨拶してきます」

「うん……」

保管用冷蔵庫の脇にある、自宅に通ずるドアを開ける。とはいえ、そこにはトイレとちょっとした休憩スペースがあるだけで、メインの生活空間は二階になる。この構造は琴音の実家とも、今の家とも共通している。商売をやっている家にありがちな設計ということだ。

二階に上がると義母、友香理《ゆかり》は、買い込んできた食材をダイニングテーブルに並べているところだった。

「お義母さん、琴音です、ただいま戻りました」

友香理が手際よく、ニンジンを何本かまとめて古新聞に包む。

「ああ、お帰りなさい。なんか、大変だったみたいね」

「すみません、ご心配おかけしました……これ、試食したら美味しかったんで、みんなで食べようと思って、買ってきました。『ティラミスショコラサンド』ですって」

「あら嬉しい。いつもありがとう」

友香理には一応、事の顚末を話して聞かせた。

途中で長くなりそうだと思ったのだろう。食材が片づいたところで、友香理は「お茶淹れようか」と言ったが、そこは「私やります」と琴音が引き受けた。本音かどうかは分からないが、この家の人たちは琴音が淹れるお茶を「美味しい」と言ってくれる。コーヒーを淹れるのが上手だから、とか、丁寧だから、とか、それなりの理由も付け加えて。

「……ああ、美味し」

ティラミスショコラサンドも開けて、二つずつ食べた。

ひと通りキナ臭い話が終わったら、次はここでの、昨夜の話だ。

「叶音までご馳走になっちゃったみたいで。すみませんでした」

「いいのよ、かえって楽しかったわ。でも叶音ちゃん、けっこう長くいたのよね。二ヶ月半くらい？」

「いえ、もうちょっとですね。そろそろ三ヶ月か、ってくらいです」

「そんなにいたんだったら、もっと遊びに来てくれたらよかったのに。足があれじゃ、ずっと退屈だったでしょう」

「それは仕方ないです。みんな仕事してるんだから、邪魔だけはしないでって、最初に私から言ったんです。なので、多少は申し訳ないと思ったんでしょう。奏のお守りしたり、洗濯とかも、少しは手伝ったりしてくれてます」

実際は、乾燥機から取り出して畳むだけだが。

友香理が、ゆるくひと息つく。

「昨夜ね……お父さんと二人になってから、話したの。琴音さんがいないと、寂しいもんだねって」

ああ、やっぱり、と思った。嫁が急に留守することを、しかも泊まりでなんて、舅、姑《しゅうとめ》が快く思うはずがない。

「すみませんでした。急に勝手をしまして」

そう言って頭を下げると、友香理は困ったように眉を寄せ、両掌を向けてきた。

「違うのよ、琴音さん。そういうんじゃないの」

「でも……」

「カナちゃんは、みんなとご飯食べられて喜んでたし、咲月も、なんか叶音ちゃんとは馬が合うみたいで、それはそれで楽しかったの。でもね、叶音ちゃんがいたから、かな……余計に、琴音さんがいないのが、お父さんは寂しかったらしくて。いつもはね……隣とはいえ、家は別々だし、二日や三日顔を合わせないことだって、よくあるじゃない。ウチみたいに、お互い商売をやってたら」

ここは「ええ」と頷いておく。

「なのに、不思議よね。ひと晩、琴音さんがいないって聞いただけで、こんなにも寂しい気持ちになるなんて……誤解しないでね。あなたに出かけてほしくないなんて、そんなことを言ってるんじゃないの。そういうんじゃなくて……ただ、あなたが隣の家にいてくれるってことが、どれだけありがたいことかって、私たちなりに、再確認したっていうかね」

「お義母さん……」

テーブルを挟んで座っているので、ハグは難しい。

なので、そっと手を取り合う。

友香理が、琴音の手の甲を撫でる。

「私たちはほら、結局、どっちの親の面倒も見ないで、好きにやってきたから……やってきたからこそ、かな。あなたと和志にもね、自由にやってほしいし、干渉するのはよそうねって、琴音さんは中島家の嫁じゃなくて、和志のお嫁さんなんだって、思おうねって、お父さんとは言ってるの。和志とは、仕事は一緒だけど、それぞれ独立した家族なんだって、そう考えようねって。それが……歳もあるのかな。お父さんが、琴音さんがいないと寂しいねって、昨夜、ぽろっとね、言うもんだから、なんか二人して……あんまり、琴音さんにばかり頼っちゃいけないって、そう思ってはいるんだけど、ごめんなさいね」

「いえ、そんな……」

でも確かに、家族とは不思議なものだ。

叶音は咲月のことを、もう一人姉ができたみたいだと喜んでいた。

宗行と友香理は、琴音がひと晩いないだけで寂しかったという。

でも、そうではない家族関係も、世の中にはある。

それがお節介だということくらい、琴音も分かってはいた。いきなり訪ねたら相手方にも迷惑だろう。それも分かっていた。でも、どうしても納得がいかなかった。

翌日の午後、琴音は少しだけ店を閉めて出かけた。奏が帰ってくるまでには戻るつもりだった。

自家用車にしている青い日産キューブを、自分で運転していった。

希莉の、実家まで。

那須塩原駅の向こうなので、車なら三十分くらいの距離だ。幸い道は空いており、また希莉の実家は県道沿いにあったので、迷うことも全くなかった。

でもほんの一瞬、間違ったかな、とは思った。

目的の住所にあったのが、あまりにも生活感のない、まるで美術館か、博物館のような建物だったから。

公道か私道かもよく分からない場所を通り、とりあえず建物の近くまで車を進めた。真っ白い壁に、ところどころ窓らしき黒い四角があるのは見えるが、琴音の好きな木枠でもなければ、よくあるアルミサッシでもない。たぶん開かない、採光のためだけの窓なのだろう。建物の手前には、綺麗にカーブした白い石貼りの塀。壁から大きく張り出している、あれはなんだろう、単なる庇《ひさし》だろうか。それとも他に、何か役割があるのだろうか。巨大な鋼鉄の板みたいなものが、広く日陰を作り出している。

一般住宅とはかけ離れた設計であるのに加え、あまりにも大き過ぎて、建物の全体像が把握できない。車はどこに駐めるべきか。そんなことも、考えるだけ無駄だと思った。別にどこに置いておいても邪魔になんてなるまい。

琴音は、カーブした石貼りの塀の前にキューブを駐め、運転席から降りた。降りたら降りたで、今度はどこから建物に入っていいのかが分からない。

何もかも、分からないことだらけ。要は、別世界に迷い込んだようなものだ。表現として一番近いのは、おそらく「海外のSF映画の世界観」だろう。

無音で、無機質で、無人。

そんなことを思ったからだろうか。

《……どちらさまですか》

急に天から声が降ってきた。よくあるインターホンの音質ではない。もっと澄んでいて、リアルで、エコーがかかったようなサウンドだ。

ただ、その声には聞き覚えがあった。

琴音は、それとなく上向きで答えた。

「急にお訪ねして、申し訳ありません。先日お電話いたしました、中島です。希莉さんの、知り合いの者です」

すると案の定、《ああ》と返ってきた。やはり、声の主は希莉の母親だったか。

数秒の間はあったが、《お入りになって》と続けて言われた。

どこから? と琴音は思ったが、例の、巨大な庇の下に明かりが灯り、これまたSF映画よろしく、通路の奥を示すようにランプが順繰りに点灯し、琴音を玄関へといざなってくれた。

その先にある、黒っぽいガラスドアが左右に開く。

中には、琴音と同じくらいの背丈の、細身の女性が立っていた。

白いシャツに、カーキ色のパンツというラフな出で立ち。素材は両方ともコットンのように見える。

琴音は入り口の前で立ち止まり、深めに一礼した。

「初めまして、中島琴音と申します」

「片山ユキです。お入りください」

普通の玄関のような段差はないので、靴を脱ぐべきか否かを迷ったが、彼女、片山ユキは絶妙のタイミングで「そのままどうぞ」と声をかけてきた。言い慣れてるな、と思った。

通されたのは——ここもまた、なんと表現したらいいのだろう。プールのある、芝生《しばふ》の中庭に面した応接スペース、か。通路との仕切りがガラスになっているので、待合室のようでもある。床も壁も天井も黒で統一されているが、窓から自然光がたっぷり入ってくるので、部屋自体は非常に明るい。

「どうぞ、お掛けになって」

「はい……失礼いたします」

大きな楕円のガラステーブルに、卵の殻のような形の白い椅子。見た目は座りづらそうだが、そんなことはなかった。人間工学に基づいたデザインなのだろうか。力を抜くと、自然と姿勢がよくなるような、不思議な座り心地の好さだった。

「紅茶は、お好き？」

「あ、はい……でも、おかまいなく」

ユキは、電話越しよりはさすがに物腰が柔らかかった。また、電話では継母かもしれないと疑ったが、それはないと思った。クリッとした丸い目が、希莉とそっくりだった。二人は間違いなく、血の繋がった親子だ。

意外にも、紅茶はユキが直々に淹れてくれるようだった。

窓際のコーナーテーブルにはティーセットが載っている。その前に立つユキの後ろ姿は、こちらの背筋まで自然と伸びるほど真っ直ぐで、かつ凛々《りり》しかった。

どういう女性なのだろう。

だがそれは、むしろユキの方が強く抱いた疑問かもしれない。

「なんですか……この前は、希莉と連絡がとれないということでしたが、その後はいかがですか。連絡はとれましたか」

率直に訊いてくれたので、こっちも話しやすくなった。

「はい。幸い、希莉さんはご無事でした」

トレイを持ったユキが、こちらを振り返る。

「そうですか。それはよかったです……どうぞ」

英国風の、花柄のティーカップを差し出される。それには、丁重に頭を下げておく。

「ありがとうございます」

ユキが向かいに座るのを待って、ひと口、その紅茶をいただく。

しかし、「それはよかったです」という言い方はないだろう。

「あの……私のような他人が、このようなことを申し上げるのは、甚だ失礼だとは思いますが……希莉さんは、私がこちらにお電話した日も含め、合計五日間も、ある男性によって、監禁されていたんです」

信じ難いことだが、ユキはこれを聞いても、全く表情を変えなかった。それ以外の反応もない。

ならば、琴音が続けるしかあるまい。

「その男のところから、希莉さんを助け出したのは、私を含む三人の、希莉さんの友人です。

警察でも、ましてや家族でもない。私たち、女友達三人でした」

ユキが、目線だけを上げて琴音を見る。

「それで、誰もお怪我はされなかったの？」

「希莉さんを含め、四人とも無事でした。五日も男性宅に監禁されていたのですから、普通はそれなりの心配をすると思いますが……少なくとも私たちは、希莉さんが暴行を受けたりしていないか心配で堪りませんでしたが、でも幸いにして、それもなかったようです。本当に、よかったと思っています」

ごく小さく、本当に形だけ、ユキは頷いた。

「それは……よかったです」

そもそも琴音自身、ここに何をしに来たのか、自分でもよく分かっていないところがあった。会って話せば、あの母親だってさすがに泣いて礼を言うだろう。そんな期待がたぶん、一つにはあった。もっと単純に、希莉の無事だけは希莉の家族にも知らせておきたい。お節介は百も承知で、そうも考えていた。

だが今は、もう違ってきている。

他人事《ひとごと》のような顔をし続ける、その片山ユキの「能面」にヒビの一つも入れてやりたい。

ユキは、そんな琴音の内心を見透かしたのだろうか。

「中島さんは、わざわざそれを、お知らせに来てくださったの？」

その答えは、イエスでもあり、ノーでもある。

「この前のお電話で……希莉さんからの連絡は、ないようにお伺いしましたので」

「希莉からの連絡はありません。でも今、中島さんからお聞きしたので、希莉が無事であることは承知いたしました。ありがとうございました……ということは、これでご用件は、お済みになりましたでしょうか」

その瞬間、自分がどんな顔をしたのか、琴音自身にはよく分からない。でもユキは、何かしらの感情を琴音の反応から読み取ったに違いない。

「……どうも、それだけではなさそうね」

これも「イエス・ノー」では答えられない。

ユキが続ける。

「希莉は、何か言っていましたか」

「いえ。私も、こちらにお電話したことは、希莉さんにはお話ししていませんので」

「そうですか……一体どういう親子なんだろうって、思っていらっしゃるのかしら。ご自身のご家族と比べて、お母様とか……あ、中島さん、ご結婚は？」

たまたま、テーブルには手を出していなかった。

「はい、しております。一歳になる娘がおります」

「ということは、むしろ立場は希莉より、私の方に近いことになるのかしら。だからこそ、私の言動に違和感を覚えた……そういうことかしら」

本当に、何者なのだろう。この片山ユキという人は。

一つ頷いてみせる。

「はい。失礼を承知で、申し上げれば……なぜ希莉さんに対して、あんなに突き放したようなことを仰るのだろうと、私は疑問に思いました」

「それを理由にここに乗り込んできたのだとしたら、あなた、ずいぶんとお節介なのね」

「はい。そのことは、自覚しておりますし、実のところ、反省もしております。突然お訪ねしたことは、お詫びいたします」

ユキの赤い唇、その口角だけが、別の生き物のように吊り上がる。

「中島さん。あなた意外と、面白い人なのね……いいわ。私もこの前は、ちょっとぶっきら棒だったかな、とは思っていたの。だからって誤解を解こうとか、そんなつもりはさらさらありませんけど、世に数多《あまた》ある異論と向き合うのは、決して無駄なことではないわ」

そこまでは、まだなんとか理解できていた。

しかし、

「……結婚前の私は、バレリーナでした」

急に、話の行く先が見えなくなった。

だからといって、「は？」と訊き返すわけにもいかない。

琴音が相槌を打つ間もなく、ユキが続ける。

「一時期は、英国のバレエ団にも所属していたんです。まあ、プリンシパルなんて遠く及びもしませんでしたけど、でもそれなりに、世界中、どこに行っても仕事に困らないくらいの実績はあったんですよ……当時はね」

さっきの、コーナーテーブルの前に立ったときの、ユキの後ろ姿を思い出す。あの真っ直ぐな立ち姿は、そういうことだったのか。

「でも私は、今の主人と出会った。すぐに『結婚しよう』って言われました。ただしそれには、一つ条件があった。私は……バレエを辞めなければならなかった。あと何年続けられるか分からない、バレリーナとしての人生。どんな未来が待ち受けているのか予想もつかない、主人との人生。別に『結婚こそが人生のゴール』だなんて、そんな『昭和の女』みたいな考えは、私はこれっぽっちも持ち合わせてはいませんでしたけど、でも主人と生きる人生に魅力を感じたんです、私は。だからバレエを辞めた。そこに生まれたのが……希莉です」

今のところ、話は逆方向に進んでいるようにしか、琴音には聞こえない。

だがユキが、それにかまう様子はない。

「あの子が、なぜあんなふうに育ったのかは、私にも主人にも分かりません。子供の頃から空想好きで、絵本にクレヨンで、自分の作った話を上描きするような子でした。小説を書き始めたと言ったのは、中学の頃だったでしょうか。でも大学に入学したら、なぜか演劇部に入るって。たかが大学の部活動に一々目くじらを立てるのも大人げないと思っていましたから、主人も私もそれについては何も言いませんでしたけど、あの子、いきなりテレビに出たり、舞台に立ったりし始めて。さすがに、それは辞めろと、主人は怒り狂いました」

いきなり怒り狂うのか、という顔を、してしまったのだと思う。

ユキが訊く。

「なんでだろうって、思います?」

さすがに、ここは答えねばなるまい。

「はい。ちょっと、私にはよく……」

「でも、芸能仕事を嫌う親はいくらでもいるでしょう。親でなくても、そういう人はいるんです。主人がまさにそういう人間でしたし、私はそんな主人と家庭を持ちました。だから私も、希莉に言ったんです。そういう仕事をするなら、片山の家とは縁を切りなさい、片山の人間でいたいのなら、そういう仕事は辞めなさいと。希莉は、名字こそ変えていませんが、芸能の仕事を続けることを選びました。つまり、希莉はすでに片山の人間ではないということです」

希莉の父親が何者なのか、琴音は全く知らない。

それでも、信じられないという思いが拭えない。

「あの……私なら、などという仮定をお話しするのは、おこがましいとは思うのですが」

ユキの表情は意外なほど柔和だ。

「いえ、どうぞ」

「もし私に、バレエの経験があったなら、娘がタレント活動をしたり、舞台に立ったりすることについても、理解を示すだろうと思います。もし夫が反対したら、むしろ、夫を説得する側に回るだろうと思います」

ユキが頷く。

「それも、一つの選択肢ね。でも同じように、娘を説得して辞めさせるという選択肢もある。さらに、交渉が決裂した場合は、親子関係を解消する、そういう選択肢もね」

そこだ。

「親子関係の解消って……さすがにそれは、極端ではないでしょうか」

「あらそう？　昔はよくあったんじゃないかしら。親に勘当されたから家には戻れない、みたいな」

「でも、今はそういう……」

時代ではない。そこまで言うことはできなかった。

ユキが、かぶりを振って否定したからだ。

「中島さん。たぶんそこに、誤解があるのだと思いますよ。今は家長の、つまり父親の言うことが絶対だなんて、もうそんな時代じゃないと、そうお思いなんでしょう。今はもっと多様性を認めていく時代だと。でも、だとしたら、こうも言えると思うんです。希莉は芸能の仕事をしたい。これが一つの価値観なのだとしたら、主人の、自分の家族にそういった仕事はさせたくないという、これも立派な価値観ということになります。多様性を認めるというのは、双方の、あるいは多数の言い分を並立させるということ。だとすれば、家族関係を解消する、昔風に言ったら勘当する……それって案外、今の時代に合った解決方法なんじゃないかしら。ましてや、私たちは育児放棄をしたわけではありません。成人するまではちゃんと面倒を見ました。子育ては、すでに完了しているということです」

そんなのは屁理屈だ、というのは思うだけで、反論に使えそうな言葉は一つも、琴音の頭には浮かんでこない。

ユキがティーカップの持ち手を摘む。

でも、持ち上げはしない。

「家族だから、無条件に思い合う。家族だから、なんでも赦し合う。家族だから、言葉にしなくても通じ合う。家族だから、家族だから……それって、ただの幻想なんじゃないかと、私は思うんです。『家族』という言葉を、辞書で調べてみたことはありますか。私も一字一句、正確に覚えているわけではありませんが、要は、婚姻と血縁によって維持される、共同生活の形態、みたいな……確か、そんな定義だったと思います。スタートは、あくまでも『婚姻』。つまり他人同士の、男と女……家族の始まりは、実は『家族』ではないというわけです」

これは一体、なんの話なのだ。

まだユキは続ける。

「たとえば、国……『国』ってなんだと思います？　国というのは、もっと厳密に言ったら、『国家』というものは、まずは『国民』と、それから、国土や周辺海域といった『領域』と、あと、自国のことは自国で決められる『主権』から成り立っています。主権があるから、自前で法律を作り、他国に干渉されず、自国を統治することができる、そういうことですよね……国民と、領域と、主権。その三つの内のどれが欠けても、国家は成り立ちません。でもこれって、家族にも当てはまると思うんです。家族を構成する一人ひとりが、家という領域内で、自分たちが決めたルールに従って生活する。逆に、その家庭内のルールに納得できず、家を出て行くのであれば、その人はもう家族の一員ではなくなる……ごく簡単な話だと、私なんかは思うのですが」

これを言ったところで、喧嘩にもならないのだろうが、こんな無機質な家に住んでいるから、そんな無機質な考え方をするようになるのではないかと、琴音は思った。

ユキが、フッと笑みを漏らす。

「……こんな話をしておいて、今さらと思われるかもしれませんけど、私だって、希莉には頑張ってほしいと思ってるんです。女優なのか、脚本家なのか、小説家なのかは知りませんけど、成功してほしいと思っています。つまり……家族であるということと、家族でいるということと、家族になるということは、同じようでいて、実は少しずつ意味が違う……そういうことなんでしょうね」

そういうこと、なのだろうか。

24

大木に会い、直接事実を確かめた。

SNSを元にしたエッセイ集の出版は見合わせ、代わりに片山希莉が書いた小説を、真瀬環菜が書いたことにして発表するというのは本当なのか。

「まだ、そうと決まったわけじゃない。一つ、そういう案もあるということですよ。僕があなたになんの相談もなく、そんなことを勝手に決めるはずがないでしょう」

じゃあ、エッセイ集の出版がなくなったわけでは。

「ないです。ないですけど、ただ少し、ここからはビジネスの話になりますが、聞いてください。僕はもう、四回も五回も、あのSNSを読み返している。三年半くらいかな？　もう隅から隅まで、読み込んでいる。これはまだ、ページを組んで計算したわけじゃないから、僕のざっくりしたイメージだけど……もちろんね、本にするとなったら、三年半分の書き込み、一切合財を収録するわけにはいかない。それはそうだよね」

それは分かります。

「載せられるものもあれば、カットするものも出てくる。似たようなネタが三つも四つもあったら、その中から一つだけ選ぶことになる。料理関係だって、そりゃレシピ本を作るんだったら全部載せたいけど、でもそうじゃないから。そういう取捨選択をして、さらに吟味していくと、たぶん今ある分量の……五分の一、くらいになると思う」

五分の一。たったの二割。

そこまで絞られるなんて、まるで思っていなかった。

でも、三年半の五分の一でも、けっこうな量になりますよね。

「いや、単行本一冊の分量としたら、むしろちょっと、足りなくなると思う。なのでどの道、もう少し溜まるまで何ヶ月か待つか、単行本用に加筆という話になってくる。僕は……あくまでもテクニカルな意味で、あなたに少し、出版を後ろにズラした方がいいんじゃないかと、提案しようと思っていたんです。そこにちょうど、鴻巣さんからの話があった。ほぼ出版できる形にまで整っている小説が、手元に一本あると……だから、エッセイをやめて小説にしようって話じゃないんです。あくまでも、エッセイ集は出す。でも時期は少し後ろ倒し。それに先んじて、小説の方を出す方向で調整する。そういう話なんですよ、これは」

お店の個室だったから、だろう。

大木は私の左手を、両手で握ってきた。

「もう一つ、正直な話をします……いま私のいる第一図書編集部は、非常に苦しい状況にある。第二の方はノンフィクション全般に加えて、写真集やハウツー本も出している。比べて第一は文芸が中心で、なかなか新しいジャンルは担当させてもらえない。そもそもウチは、業界でも文芸出版が得意な方ではない。そんな中で、写真集以外のタレント本というのは、第一にとってはチャンスなんですよ。牙城であり、試金石なんです。そのタレントに人気があれば、ある程度は売り上げが見込めるし、さらに化ける可能性だってある。それに加えて、今回は小説なわけですから。こっちだって本業のノウハウを注入できる。お願いします、里英さん……僕に、環菜さんの小説を作らせてください」

　分かりました。大木さんがそこまで仰るなら、私に異論はありません。

　頑張りましょう、一緒に。

　体力も戻ってきたし、以前と全く同じ調子というわけではなかったけれど、でもこれが新しい日常なのだと、自分に言い聞かせながら日々を過ごしていた。

　和美の身の回りの世話をし、車に乗せ、その日の現場に向かう。ずっと張りついている日もあれば、私だけ抜けて、別の用事を済ませに行くこともある。頼まれた買い物、様々な打ち合わせ、事務所での書類仕事、不動産屋との物件巡り、などなどなど。

　終わったら和美を迎えに行き、希望があればどこかに送り届けたりもするが、たいていは二人で帰ってくる。相変わらず、ちょいちょい車をこすることはあったけれど、でももう和美も、そんなには怒らなくなっていた。代車で迎えに行っても、特に文句は言われなかった。

どこかに寄って食べてくることもあるけれど、でも割合としたら、やはり帰ってから私が作ることの方が多い。あとはそれぞれお風呂に入って、就寝。ＳＮＳは、その日の空き時間に更新できていなければ、和美が寝てから作業することになる。

一方、片山希莉原作の小説『エスケープ・ビヨンド』も、真瀬環菜名義で配信が開始されていた。

単行本ではない、デジタル文芸誌での連載という形なので、一作で何万部、というまとまった数字が出てくることはない。よってこの段階で、真瀬環菜の小説が世間にどのように評価されているのかを計るのは難しい。

ただネット上では、ちょっとした騒ぎになっていた。

連載第一回の冒頭だ。主人公である双子の姉妹が、叔母の家の郵便受から、頭の潰れた猫の死骸を引き出すシーンがある。田舎の家、周囲の森の様子、音、臭い、郵便受の錆《さ》びた感じ。一つひとつの表現が丁寧で、やっぱりプロは上手いな、と私は思っていた。片山希莉とは、ほんの数回顔を合わせたことがある程度だったが、こんな才能があるのかと、密かに驚嘆していた。許されるなら、小説執筆について話を聞いてみたいとも思っていた。

だがこの作品について、世間は違うザワつき方をしていた。

この冒頭シーンを模したイタズラが、実際に埼玉であったらしいのだ。

【このニュース、環菜たんの小説の事件にそっくり過ぎて、ちょっと怖いんですけど。】

【何これ、マジでエスビヨじゃん。】

【こんな事件起こって、環菜たんの小説の連載が打ち切りとかなったら泣く。】

【これってなに、偶然？　それとも小説読んだ誰かがやったってこと？　こーわっ。】

これについて話すと、和美は、笑った。

「マジで……うーわ、こーわ。でもアレだよね、これがもっと炎上とかしたら、真瀬環菜さんの小説を真似た犯罪が起こっています、みたいになって、私もインタビューとかされちゃったり、するのかしらね。そしたら私、絶対泣こう。猫ちゃんが可哀相だから、絶対にこんなことしないでください、って……てへ」

笑い事じゃないでしょ、という私の言葉は、和美の耳には届かなかったようだ。

「これってさ、私もけっこう『来てる』ってことだよね。『来ちゃってる』ってことなんだよね……そっかぁ、とうとう来ちゃったか。時代が私に、真瀬環菜に、追いついて来ちゃったか……ねえねえ、これってこのあと、どうなんの。人とか死ぬの」

主人公の叔母さんが殺されて、近所の人たちも殺されて、双子の妹も殺される。

「ヤッバいじゃん。そうなったらもう、大量殺人じゃん。それをなに、私のファンが？　私の作品を真似て、実行に移しちゃうってこと？　ヤバ過ぎるッツーの、それはさすがにッ」

まさか、こんなのはただの偶然だと、私は思おうとしていた。偶然であってほしいと、願っていた。

だが事件は続いた。二件目の猫殺しも、SNSで騒がれ始めた。

困ったね、和美。これ、警察から問い合わせがあったらすぐ対応できるように、大木さんと相談しておいた方がいいよね。

「いいんじゃない、別に。私がやったわけでも、あんたがやったわけでもないんだから……ってまさか、あんたがやったわけじゃないよね？」

違うよ。こんなこと、しない。

「だったら何ビビってんのよ。関係ない関係ない。知ぃーらない、で通せばいいじゃん、そんなの」

でも私は、気が気でなかった。今後もこんなことが続くようなら、本当に大木に相談しなければと思っていた。

しかし、ついぞそんな機会は持てなかった。

ある夜、和美はトイレから出てくるなり、聞こえよがしに溜め息をついた。

「あーあ……参っちゃったな」

手には電子体温計のような物を持っている。

いや、電子体温計、ではない。

どうかしたの、和美。

「いやぁ、なんだろね……気をつけては、いたんだけどね」

だから、何が、どうしたの。

「これよ……見りゃ分かるでしょ。デキちゃったの」

そのとき和美が持っていたのは、やはり電子体温計ではなかった。

妊娠検査薬だった。

デキちゃったって、赤ちゃんが？　妊娠してるってこと？　誰の。あなたと、誰の子供がデキちゃったっていうの――。

訊きたいことが、訊くべきことが、いっぺんに脳内に溢れ返り、かえって私は、ひと言も発することができなくなってしまった。

そんな私を、和美は静かに、睨みつけていた。

「……その目だよ。あんたの、その目。私さ、昔っからあんたのその目が、大っ嫌いだったんだよね」

なに、いきなりそんな、私の目なんて、だって――。

「何よ。何が言いたいの。そういや、あんときもそうだった……鴻巣さんとさ、三人でご飯行って、初めて小説の話したときよ。鴻巣さんが、私を引き寄せて、頭を撫でて……あんときの、あんたの目。軽蔑の塊りみたいなさ、汚いもんでも見るような目でさ。よくもまあ平気で、この私をそんな目で見れたもんだよね」

そんな、そんなふうに私、あなたを見たことなんてない。

「あるの。あるんです、何度も、何十回も。っていうかずっとでしょ、子供の頃から。私が周りから、可愛い可愛いって褒められるとさ、空気読んでなんだか、口では合わせて『可愛い』とか言うくせに、目は全然言ってないんだよね。むしろ、目ぇ逸らしてた。あんたはいつだって、肚ん中じゃ私のこと否定してんだから」

そんなことない。私だって、和美のこと、ずっと、ずっと可愛いって思ってた。思ってきた。

「そりゃどうも。でも本心ではさ、私のことアバズレだって思ってきたでしょ。そうなってほしいって思ってたでしょ」

そんなこと、あるはずないじゃない。

「だから訊くんだよね。あのときどうだったの、誰々とは、あの人とはどうだったのって」

違う、それは、そういうことじゃなくて。

「あれよ、高校んときのさ、私が三年の岡崎《おかざき》若菜に目ぇつけられて、焼き入れられそうになったときだよ。高塚さんと新藤さんが助けに来てくれて。あのあとでさ、嬉しそうに、高塚くんとはどうなの、新藤くんとはどうなのって、私に訊きにきたじゃん。夜中にわざわざ、私の部屋まで」

あのときは確かに、時間は少し、遅かったかもしれないけど。

「こっちだってさ、必死なんだよ。必死だったんだよ、生き残るのに。そりゃ体だって使うさ。相手は女なんだから、こっちだって女使って優位に立とうとするさ。それを……自分だけ優等生ヅラして、高みの見物だよ。同じ学校にいるんだから、助けてくれたっていいじゃん。ウチの妹に何するのって、同級生なんだから、岡崎若菜に言ってくれたっていいじゃん。そこまではできないにしたって、注意した方がいいよくらい、私に言ってくれたっていいじゃん。あれ教えてくれたの、あんたじゃないからね。璃子さんだからね」

ごめん。でも、私だって、岡崎さんは怖かったし。

「本当のこと教えてやるよ。寝たよ、二人と。高塚さんと新藤さん、両方とも寝ましたよ。でもさ、こっちだって頭使ってんだよ。二人とも他にカノジョいたし、私と寝たからって、そんなこと言い触らすタイプじゃなかったし。それなりに、こっちも別の弱み握ってたしね……あんただってどうせ、そういう目で見てたんでしょ。そういう女だって思ってたんでしょ、私のこと。いいよ別に、私はそれで。きょうだいにまでそんな目で見られてんだからさ、そういう女になってやろうって、お望み通りの女になってやろうって思うわ、こっちはこっちで」

違う、それは違うよ、和美。

「そのくせ、自分じゃなんにもやらないで、ただ結果だけ見て、私のこと羨んでばっかりいてさ……私が東京行くって言ったら、えー、いいなー、みたいな目で見やがって。自分は地元で、クソつまんない会社に就職して、妹だけ好き勝手、東京でいい思いして、ってか……

フザケんなって思ったけど、私が東京でどんな苦労してるかも知らないでって思ったけど、でも、あんたの気持ちもちょっとは分かるから、一人残してくのは可哀相だと思ったから、だから誘ってやったんだろうが。あの田舎町から、私が、あんたを、この東京に、連れてきてやったんだろうが」

それは——。

「違うって言えるかよ。は？　じゃあ何か、あんたは私に頼まれたから、ついて来てやったくらいに思ってたのか。冗談じゃないよ。あんたみたいに七面倒臭い女、誰が一々好き好んであんな田舎から連れてくるツーんだよ。私、言ったよね、何度も。あんたの代わりなんていくらでもいるって。そういうのは聞こえなかったか。いつものお得意の『ぼんやり』で、右から左だったか」

和美——。

「SNSで、私の代筆してさ、真瀬環菜になった気分が味わえればそれで満足か。あ？　まったく、おめでたいっていうか、世の中舐めてるっていうか……こっちはさ、ギリギリまで女使って、こーんなに、薄っぺらくなるまですり減ってんだよ。言ったら、女の幸せなんてとっくの昔に捨ててるわけ。それなのに、妊娠って……要らないんだけどね、こっちはこういうの。生理も妊娠もさ、面倒臭いだけなんだよ」

和美、そんなこと言わないで。

「子宮なんて邪魔なだけなんだよ。要らねえッツーの」

もう、それ以上、言わないで――。

「そりゃそうとさ、あんた仮にも、私のマネージャーだろ。なんで訊かないんだよ。妊娠したんだから、相手は誰なんだって、お腹の子供の父親は誰なんだって、真っ先に訊くだろうが、普通は」

もういい。もういいよ、和美。

「教えてやるよ……って言いたいところだけど、実を言うと、私にも分かんないんだよ」

え？

「大木か鴻巣か、どっちの子供かなんて、私にも分かんないよ」

ちょっとそれ、どういうこと。

「……え、なに」

大木さんか鴻巣さんか分からないって、それ、どういうこと。

「やめてよ、ちょっと……」

どういうことか説明してよ。

「いや、ちょっと……く、苦しい」

鴻巣さんはともかく、大木さんってどういうこと。和美だって知ってるよね。私が山梨で事故起こして入院して、その間の面倒見てくれたのって、大木さんなの。大木さんが、私の面倒を全部、見てくれたの。

「や……めて……くる……」

私だってもっと早く出会いたかった。もっと早く、お互いの気持ち確かめ合いたかった。女だもん。赤ちゃん産めなくなって平気だなんて、そんなことあるはずないじゃない。そういうお付き合いができるんだったら、私だってもっと早く大木さんとそうしたかった。でも遅かったの。私にはもう、大木さんの子供は産めないの。けど、そうだとしても、それでもいいって思ったの。

私みたいな女でも、和美みたいに完璧じゃなくても、たくさんの人に愛されなくても、一人、たった一人愛してくれる人がいれば、私はそれで生きていけると思ったの。私にとっては大木さんがその一人だったの。たった一人の、一人なの。

和美、あなたは――あなたが両手を広げれば、何人だって、何十人だって、何百人だって何万人だって、あなたに愛を捧げる人は現われるじゃない。数えきれないほどの人が、あなたのことを愛しているじゃない。

それなのに、どうして。どうして私の、たった一人の一人まで、持っていこうとするの。どうして大木さんまで、連れて行こうとするの。

こんな時間にお電話してしまって、ごめんなさい。

『なに、いいって。ちょうど僕も、新人賞の応募原稿、読み終わったところだった。一杯飲んで、少し眠ろうと思ってたんだ……どうした？　何かあった』

なんでもない。ただ、声が聞きたくなっただけ。

『そっか……里英さんは、何してたの？　こんな時間まで。もう四時だよ』

眠れなくて。寂しくて。

『じゃ、僕と一緒だ……ちょうどよかったよ、里英さんの声が聞けて』

でも本当は、環菜の声の方がいいんでしょ。

『……ん？』

本当は、和美の声の方が聞きたいんでしょ。

『何それ、どうしたの。なんでそんなこと言うの。里英さんらしくないよ』

私らしいって、どういうこと――。

でもそれを、大木に訊く機会はなかった。

『……でも、まあ、そっか』

そうかって、何がですか。

『あんな人がすぐ近くにいたら、そりゃ不安にもなるか。自分ってなんなんだろう、って』

どういう意味ですか。

『天才とかカリスマとか、国民的なんとかとか……でも案外、人一人の質量なんて、変わらないもんなんだけどね。少なくとも僕は、そう思ってる』

人一人の、質量？

『誰もが羨む才能の持ち主でも、どっかにコンプレックスを抱えていたり、現状や将来に不安を抱えていたりね。そんなことないでしょって、僕も含め、凡人は思うんだけど、でも実際、そういうもの、みたいなんだよね。何人もそういう人たちに会って、直接話を聞いてみると……どんなに大衆に愛されていても、そのファンの一人ひとりと、それこそ恋人のように愛し合えるわけじゃないじゃない、当たり前だけど。その一人ひとりにだって、実際には恋人や家族、所属する社会があるわけだし。逆に言ったら、大衆から受ける愛の一つひとつは、ひどく小さかったり、それぞれはとても薄かったり……ま、環菜さんも、人並みに孤独を感じることは、あると思うんだよね』

なぜ大木がそんな話をしたのかは、私には分からない。でも、大木が大木であることは、よく分かった。大木が、変わらず大木でいてくれたことが、私にはとても嬉しく、同時に悲しくもあった。

いっときの感情に押し流され、私は、我を失ったのだと知った。

こんなに近くにいるのに、いたのに、私は「和美の孤独」を、知らずにいた。あんな、馬鹿みたいな嘘も見抜けなかった。

和美が生まれたときから一緒の「きょうだい」だから、ずっと一緒に暮らしてきた家族だから、分かり合えていると思っていたし、赦し合えると思っていたし、これからもそうあろうと思っていた。

なのに——。

和美、ごめんね。

私、ひどいお姉ちゃんだね。

25

昼過ぎに、希莉から電話があった。

『今日もう一日だけ、また協力してもらえないかな』

奈緒は「もちろん」と答え、指定された場所に芭留と向かった。

待ち合わせは目黒駅近くにある、小さな神社の前だ。

「なんで神社の前なんだろ。お祓《はら》いでもしてもらうのかな」

「さあ……あれ、お祓いって神社でしたっけ」

「神社でしょ。お寺はしてくれないでしょ」

「えー、お寺でもしてくれますよ、確か」

駅の東口から出て、ロータリーを迂回して、目黒通りを東に向かって進む。地図だと確かに、その先に神社を示す鳥居のマークが表示されている。

ああ、分かった。

「芭留さん、あそこ、希莉です」

「うん」

二十メートルほど先で、希莉が背伸びをしながら手を振っている。その隣というか、斜め後ろに立っている男性は、関係ありなのか、なしなのか。

とりあえず、そこまで小走りでいく。

希莉は奈緒に両手を振りつつ、芭留には深めに頭を下げた。

「すみません、あっちに来てもらったり、こっちに来てもらったり」

「ほんとだよ」

怒ったように芭留は言ったが、でもその顔は笑っている。

実際に鳥居が建っているので、ここが神社前なのは間違いない。

「希莉、待ち合わせ、なんでここだったの」

「あー、すぐそこの喫茶店で話してて、あそこでレンタカー借りて、でもここが一番駐めやすそうだったから……ですよね？」

隣にいた背の高い男性が、戸惑ったように「ああ、はい」と頷く。やはり「関係あり」だったか。

男は一礼しながら、内ポケットに手を入れた。警察官だったら警察手帳を出す場面だが、まあ、普通は名刺入れだ。

「初めまして。私、永和書店の、オオキと申します」

若干、申し訳なそうな顔をしたのはなぜだろう。

芭留も、自分の名刺入れから一枚抜き出す。

「ありがとうございます……調査員をしております、八辻です」

奈緒も倣う。

「ありがとうございます、森です」

受け取った名刺には【第一図書編集部　編集長　大木征志郎】とある。

おや、と思って見ると、希莉が小さく頷いてみせる。

「例の小説を配信してる会社の、編集長」

「で、なんでレンタカー借りたの？」

「それは、走りながら話す。とりあえず乗って」

車道に駐めてあった、銀色のスバル・インプレッサに四人で乗り込む。

ただ、席順では若干揉めた。

運転は大木編集長がするようなので、四人の関係性を考えたら、希莉が助手席で、芭留が運転席後ろ、奈緒が助手席後ろというのが、普通は一番収まりがよさそうだった。ただ、これから口頭で状況説明をする希莉が助手席というのは、あまりよろしくない。

後部座席からだと、運転席や助手席の人の声は非常に聞き取りづらいのだ。

「いいから、希莉は後ろ行きなよ」

「駄目だよ。来てもらったのは私なんだから、奈緒は後ろ」

芭留が二度、短く手を叩く。

「二人ともいい加減にして。奈緒ちゃんが前、希莉ちゃんが後ろ。これで決まり。はい乗って」

「……はーい」

言われた通り、奈緒が助手席、希莉がその後ろに収まった。

車はすぐに走り出した。

奈緒は、顔だけ振り返るようにして、希莉に訊いた。

「っていうか、これからどこ行くの？」

「うん。順番に、説明します」

希莉の声は、助手席でも問題なく聞こえる。

「まず、確認できた事実から、ご報告します……真瀬環菜の実の姉、環菜のマネージャーをしていた加藤里英と、こちらの大木さんは、ここ一年くらい、交際をしていたそうです」

それ自体は別に、驚くようなことではない。奈緒は、加藤里英という女性を高校の卒アル写真でしか見たことがないし、大木に至ってはさっき初めて会って名刺を交換しただけだ。いわば二人とも、全く思い入れのない他人。ただ「へえ、そうなんだ」というのも失礼なので、今は黙って頷いておく。

大木自身も、無言でハンドルを握っている。

希莉が、少し真ん中寄りに座り直す。

「……今現在、オフィス・デライトの方も、いろいろ大変な状況らしくて。代表電話なんて全然繋がらないし、私の……マネージャーっていうよりは、連絡係に近い人だけど、環菜に直接関係ないスタッフの人まで、電話にもなかなか出られない状況だったみたいで。さっきようやく繋がって、加藤さんって今どうしてますかって訊いたら、いきなり、あんたなんか知ってんの、って怒鳴られちゃって」

つまりオフィス・デライトは、奈緒たちが訪ねたあのあとも、ずっとパニック状態だったわけだ。

「でもまあ、なんとか宥《なだ》めて、状況を聞き出したんだけど……もちろん警察は聞き込みに来たし……あれ、取調べ？　事情聴取？」

ここは奈緒が「事情聴取かな」と答えておく。

「うん、された人もけっこういたらしくて。その後も、何度も確認の電話とかかかってくるみたいで。それがさ、基本的には、加藤里英さんは今どこにいますか、加藤里英さんから連絡はありましたか、っていう問い合わせなんだって」

これには二つの意味があると思う。

一つは文字通りの、加藤里英と連絡がとれたかどうかの確認。もう一つは、下手に匿《かくま》ったりするなよという「念押し」だろう。

芭留が眉をひそめる。

「一つ訊きたいんだけど」

希莉が、弾かれたように芭留の方を向く。

「はい」

「真瀬環菜と加藤里英は、一緒に住んでたのかな」

「そう、だったみたいです」

「それで行方をくらましてるんじゃ、警察が加藤里英を疑うのも、無理ないよね」

半分は希莉に、もう半分は奈緒に訊いたようなニュアンスだった。

これには、奈緒も頷くしかない。

「はい……鑑識作業とか、関係者への聴き取り、物証、状況証拠とか、もろもろを考え合わせた結果、そうなったんじゃないでしょうか。まだマスコミには流してないのかもしれませんが、もし流したら、同居人でもある女性マネージャーと連絡がとれなくなっており、警察は女性が何らかの事情を知っているものと見て、現在、行方を追っている……みたいに、言われちゃうんじゃないですかね。実の姉っていうところは、伏せておくにしても」

希莉が頷く。

「まさにそこ。警察は加藤さんの行方を追っている。でもまだ、言ったら追っている最中なんだよ。捕まったわけじゃない。っていうことは、私たちが先に加藤さんを見つけて、もちろん話を聞いて、加藤さんが自分で『やった』って言ったらの話だけど、でもそうなったら、逃げないで自首しようって、説得したいの。自首したら、少しは罪も軽くなるんでしょう？」

希莉の気持ちはよく分かるが、頷くことはできない。

「それ、さ……自首って、犯人が誰か分からない段階でないと、成立しないんだよね。警視庁が、どこまで加藤里英を本ボシと睨んでるかは分かんないけど、そこまで事務所にしつこく連絡を入れてるってことは、けっこう容疑は濃いんじゃないかな」

希莉が、いきなり泣きそうな顔をする。

「えっ、じゃあ、自首しても無駄ってこと？」

「無駄ってことはないけど、それは自首ではなくて、普通に『出頭』って扱いになる。もちろん逃げ続けて、抵抗の末に捕まるよりは、出頭した方がいいよ。反省の情を示せば、裁判でも合わせて考えてくれると思う。情状酌量の要素にもなるはず。ただ、自首とは言えないから……うん。可哀相だけど、確実に減刑されるとは、言えないかな」

芭留が「でも」と入ってくる。

「私は、それでもいいと思う。出頭でもなんでも、とにかく加藤さんを見つけて、警察に連れていった方がいいよ。希莉ちゃん、加藤さんってどんな人だったの」

希莉が、それとなく運転席に目を向ける。

「私は、真面目そうな、きちっとした感じの人だと思ってましたけど、でも、加藤さんに関しては、大木さんの方がよく……」

それはそうだろう。

大木が、ハンドルを握りながら頷く。

「はい……真面目過ぎるくらい、真面目な人でした。環菜のことに一所懸命になり過ぎて、それが原因で、自分が体を壊してしまうくらい、そんな、馬鹿が付くくらい、真面目な……なので、今みなさんのお話を聞いていても、私はまだ、全然、信じられない気持ちの方が強くて。彼女が……里英さんが環菜を殺しただなんて、私には、到底思えない。思えないですけども、片山さんが言うように、警察がデライトに何度も連絡を入れて、里英さんの行方を追っているんだとしたら、おそらく、そうなのかもしれないと……そう考えなければ、いけないのかもしれないと、思います」

芭留が繰り返し頷く。

「私は、加藤里英さんとは面識も何もありませんけど、女優になった妹と同居して、マネージャーとして支えていたわけですよね。普通に考えて、大変だったと思います。女優さんのマネージャーってだけで大変な仕事なのに、その上、一緒に住んで、つまり、四六時中一緒だったわけですから……大変ですよ。いろんな想い、あったと思います……大木さんの仰るように、里英さんが根っから真面目な方なのだとしたら、環菜さんを手に掛けた理由は、今はまだ分かりませんけど、ひょっとしたら……」

芭留が何を言おうとしているのかは、奈緒にも分かった。

一人でいても、やはり芭留は「姉」なのだ。

「冷静になってそのときのことを振り返ったら、後悔しているんじゃないかと、私は思います。カッとなったのか、その状況も心境も分かりませんけど、でもそこに……動かなくなった妹を見たら、逆に、怖くなっちゃうと思います。そんなことをしてしまった自分自身が、怖くて怖くて、仕方なくなって……」

ただ芭留も、最後までは言葉にしなかった。できなかったのかもしれない。それが、あまりにも不吉な想像だからか。あるいは、そこまで言う資格が自分にはないと思ったのか。

結局、それを口にしたのは大木だった。

「……彼女は最悪、自殺を考えるかもしれないと……そういう、ことですよね」

前方、首都高速の入り口が見えてきた。

加藤里英の行方について、希莉と大木は事前に、かなり密に議論し合ったようだ。

いま住んでいる自宅マンション周辺には、警察やマスコミが大勢張込んでいるだろう。よって逮捕されていないということは、そこにはいないと考えるしかない。同様に、オフィス・デライト内にいるというのも考えづらい。加藤里英は、真瀬環菜の個人マネージャーに過ぎない。そんな、殺人犯かもしれない一マネージャーを、芸能事務所が匿うなどあり得ない。

じゃあ実家は？　埼玉の北本市辺りらしいが、それも警察がマークしているだろうから、現われたら即逮捕だろう。他には、知人宅、交際相手宅——まさに、大木のところはどうなのか。

大木のところには事件発覚の直前、明け方の四時頃に電話があったが、残念ながら大木は、そのときは何も気づくことができなかったという。眠れないとか、確かに不安そうな様子ではあったけれど、まさかこんな事態になっているとは大木も思わなかったので、ごく普通に、誰だってつらいときはあるよね、みたいな話をしてしまったらしい。その後は連絡もとれず、もちろん会えてもいない。

では、二人の想い出の場所はどうなのか。

初めて行ったカフェ、レストラン、バー、映画館。だが環菜が殺されてもう二日。飲食店や商業施設に身を隠し続けるのは難しい。だったら宿泊施設は——要するにホテルとか旅館ということだが、二人でその手のところに泊まったことは一度もないという。

そこまで話が詰まって、ようやく大木が挙げたのが、いま目指している場所なのだという。

「今年の初めに、里英さんは、山梨県内で交通事故を起こしまして。そのときに運ばれた病院で、子宮筋腫があると診断され、そのまま手術を受けることになりました……」

それまでも、個人的に約束をして会ったりすることはあったが、いわゆる「男女交際」に発展したのは、大木がその入院時の面倒を見たことが大きかったのだという。

ちょっと待て、と奈緒は思った。

「希莉。その山梨の病院に、これから行く理由って……それ？」

「ん？」

「理由って、それだけ？」

「うん、そうだよ」

「他に何か、加藤里英さんがその、山梨の病院に向かったと考え得る、根拠みたいなものは、ないの？」

希莉が「いやいや」と大袈裟に手を振る。

「それはさ、今ちょっと、掻い摘んで話しただけだから。奈緒たちには、ちょっと共感しづらいかもしれないけど、順番にね、たとえば、大木さんと加藤さんの馴《な》れ初《そ》めとか、交際に発展していく途中経過とかを聞いたら、奈緒だって分かるって。こりゃ山梨の病院だなって、そう思うって」

思わず、奈緒は大木に訊いてしまった。

「そうなんですか。そんな感じなんですか」

「いや、どうでしょう……それは逆に、片山さんが、絶対にそうだって言うから」

希莉が「ちょっと」と声を荒らげる。

「大木さんがそこで梯子《はしご》外さないでくださいよ。私が、その山梨の病院にいるんじゃないですかね、って言ったら、大木さんだって、さっきは『そうかもしれない』って、言ったじゃないですか」

大木は「はあ」と漏らし、黙ってしまった。

代わりに芭留が「でも」と入ってくる。

「普通の、誰でも思いつくような行き先だったら、警察がもう向かって、逮捕してると思う。まだ逮捕されてないってことは、加藤さんは、警察が思いつかないようなところにいるってことでしょ。ちなみに、大木さんと加藤さんが交際してたことって、警察は知ってるんですかね」

大木は「知らないと思います」と答えた。

「だったら、可能性はありますよね。二人の交際がスタートした、思い出の場所なんだから」

そういうこと、なのだろうか。

車は首都高速から、中央自動車道に入った。

しばらくは高架上を走っていた。ビルとビルの間をすり抜け、遠くに広がる曇り空へと、車はひたすら進み続けた。

いつ頃からだろう。ビルの代わりに、緑の樹木が左右にちらほら見え始め、道は地上と同じ高さに下りたり、また浮き上がったりを繰り返すようになった。

やがて、景色の真ん中半分は空になった。

左右に、あるいは前方に山が見えたりはするが、視界の半分を占めるのは、常に空。徐々に暮れていく、灰色と紫色の、中間くらいの空だ。

当初の予定では、二時間くらいで着くはずだった。だが事故渋滞に一度はまり、トイレ休憩も挟んだので、目的地の最寄りインターチェンジで中央道を下りたときには、もう出発してから三時間半が経っていた。

その間、奈緒はずっと考えていた。

警察が今現在まで、加藤里英の行方を摑めていない理由とは、なんなのだろうと。

加藤里英が車移動をしているなら、道路上に仕掛けてある自動車ナンバー自動読取装置で、その動きを読むことが可能なはず。しかしいまだその行方が摑めていないということは、加藤里英は車を利用していない可能性が高い。

では、電車移動はどうか。加藤里英が定期券を持っていたかどうかは分からない。仮に定期券は持っていなくても、ＩＣカード乗車券くらいは利用していたはず。だがカードに氏名等の個人情報登録がなければ、行動を捕捉する手段にはなりにくい。

車でも、電車でもない移動手段といったら、あとはなんだ。

特に目的もなく、加藤里英が徒歩で放浪しているのだとしたら、彼女がいるのはまだ都内である可能性が高くなる。

こっちはもう、来ちゃってますけど。山梨まで。

市街地を通り、病院に向かう。

街灯も少ないその眺めは、東京よりもむしろ生まれ育った栃木のそれに近く、奈緒にはかえって懐かしかった。道沿いの雑木林も、遠く地平にそびえる山も、同じ色をした暗い塊でしかない。二回か三回、民家とちょっとした商業施設が寄り集まった地域も通過したが、いずれもさして大きくはなかった。明かりはすぐ、背後の闇と同化して消えた。

そんな景色の中で、目的としていた病院は、かなり目立つ方だった。

周囲の暗がりから、連なった窓の明かりが浮かび上がって見える。上の方は多少凸凹しているので、部分的には六階か七階くらいあるのかもしれない。

手前にあった「処方せん受付」の薬局の明かりは消えていたが、病院名と駐車場入り口を示す看板にはライトが当たっている。大木も、迷うことなくそこに車を向ける。

しかし、その先に見えたのは、予想とはやや異なる光景だった。

病院の背後は、暗い山。手前と左右の三方は、広い駐車場になっている。病院の明かりも、ある程度のところまでは漏れ広がっている。診療時間も面会時間も過ぎているからだろう。

車はほとんど駐まっていない。

だが、左の奥の方。そこにだけ、数台の乗用車が頭を合わせるように寄り集まっている。何かを取り囲んでいるようにも見える。

大木は気づいていないのか。病院の玄関の方にハンドルを切ろうとする。

「ちょ……停めて、停めてください」

キッ、とタイヤが鳴る。後ろの二人が、運転席と助手席のシートの肩を思いきり叩く。芭留が「なにッ」と声を荒らげたが、奈緒は、すぐには答えることができなかった。

大木も「なんですか」と訊き、シフトレバーを「P」のポジションに入れる。

左奥に固まっている車両は、目で数えたところ、五台から六台。うち、スモールランプを点けている車両は二台。その他は全てを消灯している。

一般車両が病院の駐車場で、あんなふうに車を停めることがあるだろうか。周りは広々と空いているというのに。少なくとも、奈緒は見たことがない。あるとすれば、それはテレビの、ニュース映像等を扱うドキュメンタリー番組で、ということになる。カーチェイスの末、警察車両が犯人の車両を取り囲む、そういう場面だ。あんな感じで、一台一台の向きはまるでバラバラなのに、隙間なくその中心を囲い込んでいる。

赤灯《あかとう》は一つも点いていない。でも、奈緒には分かった。

あれは全部、警視庁の捜査用ＰＣ、いわゆる覆面パトカーだ。数人の人影も見える。

「大木さん……」

奈緒はその、左奥の車両の塊りを指差した。でもそれだけでは、大木にはなんのことだか分からなかったようだ。

「……少し、遅かったのかも、しれません。あの、何台か停まっている中に、里英さんの車も、あるんだと思います」

大木は「えっ」と発し、運転席のドアを開けようとした。位置的に、奈緒なら止めることはできた。でも、しなかった。大木の好きなようにさせてあげたかった。

ドアを開け、大木が車両の横に立つと、左奥の塊りにいた人影のいくつかが動き出した。

ここに車が入ってきた瞬間から、なんだろうと思って見ていた、すると人が降りてきたから、注意か制止かしなければならない、そう考えて動き始めたのだろう。

運転席のドアを閉め、大木が歩き始める。奈緒も降りて続いた。奈緒の後ろでもドアの開閉音がした。

大木がふらふらと、駐車場左奥へと進んでいく。向こうからやってきたスーツ姿の三人が、こっちの誰にともなく手を振ってみせる。

「駄目、今ちょっと、こっち来ないで」

それでも大木は進み続ける。

「里英さん……」

奈緒、希莉、芭留もその後ろに続く。

「駄目だって、ちょっと、そこで止まってください、あなたたち」

「里英さんッ」

大木が叫んだからだろう。こちらに来ていたスーツの三人が足を止めた。その向こう、車両で囲んだ辺りにいる人の塊りも、各々がこっちを振り返り、それで隙間が生じた。

それで見えたのか。その前から見えていたのか。

大木はもう一度叫んだ。

「里英さんッ」

背の高い大木とは多少アングルが違うかもしれないが、でも奈緒にも見えた。スーツの背中や肩が寄り集まったその隙間に、白い、女の顔が覗いていた。

力の抜けきった、悲しい顔だった。

「里英さんッ」

いったん止まったスーツの三人が、またこっちに進み始める。

奈緒には、何もできなかった。希莉も芭留も、ただ黙って奈緒の後ろに立っていた。

スーツの三人が、それ以上近づかないよう大木の前に立ち塞がる。警察官の体は、分厚い壁だ。それでも大木は、なんとか顔だけでも捩じ込み、里英の姿を見ようとする。

「里英さん、僕は、僕はッ」

だが奈緒は、見てしまった。

白い顔が、横に揺れるのを。

大木の想いを、静かに断ち切ろうとする、悲しい、消え入りそうなくらい真っ白な、女の顔を。

「里英さん……」

なぜ、こんなことになってしまったのだろう。

なぜ、こんなにも今、自分は悔しいのだろう。

終章

加藤里英は山梨県内の病院で、警視庁の捜査員によって逮捕された。さすがに希莉も、ほらやっぱり山梨だったじゃない、などとはしゃぐ気にはなれなかった。

親しかったわけでもなんでもないが、それでも顔見知りが、しかも同じ職場にいた人が覆面パトカーに乗せられ、刑事二人に挟まれて連行されていく様は、見ていてとてもつらかったし、同時に怖くもあった。

後日、奈緒から電話で聞いたところによると、警視庁は当初、加藤里英が所有する車両がどこにあるのか、なかなか割り出せなかったのだという。だがそれが、修理工場に預けられていると分かってからは早かった。修理工場が代車として貸し出していた車両のナンバーを検索すると、十月二十六日の時点で山梨県内にあることが分かった。しかも、その後は移動していない。

あとは捜査員を派遣し、ワンブロックずつ虱《しらみ》潰しに捜していくだけだった。そしてあの日、あの病院の駐車場に駐まっている該当車両を発見するに至った、ということらしい。

希莉は、なぜそんなことまで分かったのかと訊いた。

『言ってなかったっけ。ウチの所長、警視庁の元捜査一課長だから。現役の捜査一課の人に訊いたら、すぐ教えてくれたらしいよ』

「エエーッ、ちょっと待って、おたくの所長、今度紹介して。ぜひ話聞かせて、っていうか取材させて、お願い」

『いいけど、有料だよ。ウチ、普通に民間企業だから』

「えー、なにそれ。友達じゃん」

だが「一杯奢《おご》るから段取りしてよ」まで言う間はなかった。

『っていうか希莉さ、あの日、なんで私たちを山梨に誘ったの？　あとから考えたらさ、運転したの大木さんだし、山梨かもって思いついたの希莉なんだから、いったら私と芭留さんは一緒に乗ってただけなんだから、そもそも行かなくてもよかったんじゃない？』

言わずに済むなら黙っていようかと思っていたが、やはり、気づかれてしまったか。

「いや、それはさ……私も一応、ほら、女だから」

『は？』

「は、って何よ。普通に傷つくんですけど」

『いやいや、だって、あのシチュエーションにそういう要素、全然なかったじゃない』

「じゃなくて、あれの前よ。あの前日まで、私はどうなってましたっけ？」

『ああ、日枝雅史に監禁されてた、ってこと？』

「そうよ。私だって、そりゃ多少は男性恐怖症にもなるっつーの」

『なるほど。大木さんと、車内で長時間二人っきりというのは』

「ちょっと、ヤダなと」

『ちょっとかい』

この話は、もうこれでお終いね。


当たり前だが、真瀬環菜が書いたとされる小説『エスケープ・ビヨンド』の連載は打ち切りに決まった。そりゃそうだ。著者が亡くなったのに連載が続いていたら、それこそホラーかSFだ。

ただし事ここに至っても、対応には人それぞれの個性が出た。

個性というか、人柄か。

まずは鴻巣。

『環菜のあとを引き継ぐ形でさ、今度こそ片山希莉の名前で出そうよ。事務所の後輩なんだし、お涙頂戴で、けっこう話題になると思うんだよな』

直接は会わず、電話で済ませて正解だったと思う。

「いや、いいですよ、あの作品はもう」

『そんなこと言わないで、もう一回チャレンジしようよ』

作品云々というより、鴻巣とはもう仕事をしたくない。

また実際問題として、希莉にはできない。

「それ以前に、鴻巣さん……ウチの事務所、出入禁止になったらしいじゃないですか。それなのに鴻巣さんと仕事したら、今度は私がデライトをクビになっちゃいますよ」

『え……いや、それはさすがに、なんかの聞き間違いじゃない？　俺がデライト出禁なんて、それは……さすがにないって』

週刊誌には「業界全体から干されるだろう」みたいに書かれていたが、まあいい。そこまでは言わずにおいてやろう。

対して、大木はこうだった。

「本当に、ありがとう……君たちのお陰で、ほんのちょっとではあったけど、でも里英さんの顔を、直に見られてよかった。ほんと、ありがとうございました……どんな結果になろうと、僕は、里英さんを待っているつもりです。実刑ってことになったら、刑務所は原則、家族しか面会できないと思うんで、だったら、僕が家族になるっていうのも、一つの選択肢だと思ってます。むろん実刑は、避けたい判決ではあるけども……」

場所は新宿の、ホテルのラウンジ。

事件のこと以外では、仕事の話も少しした。

「あの作品はもう、なんというか『曰《いわ》く付き』じゃないですか。でも、片山さんはすごく『書ける』方だと思うので、思いきって新作で勝負してみるっていうのは、どうでしょう。それとも、まだどこにも出してない『隠し玉』とか、ありますか？　あるんだったら、ぜひ読ませてください」

　この提案は希莉も嬉しかったので、明日にでも何作か送ります、と約束し、その日は別れた。

　琴音が電話をくれたのは、ちょうどその夜だった。

『希莉ちゃん、いま大丈夫？』

「はい、大丈夫です……っていうか琴音さん、ミッキーの件、すみませんでした、ありがとうございました。なんか、そろそろ退院できそうだって」

『そうなの。週末だから前日精算にはなるけど、それでも退院したいってミッキーちゃんが言うから、じゃあ、迎えに行ってあげようかって、言ってあるんだけど』

　ミッキーの両親が海外在住というのもあり、今回は本当に、何から何まで琴音の世話になってしまった。

　だが電話をくれたのは、それだけではなかったようだ。

『叶音も、ギプス取れてさ、そろそろ東京帰るっていうし。それでミッキーちゃんも退院ってなると、一気にこっち、寂しくなるからさ。じゃあその前に、芭留もいっぺん帰ってきなよって声かけたら、いいねって言ってくれて。それなら奈緒ちゃんも一緒に、ってなって、だったら圭ちゃんも呼ぼうって……そしたら、希莉ちゃんを呼ばないわけにはいかないじゃない、と思って電話したんだけど、どう？　この週末、よかったらこっち帰ってこない？』

何やら、楽しそうな話ではある。

「いいですね、行きます行きます。週末、全然空いてますから……ただ、みなさんそれで、たとえば土曜に集まって、琴音さんのお店で、普通に飲む感じですよね」

『うん、お店の方が人数多く入れるし』

「となると、みんな泊まりがけ、ってことになりますよね」

『そうなるね。芭留は圭ちゃんとお父さん家、奈緒ちゃんは実家、叶音はウチだし、なんだったらもう一人くらい大丈夫だから、ミッキーちゃんもウチに泊まってくれて全然大丈夫なんだけど、でも希莉ちゃんは実家でしょ？　希莉ちゃん家はどんな感じ？　お客さん一人くらいなら、泊まれる感じ？』

お客さん以前に、実の娘が、どうでしょう。

＊

土曜日。

琴音はランチ客が引けた辺りから、もう夜の準備を始めていた。

だが琴音の想定以上に、芭留たちの到着は早かった。

「やっほー、琴音ぇ、久し振りぃ」

「いらっしゃい、久し振り……って、十日前に会ってるし。圭ちゃんは、ほんとにお久し振りです」

「ご無沙汰してます……わー、あっちのお店と同じ匂い」

芭留と奈緒は仕事が休みだったのか、休みにしたのかは分からないが、昼前にはもうこっちに来ていたらしい。

到着してまず、圭が父親とやっている道場に顔を出し、奈緒も交えてちょっとした稽古をし、それから近くの日帰り温泉で汗を流して、ここに着いたのが夕方五時頃。

「ごめん、まだ準備できてないんだ」

「分かってる。大丈夫、なんか手伝うよ」

「琴音さん、私もお手伝いします」

「じゃあ、琴音さん、私も……」

驚いたのは圭だ。

圭は、普段使っている「調理補助ツール」持参で来たのだが、それらを装着すれば、包丁だって鍋だって普通に使いこなせてしまうのだ。カレー用のニンジンやジャガイモを切るのなんて、叶音より上手かったくらいだ。

「ほんとだ。私より上手」

「叶音、洗濯物を畳むのも下手だもんね」

「おんちゃ……」

そうだね、奏。おんちゃが上手なのは、奏のお守りだけだね。

さらに初参加のメンバー、咲月の登場だ。

「なんか大勢だっていうんで、いっぱい買ってきちゃったよ」

ビールにワイン、ウイスキー、日本酒に焼酎、缶チューハイ各種。もう、完全に業務用の量だ。ちなみに和志は「自分、できるだけ邪魔しないように、静かにしてますんで」と、今は厨房に隠れている。

希莉が、ミッキーを連れて到着したのが六時半頃。

「えー、もうみんなお揃いじゃないですか。なんだ……だったらもっと、早く来たらよかった」

その隣で、ミッキーが深々とお辞儀をする。

「希莉さんの後輩で、天野美樹と申します。この度は、琴音さんにいろいろお世話になってしまった上に、今日、お誘いまでいただいてしまって、大変、キュウショクしております。よろしくお願いいたします」

そこは「恐縮」じゃないかな、とは思ったが、まあいい。

では、それぞれ席に着いていただいて、と。

「みなさん、グラスにお飲み物は……」

ミッキーはコーラ、奏は麦茶。その他の大人は、大体ビール。

よし、大丈夫そうだ。

「では、乾杯のご挨拶を……芭留から」

「えー、ここは琴音でしょ」

「私『ホステス』だもん。ここはみんなのお姉さん、芭留でしょ」

叶音が小さく「キャバ嬢」って言ったの、ちゃんと聞こえてるからね。あとで怖いよ。

芭留が、首を捻りながらグラスを持ち上げる。

「えー、どうしよ……じゃあ、いろいろあったけど、みんな無事でよかったね、美樹ちゃんは退院おめでとう、ハイ乾杯ッ」

「カンパーイッ」

最初は和志にも手伝ってもらって、ざざっと料理を出して。でも奏が少し飽きてきた辺りで、和志が「そろそろお眠かな」と奏を抱き上げた。

真っ先に反応したのは奈緒だった。

「えー、奏ちゃん、もうねんねしちゃうの？」

　和志が「いっぱい遊んでもらったよね」と勝手に代弁。

　ミッキーも意外と子供は好きみたいだ。

「奏ちゃん、またね。また遊んでね」

　でもやっぱり、一番慣れているのは叶音だ。

「カナ、おやすみ」

「おんちゃ」

「キャー、かわいいー」

　もう、奏が「おんちゃ」と言うたびにこの騒ぎだ。チョロいね、このおネエちゃんたち。

　その後はもう、大人の時間だ。

　メインテーブルの他には四人用のテーブルが三つ、あとカウンターもあるので、それぞれ相手を見つけて、飲み物も食べ物も好きなものを確保して、各々が自由に過ごす。

　琴音がいるのは隅っこのテーブル、話し相手は希莉だ。

「あの……母に、聞きました。わざわざ実家まで足を運んでくださったって。すみませんでした……ありがとうございました」

　ここに来る前に実家に寄るとは聞いていたので、その話になるだろうことは予想していた。

「こっちこそ、ごめんね、なんかお節介しちゃって」

「いえ、ほんと、なんか……あなたには、意外といいお友達がいるのねって、珍しく笑顔で言われました。あれでしょ、なんかウチの母親、よく動く蠟人《ろう》形みたいだったでしょ。体温がないっていうか、感情がないっていうか」

さすが小説家兼脚本家。実に的を射た表現だとは思うが、とはいえ笑うわけにもいかない。

「んー、個性的な方だとは思ったけど、でもすごく、勉強になった。お話伺ってて、何度もハッとしたもん」

希莉が「えー」と仰け反る。

「なんの話したんですか、あの人と。えー、なんか恥ずかしい」

「恥ずかしくないよ。すごく知的で、論理的で、私とは違うけど、でも筋の通った考え方だなって思ったよ」

「それ、なんの話ですか」

「何って……まあ、家族についてとか」

「ほらぁ、あの人の論理破綻してる、最たる部分じゃないですか」

「そんなことない、そんなことない。お母様なりに、ちゃんと希莉ちゃんのこと考えてるんだ、って思ったよ」

本当はもう少しこれについて話したかったのだけど、途中でミッキーが「なに楽しそうに話してるんですか」と入ってきたので、打ち止めにした。今日、希莉はこのままミッキーと実家に泊まるという。それを考えたら、あまり刺激するのはよくない。むしろいい頃合いだったのかもしれない。

周りを見ると、咲月と圭が話し込んでいたり、奈緒と叶音が二人して大笑いしていたり、またそこにミッキーが加わったり、なかなか興味深いペアやグループが形成されていた。

琴音も別のテーブルに移ったり、追加の料理を出しに何度か厨房に入ったりしていたが、でもいつのまにか、またいつものように、芭留と一つのテーブルに向かい合って座っていた。

「お疲れ、琴音」

「お疲れぇ……あ、そういえばウチの父、まだ八辻さんの道場、ちゃんと通ってるのかな」

芭留が飲んでいるのはなんだろう。ブランデーか。氷が入っているからウイスキーか。

「ああ、静男さんね。なんかちょっと前に、稽古でも仕事でもないときに手首を捻挫したとかで、お休みして、それから来てないみたいなこと言ってたよ、圭は」

「あー、じゃあアレだ、谷間の時期だ。いま再開しないと、フェードアウトするパターンだ」

「そうなの？」

「あの人、コーヒー以外のことで長続きしたことないから。でも柔術は、それでも続いた方か。もう、四年くらいになるのかな」

「うん、それくらいかも」

真瀬環菜の事件についても、芭留の口から改めて詳しく聞かせてもらった。

「……なるほどね。ちょっと、たまんない話だね」

「うん。ウチの所長は、警視庁捜査一課とタッチの差だったか、立派立派、って褒めてはくれたんだけど、なんかね……あっちも、二人姉妹の上で、私もじゃない」

「私もね」

「そうそう。琴音と叶音ちゃんのさ、あの頃の話とかも、私は聞いてるから。姉妹って複雑だよな、とか思っちゃって……彼女、取調べでも動機とか、全然喋んないらしいの。週刊誌には、ほら、希莉ちゃんの小説を環菜名義で出した、プロデューサー？　あの人と環菜は関係があったとか、いろいろ書かれてるけど、そういうことも全然、なんにも喋らないんだって。全部、お墓まで持っていくつもりなんだろうって、ウチの所長は言うけど……つまり、全ては妹を、真瀬環菜の名誉を、守るためなのか……そう考えると、加藤里英のこと、なんか可哀相になってきちゃって」

そこは、琴音も頷くしかない。

「芭留だって、圭ちゃんの面倒、ずっと見てきたんだもんね」

「それは、そうなんだけどさ。そこだけ切り取ると、私が一方的に頼られてたみたいな話になっちゃうんだけど、でも頼られるってさ、それ自体が、自分の存在価値みたいなところ、あるじゃない」

「うん、分かる分かる。子供とかできると、それ、すごい思う」

「でしょう。だから……ウチの場合、圭が決心して、私を突き放してくれたから、だから今も、いい関係でいられるのかなって、ちょっとね……そんなことも、考えちゃった」

　琴音はまた、片山ユキのことを思い出していた。

「この前ね、ある人と、ちょっと深い話、したことがあって」

「ある人って？」

「まあ……ちょっと、年上の女の人なんだけど。家族だから無条件に思い合うとか、赦し合うとか、心が通じ合うなんていうのは、幻想だと思うって、ピシャッと言われちゃってさ」

　芭留が「それは手厳しい」と合いの手を入れる。

「そうなの。でもあとで、その人の言うことも一理あるな、って思って。家族って元来、他人から始まるもんなんだよね。誰かと誰かが結婚して、そこが原点っていうか、スタート地点になるわけじゃない」

「そう、ね……うん、そうか」

「だから、始まりは他人同士って考えたらさ、家族だから無条件に分かり合えるとか、通じ合えるなんていうのは幻想だっていうね、そんなことはあり得ないんだって、そういう考え方も……身も蓋もない言い方だとは思うけども、でも現実そうなのかなって、ちょっと思ってて。そんなところに、あの事件の犯人が、お姉さんだったたって聞いたもんだから、けっこう、ショック大きかった」

芭留が頷いてみせる。

「私も……事件が起こるちょっと前に、ちょうど、ウチの所長が言ってたんだよね。殺人事件の半数以上は、実は親族による犯行なんだって。今回のこれも、まんまそのパターンじゃない。それもあってさ、私もけっこう、滅入《めい》っちゃって……だから逆に、琴音にこうやって、呼んでもらえてよかった。久し振りに圭ともお父さんとも稽古できたし。奈緒ちゃんがいたから、なんか雰囲気も和やかでね。すごい楽しかった。逆に奈緒ちゃんから、合気道の技習ったりして」

「あそっか、警察でやってたんだもんね……」

カウンターに目を向けると、奈緒はいなかったが、今度は希莉と叶音が話し込んでいた。東京の芸能界事情について、情報交換でもしているのだろうか。

そうだ。もう一つ、琴音は思ったことがあったのだった。

「その……だから、っていうんじゃないんだけどさ。もしね、家族だから無条件に云々、っていうのがただの幻想なんだとしたら、じゃあ全部、恋愛みたいに考えちゃえばいいんじゃないかなって、思ったんだよね、逆に」

「ん？　なにそれ」

分かってる。ちゃんと説明する。

「だから……まず、男女がひと組出会って、先にどっちかが好意を持って、それを伝えたら、相手が応えてくれて、そっから交際がスタートするじゃない。それが徐々に深まっていったら、その先に結婚があるわけじゃない」

「えーと……私いま、のろけ話聞かされてる?」

琴音は「違うから」と叩く真似をした。

「ちゃんと聞いて……でもさ、その二人って、何かすれ違いがあったり、気持ちにズレみたいなものが生じたとしても、お互い相手に対して気持ちがあるから……のろけじゃなくて、一般論としてよ、愛情があるから、他の人には向けない気持ちが、その人に対してはあるわけだから、だから何か修正したり、譲ったり、自分自身も思われるように努力したり、するんだと思うんだよね」

芭留がニヤリと頰を持ち上げる。

もう、何か言われる前に、琴音は叩く真似をしておいた。

「違うから……そういうことをさ、怠っちゃいけないってことなのかな、って思ったわけ」

「なるほど」

もう一つ思い出した。

「それから、その人、こうも言ってた。家族だってことと、家族でいるってこと、家族になるってことは、少しずつ意味が違うんだって。要するに、家族っていうのは、無条件に存在してるんじゃない、放っといて維持できるものでもない、お互いが思い合って、尊重し合って、そういう努力があって、初めて維持できるものなんだって……そういうことなのかなって、思ったの」

芭留が「うん」と頷く。

「じゃあ私も、琴音姉さんの今のお言葉を肝に銘じて、まずはね、そういうお相手を、探すことにしましょうかね」

それだ。

「ねえねえ、前から不思議に思ってたんだけど、芭留ってさ、そういう相手いないの？」

「ちょっと、なに」

「けっこう海外も長くてさ、人脈だってあるんだから、全然そんなことないって方がおかしいよね」

「やめてよ急に、なんの話よ」

「ねえエーッ、奈緒ちゃーん」

芭留が、バスケットのディフェンスみたいに邪魔しようとする。

「森さん、いいから、こっちのことは気にしないでください」

「奈緒ちゃん、芭留ってさア、誰か」

「わー、わー、あわわわーっ」

奈緒が席を立ち、こっちに来ようとする。

「なんですか、琴音さん」

「あのさァ、ちょっと教えてェ」

「あー、わわわー、わわわわーっ」

芭留って見かけによらず、子供っぽいところあるよね。たったこれしきのことで、こんなに顔赤くしちゃってさ。

どう思う？　みんな。

この作品はフィクションであり、実在の人物・団体・事件とは一切関係がありません。

二〇二二年一月　光文社刊

光文社文庫

アクトレス
著者　誉《ほん》田《だ》哲《てつ》也《や》

2025年1月20日　初版1刷発行

発行者　三　宅　貴　久
印　刷　萩　原　印　刷
製　本　ナショナル製本

発行所　株式会社　光　文　社
〒112-8011　東京都文京区音羽1-16-6
電話（03）5395-8147　編集部
8116　書籍販売部
8125　制作部

ISBN978-4-334-10536-5　Printed in Japan

組版　萩原印刷